Es geschah in
Berlin
1950

Petra Gabriel

Operation Gold

Kappes 21. Fall

Kriminalroman

Jaron Verlag

Petra Gabriel, geboren in Stuttgart, ist gelernte Hotelkauffrau, Dolmetscherin und Journalistin. Sie lebt als freiberufliche Autorin in Laufenburg und Berlin. 2001 wurde ihr erster Roman «Zeit des Lavendels» veröffentlicht. Neben historischen Romanen schreibt sie Kurzgeschichten und Krimis. 2004 gründete sie das Internet-magazin 3land.info. 2010 erschien ihr Mystery-Roman «Der Klang des Regenbogens», 2011 ihr sechster historischer Roman «Die Köchin und der König». Zur Krimireihe «Es geschah in Berlin» trug sie bereits den Band «Beutezug» (2012) bei. (www.petra-gabriel.de)

Originalausgabe
1. Auflage 2013

www.jaron-verlag.de
Umschlaggestaltung: Bauer + Möhring, Berlin
Satz: Pinkuin Satz und Datentechnik, Berlin
Druck und Bindung: CPI – Clausen & Bosse, Leck

ISBN 978-3-89773-717-4

KAPITEL EINS

in dem Kappe eine dicke Witwe in der Kattegatstraße aufsucht

WILMA WUTTKE unterbrach ihre Erzählung und schnaubte missbilligend. Sie hatte turbulente Zeiten hinter sich. Dabei war ihr jede Form der Aufregung ein Greuel. Sie legte Wert auf einen ruhigen, geregelten Tagesablauf. Erst waren zwei fremde Männer ins Haus in der Kattegatstraße, Ecke Sternstraße gestürmt und an ihrer Türe im dritten Stock vorbei in den vierten getrampelt. Und nun saß auch noch dieser Kommissar in ihrem Wohnzimmer. Sie mochte keine fremden Männer im Haus - keine von der Polizei und schon gar keine Männer, die finstere Mienen hatten und trampelten. Gut, die finsteren Mienen hatte sie nicht sehen können, nur die Rücken, aber inzwischen war sie davon überzeugt, dass sie finstere Mienen gehabt haben mussten. Denn als die Fremden wieder heruntergekommen waren, dieses Mal sehr leise, gewissermaßen auf Zehenspitzen, hatten sie jemanden im Schwitzkasten gehabt - der Figur nach Gerhard Schmücke, den Mieter im Vierten.

Sie verwirbelte mit ihrem wurstartigen Zeigefinger anklagend die Luft. «Ick konnt die Jeschehnisse ja bloß durch'n kleen Spalt vafolgn, als se schon vorbei warn. Wenn ick die Tür weiter uffjemacht hätt, hättn die Vabrecha mia am Ende noch bemerkt. Det warn Entführer, sach ick Ihnen!» Wilma Wuttke legte allen Abscheu, dessen sie fähig war, in diese Worte - und das war eine Menge, fand Kappe.

«Wie kommen Sie darauf, dass das eine Entführung gewesen sein könnte?», fragte er, richtete sich ein wenig auf und hätte fast geschmunzelt. Er schaffte es gerade noch, das zu unterdrücken, aber seine linke Augenbraue ging unwillkürlich nach oben. Wilma Wuttke schien daraufhin zu glauben, dass er nicht alles verstanden habe. Sie holte tief Luft, und Kappe ahnte, dass sie nun zu einer neuen weitschweifigen Erklärung ansetzte. Er wurde langsam ungeduldig, gab sich aber Mühe, sich nichts anmerken zu lassen.

«Ick denk, Sie sind 'n Kriminaler! Un Sie wolln nich wissn, was 'n Schwitzkasten is? Das is, wenn Vabrecher anständije Leute gegen ihren Willen irgendwo hinbringen wolln, wo die niemals freiwillig hinjehn würdn. Denn sind die Körper von die Vabrecher irgendwie – wie sach ick's am bestn – anjespannt, denn sehn se aus, als wärn se 'n Schraubstock. Sie ham die Schultern hochjezogn, un der Rücken ist rund, während sie so 'n armet Opfer zwischen sich jequetscht halten, als wollten se 'ne Zitrone auspressn. Hab's im Krieg jesehn. So wat vergisst man nich. Und nu ist der Krieg vorbei, un et jibt immer noch solchet Jesindl.»

«Wie kommen Sie darauf, dass das Verbrecher waren?»

«Na ja, man hört doch so einiges, wa? Vielleicht warn det ja noch 'n paar Versprengte von die Gladow-Bande. Berlin is 'n einzijer Sündenpfuhl. Übaall lauern die Verbrecher, ständig muss 'ne alte Frau wie ick Angst ham, übafalln und ausjeraubt zu werdn.»

Kappe nickte verständnisvoll. In seine vergissmeinnichtblauen Augen stieg ein Lächeln. «Vor der Gladow-Bande müssen Sie sich nicht mehr fürchten. Die ist geschnappt und verurteilt worden, schon letzten Monat. Auf die Anführer wartet der Henker. Aber wie ging es dann weiter? Was haben Sie noch beobachtet?»

Wilma Wuttke tat einen weiteren Schnaufer. Kappe kannte diesen Gesichtsausdruck von anderen Vernehmungen. Offenbar bereute sie es gerade, die Polizei eingeschaltet zu haben. Sie wäre nicht die Erste. Wenn er nachzubohren begann, wenn er sich nicht mit dem vagen Bauchgefühl zufriedengab, sondern die Zeugen zwang, ihre Beobachtungen zu präzisieren und zu erklären, warum sie zu einer bestimmten Schlussfolgerung gelangt waren, dann dachten die meisten Leute darüber nach, ob es nicht besser gewesen wäre sich rauszuhalten.

Wilma Wuttke drückte ihren umfangreichen Busen raus und zog den Bauch ein – worauf dieser das lila-rot-blau-grün geblümelte Küchenkleid etwas weniger ausbeulte und die Knopfleiste zwischen den Knöpfen nicht mehr ganz so weit auseinanderklaffte. Dann prustete sie durch die Nase. «So, so, der Henker! Det gloob ick erst, wenn ick det inne Zeitung lese. Die ham doch mit dem Henker-Hannes jemeinsame Sache jemacht. Erzähln Se mir nüscht vom Ferd! Is neulich im *Telegraf* jestandn: Man is heutzutage inne eigene Wohnung nich mehr sicher!»

Das wusste Kappe, er las nämlich dieselbe Zeitung. Der *Telegraf* erschien im britischen Sektor und stand, wie er selbst auch, den Sozialdemokraten nahe. Nach Kriegsende war die Lizenz glücklicherweise an Leute seines Vertrauens gegangen, an den früheren Reichstagspräsidenten Paul Löbe und Annedore Leber, die Witwe des von den Nationalsozialisten hingerichteten Widerstandskämpfers Julius Leber. Chefredakteur war Arno Scholz.

Aber Kappe hätte auch ohne die Zeitung vom Prozess gegen Gustav Völpel alias Henker-Hannes vor der 5. Großen Strafkammer des Moabiter Kriminalgerichtes gewusst. Er war an den Ermittlungen beteiligt gewesen, hatte als Erster jenen aufmerksamen Passanten befragt, der im April des letzten Jahres die Polizei auf den Überfall auf einen Neuköllner Kaufmann hingewiesen hatte. Das war einer der Überfälle, derentwegen Werner Gladow, ein achtzehnjähriges Jüngelchen, den seine Abenteuerträume zum Schwerverbrecher gemacht hatten, zum Tode verurteilt worden war. Der Zeuge des Überfalls hatte, im Gegensatz zu Wilma Wuttke, eine sehr knappe, aber genaue Beschreibung der beteiligten Personen und seiner Beobachtungen geliefert. Er war durch Schreie aufmerksam geworden, die aus dem Haus des Opfers auf die Straße drangen.

Die Polizei hatte den Tathergang so rekonstruiert: Der Henker-Hannes hatte «Doktorchen», wie sich der Möchtegern-Al-Capone Werner Gladow gerne nennen ließ, und dessen Komplizen Redzinski und Bohla zur Wohnung des Opfers geführt und sich dann vor dem Haus postiert, um Schmiere zu stehen. Das wussten die Kriminaler, weil besagter Passant mitbekommen hatte, wie der Henker-Hannes vor dem Haus auf einen anderen Mann eingesprochen und ihm erklärt hatte, die Schreie, die da zu hören gewesen seien, stammten von keifenden Weibern im Haus. Der Zeuge fand das merkwürdig, vermutete, dass der Mann mit dieser Behauptung davon abgehalten werden sollte, zur Polizei zu gehen. Er selbst hatte nämlich nur die Schreie einer männlichen Stimme gehört. Deshalb habe er erst recht Verdacht geschöpft und die Polizei alarmiert, so hatte er zu Protokoll gegeben.

Das passte zur Spurenlage im Haus und wurde später durch die Aussage des Überfallenen bestätigt. Einer der Verbrecher war dem Kaufmann an die Kehle gegangen, die beiden anderen hatten ihn niedergeschlagen, ihn dabei schwer verletzt und schließlich gefesselt. Die Beute: 500 Westmark und 1300 Ostmark. Dann waren die Täter durch den Küchenausgang und über den Hinterhof geflüchtet.

Nachdem Gladow und seine engsten Kumpanen verurteilt worden waren, standen nun die kleineren Fische vor Gericht. Montag musste Kappe als Zeuge im Prozess gegen eine Prostituierte aussagen, die mit Gladow und seiner Bande unter einer Decke gesteckt haben sollte. Kappe hatte da seine Zweifel.

Er zwang seinen Blick von dem großen Fettfleck über Wilma Wuttkes Bauch zurück auf ihr Gesicht mit den Äuglein, die so tief im Speck lagen, dass er ihre Farbe noch nicht hatte herausfinden können. Wilma Wuttkes Hängebäckchen zitterten vor schlechtverhohlener Ungeduld. Er begriff, dass sie ihn loswerden wollte. Doch nun war er da, also würde er auch alle Fragen stellen, die er hatte.

«Lassen Sie sich alles haarklein erklären! Sie sind doch ein Mann mit Erfahrung, Kappe», hatte der Chef gesagt. Seltsam, sonst regelte das zuständige Revier solche Fälle. Normalerweise schickte man bei Anrufen beunruhigter, möglicherweise gar hysterischer Witwen in fortgeschrittenem Alter niemanden von der Abteilung K des Polizeipräsidiums West. Und schon gar keinen von der Kriminalinspektion M I – M wie Mord. Er wusste außerdem noch immer nicht, was er von der ganzen Angelegenheit halten sollte. Konnte gut sein, die Witwe hatte sich getäuscht und dieser Schmücke tauchte quietschfidel wieder auf, war einfach in einer Kneipe versackt. Falls er überhaupt jemals verschwunden gewesen war. Eines war jedoch sicher: Das herauszufinden konnte unter ungünstigen Umständen lange dauern. Er musste ja alles alleine machen. Und dann noch dieser Gerichtstermin am Montag! So was kostete immer viel Zeit.

Kappe beschloss, sich in dieser Angelegenheit nicht drängen zu lassen und nicht am morgigen Sonntag zu arbeiten, denn das hätte Ärger mit Klara bedeutet, die just an diesem Tag mit ihm einen Ausflug an den Scharmützelsee machen wollte. Falls es allerdings regnete, hatten sie am Nachmittag eine Fahrt mit der Straßenbahn-Ausflugslinie von Neukölln nach Pichelsdorf geplant. Die sollte nämlich am 21. Mai von der BVG eröffnet werden. Kein Gerhard Schmücke war Ärger mit Klara wert, mochte er auch noch so verschwunden sein. Kappe löste sich vom Bild des vorwurfsvollen Blicks seiner Ehefrau und richtete seine Aufmerksamkeit wieder auf die Witwe. «Und wie ging es dann weiter?»

Wilma Wuttke zögerte, als müsse sie nachdenken, und fuhr dann in ihrem Bericht fort. «Also nich, dass Se denken, ick sei neujierieg, aba det is ma, wie jesacht, komisch vorjekomm, da hab ick ausm Fensta jekiekt un jesehn, wie se unten ausm Haus rausjekomm sind.»

Kappe nickte ergeben und erfuhr Folgendes: Draußen hatten sich die drei Männer in einen roten Fiat 500C gequetscht. Normalerweise konnte sich Wilma Wuttke, wie sie nicht ganz ohne Stolz nachschob, höchstens die Farbe eines Autos merken. Doch bei diesem Wagen war es etwas anderes. Ihr Ernst, nach dreißig Jahren Ehe erst letztes Jahr an den Folgen seiner Kriegsgefangenschaft bei den Russen gestorben, hatte zuletzt ein solches Auto gefahren. Sie hatte sich zudem sehr gewundert, wie drei so große Männer auf der einen Sitzbank unterkamen, wo doch kaum für ihren Ernst und sie Platz gewesen war in dieser Kinderkiste. Ernst hatte auf dem Kauf dieses Wagens bestanden, mit dem Argument, er habe sich etwas Luxus verdient. Sie hatten ihn günstig von einer Kriegswitwe bekommen, deren Mann am letzten Kriegstag gefallen war.

«Man stelle sich so etwas vor!», lamentierte Wilma Wuttke. «Die arme Frau! Den janzen Kriech hat der Mann überstandn, wegen seim lahmen linken Bein ham se'n nich zu die Soldaten jezogn. Aba als denn die Russen uff Berlin zumarschiert sind, als die Artillerie eene Salve nach der anderen jeorgelt hat, da musste er doch noch seine Heimat verteidign. Un denn isser quasi inne letzte Minute, also am 2. Mai, beim Häuserkampf erschossn wordn. Is det nich 'ne Affenschande? Anner Panzersperre am S-Bahnhof Hermannstraße in Neukölln.»

Kappe nickte erneut, dieses Mal verständnisvoll, und überlegte, wie Wilma Wuttke und ihr Mann auf der Sitzbank im Fiat 500C Platz gefunden haben könnten. Sie allein hatte den Umfang von zwei normal gebauten Männern. Ernst Wuttke musste sehr dünn gewesen sein. Bei einem ehemaligen Kriegsgefangenen vielleicht kein Wunder.

Der Körper seiner Witwe nahm jedenfalls mehr als die Hälfte des dreisitzigen, ebenfalls geblümelten Sofas ein, dessen Federn unter ihrem Gewicht im Sinn des Wortes in die Knie gegangen waren, als sie sich hingesetzt hatte. Kappe selbst hockte auf einem hölzernen Küchenstuhl, den er eigenhändig in die Stube hatte schleppen müssen. Kriegsmodell, ungepolstert. Außer dem Sofa, dem dazugehörigen Tisch und einer mächtigen Schrankgarnitur hatte nämlich nicht viel mehr in der kleinen Stube Platz. Offenbar schlief Wilma Wuttke auch auf dem Sofa. Das verriet ihm das Kopfkissen, das sie noch nicht weggeräumt hatte. Kappe verstand deshalb, dass sie es vorgezogen hatte, keinen Sessel für Gäste anzuschaffen. Vielleicht hatte sie aber auch einfach die Mittel nicht. Oder normalerweise keine Gäste.

Er saß unbequem. Der Sitz war hart, der Stuhl wackelig. Verdammt, er war auch nicht mehr der Jüngste! Doch er hörte ihr so aufmerksam wie möglich zu, während sie weiterredete, und machte sich hin und wieder Notizen in seinem Block. Klara beklagte sich immer darüber, was so ein Ding kostete. Doch es erleichterte nun mal die Arbeit ungemein. Bei seinem Beruf kam es auf jede Kleinigkeit an.

Die Witwe Wuttke klang sehr bestimmt, als sie die ungebetenen Besucher auf seine Frage hin noch etwas genauer beschrieb.

Die Männer waren alle zwischen einsachtzig und einsneunzig gewesen. Dann runzelte sie die Stirn. Nein, jetzt, da der Kommissar so frage: Der mittlere, der war kleiner. Um die einssiebzig vielleicht.

«Kann es sein, dass Sie wegen des Größenunterschiedes glauben, dass die anderen ihn in den Schwitzkasten genommen haben?», hakte er nach.

«Nee, nee, wofür halten Se mir! Für 'ne verwirrte Oma? Det hab ick jenau jesehen, als ick ihn' nachjekiekt hab. Oder glooben Se, ick hab Tomaten auf die Augen?»

«Und warum haben Sie sich erst jetzt bei Ihrem zuständigen Revier gemeldet? Wenn ich Sie richtig verstanden habe, war der Besuch der Männer doch schon gestern.»

Wilma Wuttke wand sich. «Na ja, is sonne Sache, sich in anderer Leute Angelegenheiten zu mischen, wa? Det mach ick nich so gerne. Leben und leben lassen, sach ick immer. Aber denn ... Also, ick konnte die janze Nacht nich schlafn. Und denn heute Morgen ...»

«Was war da?»

«Denn hab ick nüscht mehr jehört. Normalerweise kann ick den Herrn Schmücke morjens hören, wenn er sich wäscht. Denn gluckert's inner Leitung. Wir ham ja nu wieder warmes Wasser, wa? Iss'n Segen. Det könn' hier in Berlin noch nich alle von sich sagen. Und die Heizung funktioniert ooch, 'ne richtige Etagenzentralheizung mit Therme. Det Modernste vom Modernen. Jut, bald is Ende Mai, da brauchen wir se nich, und irjendwie ziemlich warm für die Jahreszeit is et sowieso. Sind aussem letzten Nachkriegswinter außerdem ja Kälte jewöhnt. Det härtet ab. Wat wollt ick sagen? Ach ja. Der Mann muss früh raus. Wäscht sich imma umme selbe Zeit. Um sechs Uhr dreißig rauscht det Wasser inne Rohre nach untn. Kannste die Uhr nach stellen, Tach für Tach. Mich stört et nich. Als alte Frau brauch ick nich mehr so viel Schlaf. Und wat ick träume, sind sowieso Albträume.» Sie unterbrach ihre Geschichte und schaute mit jenem Blick vor sich hin, den Kappe gut kannte.

Ob sie nun als Frontkämpfer gedient hatten, unter Trümmern verschüttet oder ausgebombt worden waren – diejenigen, die überlebt hatten, litten alle unter demselben Seelenschmerz, der irgendwo tief im Innern nicht aufhören wollte zu rumoren und schreckliche Bilder aufkommen ließ, wenn man sich nicht vorsah. Er ließ sich mit einem Wort umschreiben: Krieg. Ja, auch noch fünf Jahre nach Kriegsende – und wahrscheinlich fürs ganze Leben. Kappe wartete, bis sie wieder in die Gegenwart zurückfand.

Wilma Wuttke atmete tief durch und wandte ihm dann wieder ihren Blick zu. Der war traurig und irgendwie leer, als habe jemand in ihr eine Kerze ausgelöscht. «Aber heute morjen nu nüscht. Und da dachte ick so bei mir, dass da wat nich stimmen tut.»

«Was ist der pünktliche Wäscher denn von Beruf?»

«Telegraphenbauhandwerker hatter gelernt, hatter jedenfalls jesacht, als wir bei seim Einzuch letztet Jahr zusammn ein' getüddelt ham. Denn hatter sich aba sofort verbessert und erklärt, dass er fürn Kolonialwarengroßhandel arbeetet. Gloob ick jedenfalls, dasser so wat jesacht hat. Is'n ziemlich langet Wort, un er hat schon ein' sitzen gehabt und genuschelt. Sie wissn, was ick meinen tu. Ick hab ihn danach nich oft gesehen. Und bis uffs Waschen ooch nich oft jehört. War 'n Ruhiger, hatte wohl Filzpuschen. Bis vor zwee Tagn, als die Männer da warn. Da hattet oben ooch ziemlich gerumpelt. Hab mir richtig erschrockn.»

Kappe sah sie nachdenklich an. «Dann werden wir uns mal die Wohnung oben anschauen. Vielleicht ist Ihr Nachbar ja nur krank. Ich geh mal klingeln. Wissen Sie, wo ich einen Schlüssel herbekommen könnte? Für den Fall der Fälle. Gibt es hier einen Hausmeister?»

Wilma Wuttke hatte Bedenken, das sah er an ihrem Blick. «Ick weeset nich. 'n Hausmeister ham wa nich.» Sie machte eine Pause und gab sich dann einen Ruck. «Also, ick hab noch 'nen Schlüssel. Hab mal in die Zweiraumwohnung da oben jewohnt. Als mein Ernst gestorben ist, letztes Jahr Anfang November, da dachte ick mir so, denn brauchste keene zwee Zimmer mit Küche und Bad mehr, denn reicht auch een Zimmer. Und irgendwann wird eim das Treppensteigen auch zu ville. Sie wissen schon, die Beene, die wolln nich mehr so. Wie's der Zufall so will, nach die

Renovierung im letzten Jahr war noch so ’ne Wohnung im Dritten frei. Nun muss ick bloß noch bis hierher. Irgendwann komm ick sicher och noch innen Ersten. Obwohl, nah an die Straße mit all die Verbrecher isset denn schon. Die steigen eim denn über’n Balkon inne Bude rin. Vielleicht zieh ick denn doch besser in’ Zweiten, wenn da wat frei wird.»

«Sie sind also einen Stock tiefer gezogen?»

Wilma Wuttke brummte zustimmend und rutschte auf dem Sofa hin und her.

«Aber Sie haben ihren Schlüssel nicht abgegeben?», half Kappe nach.

Wilma Wuttke brummte erneut, dieses Mal mit ziemlich unglücklicher Miene. «Et is nich so, wie Se denken tun. Wollte mich nich heimlich in die Wohnung von diesem Schmücke schleichn. Dachte nur, ick hätte den drittn Schüssel verlorn, und hab ihn erst neulich wiedergefundn. Hätte ihn dem Schmücke schon noch gegeben. Hat sich bloß noch nich ergebn. Die Jelegenheit, meine ick, Herr Kriminalkommissar.»

Kappe verkniff sich die Bemerkung, dass er vor zwei Jahren zum Kriminaloberkommissar befördert worden war. «Na, dann gehen wir doch mal nach oben und sehen nach Ihrem Nachbarn, gnädige Frau», erklärte er stattdessen.

«Mein’ Se wirklich? Vielleicht hätt ick ja doch nich ...»

«Nein, nein, es war schon richtig, dass Sie uns gerufen haben», beruhigte Kappe sie.

Wilma Wuttke schaute nicht ganz überzeugt, stemmte sich aber hoch. «Denn will ick mal den Schlüssl holn.» Damit watschelte sie aus dem Zimmer. Sie hatte keine Filzpantoffeln.

Kappe schaute ihr nachdenklich hinterher und dachte an den Moment, als er zum ersten Mal von diesem Schmücke und seiner besorgten Hausmitbewohnerin gehört hatte.

Wachtmeister Bredow vom Revier 48 in der Koloniestraße 18 im Wedding war nach dem Besuch der Witwe Wuttke auf Befehl von Kriminalkommissar Jüterbog ins Polizeipräsidium in der Friesenstraße 16 geeilt und hatte seine Botschaft mit dem Satz eröffnet: «KK Jüterbog sacht, da is wat spanisch.» Anschließend hatte er die Vermisstenmeldung geschildert, die eine ziemlich aufgelöste, ziemlich korpulente, ältere Frau unter viel Schnaufen und Prusten bereits um acht Uhr an diesem Morgen im Revier abgegeben hatte. Zwei sehr verdächtige Männer sollten einen anderen Mieter, einen gewissen Gerhard Schmücke, besucht haben. Woraufhin besagter Schmücke sich in Luft aufgelöst habe. Der Mann sei ein Fachmann in Sachen Fernmeldewesen und stamme ursprünglich wohl nicht aus Berlin. Das sei aber schon alles, was man wisse.

Daraufhin horchte Kriminalrat Friedhelm Keunitz, seines Zeichens Leiter der Unterabteilung 1 der Kriminalinspektion M I bei der Abteilung K wie Kriminalität im Polizeipräsidium West und als solcher seit Januar Kappes Chef, auf. «Fernmeldewesen? Wo kommt der Mann her? Arbeitgeber? Waren Sie mal in der Wohnung?»

Wachtmeister Bredow zuckte die Schultern. «Nee, inne Wohnung warn wir noch nich. Wolltn erst mit euch redn. Ham nämlich 'n paar Nachbarn abgeklappert. Scheint so was wie 'n Phantom zu sein, dieser Schmücke. Keener hat ihn jesehen, keener weiß, wo er herkommt. Kennen den Mann überhaupt nich. Det kam uns komisch vor. Als ob der Mann vom Mond jefalln is. Deswegn hat KK Jüterbog jesacht, ick soll zu euch inne Friesenstraße un die Angelegehnheit meldn. Det sei ihm zu heiß. Verschwundene Fernsprechfachleute seien meistens 'ne Angelegenheit für den Sektorassistenten, wenn nich gar fürn Jeheimdienst. In diesem Fall für den der Franzosen. Weil doch der Wedding im französischen Sektor liegt.»

Keunitz griff zum Fernsprechapparat, nahm den Hörer von der Gabel und begann mit der anderen Hand, die Wählscheibe zu drehen. Kappe schien es allerdings die Nummer des Sektorassistenten der Amerikaner zu sein, die er wählte. Vermutlich weil das Polizeipräsidium West in der Friesenstraße angesiedelt war. Damit lag es im Bezirk Kreuzberg, und der gehörte wiederum zum amerikanischen Sektor. Man kannte sich. Der Sektorassistent war nämlich der Verbindungsmann des Polizeipräsidenten zum jeweiligen Sektor. Deshalb hatte es ursprünglich vier davon gegeben – den Verbindungsmann zu den Amerikanern, den zu den Engländern, den zu den Franzosen und den zu den Sowjets. Letzterer fiel nun weg. Der sowjetische Sektor war inzwischen Teil des neugegründeten Staates DDR. Wie auch immer, falls Kappe die ersten Ziffern der gewählten Nummer richtig interpretierte, wollte Keunitz sich an eine ziemlich weit oben angesiedelte Person wenden. Mit übergeordneten Stellen hatte Kappe in der Vergangenheit nicht immer die besten Erfahrungen gemacht.

Die Wählscheibe ratterte noch zweimal, dann war ein lautes Tuten zu hören. Keunitz zog die Augenbrauen zusammen.

Kappe schwante Übles. Keunitz hatte ihn mit Sicherheit nicht dazugebeten, weil er die vergissmeinnichtblauen Augen eines seiner dienstältesten Kommissare so schätzte. Aber vielleicht ließ sich die Angelegenheit noch abwenden. Sollten die im Wedding sich doch damit herumschlagen! «Für mich klingt das eher nach einer verrückten Alten. Das fällt doch in die Zuständigkeit der Polizeiinspektion Wedding. Immerhin haben wir hier keinen Toten», hatte er in das Tuten hinein angemerkt, sich aber nicht allzu viel Hoffnung gemacht, dass der Kelch an ihm vorübergehen würde.

Seine Bemerkung kam bei dem Schutzmann aus dem Wedding nicht gut an. «Ach nee! Schnellmerker, wa? Da komm ick her! Hab doch allet erklärt. Ham Se Tomaten auf'e Ohren?»

«Gut gemacht», sagte Kappes Chef. Er meinte nicht Kappe.

«Denn werd ick mal wieder!», meinte der Wachtmeister, tippte sich mit zwei Fingern an die Schläfe, warf Kappe einen triumphierenden Blick zu und stapfte hinaus.

Keunitz nickte ihm gedankenverloren hinterher, während es aus dem Hörer weiterhin vernehmbar tutete. Der Sektorassistent der Amerikaner schien entweder nicht im Büro oder beschäftigt zu sein. Dann aber kam doch noch eine Stimme aus dem Hörer. Keunitz sprach kurz über das für hiesige Breiten viel zu warme Wetter, erzählte die Schmücke-Geschichte, lauschte einige Augenblicke und sagte dann: «Ja, ja, Gerhard Schmücke heißt er angeblich. Experte im Fernmeldewesen. Wie bitte? Jawohl. Ja, natürlich, einen erfahrenen Kommissar. Kappe, guter Mann, steht hier neben mir. Diskret? Selbstverständlich. Und die Franzosen? Das machen Sie? Gut. Ich warte dann auf einen Rückruf von oben. Wann? In zwei Minuten? Fein, dann kann ich meinen Mann bald losschicken.»

Anschließend legte er ganz sanft den Hörer auf die Gabel, so als befürchte er, dass der Mann am anderen Ende noch in der Leitung sein und durch ein Aufknallen erschreckt werden könnte. Dann wandte er sich erneut Kappe zu und zog die dicken Augenbrauen dabei noch weiter zusammen. «So, Sie haben mitgehört, Herr Kriminaloberkommissar? Gut. Der Fall fällt ab sofort in Ihre Zuständigkeit. Kann Ihnen aber niemanden mitgeben. Wir haben keine Leute. Kollege Rückert ist auf Lehrgang. Außerdem: Sie wissen doch selbst, dass ab 27. Mai das große Deutschlandtreffen der FDJ sowie der ›Kongress junger Friedenskämpfer‹ ins Haus stehen. Wir müssen dafür sorgen, dass es beim Frieden bleibt. Und dann noch die schrecklichen Morde in der Reichenberger Straße! Jede Menge Arbeit, da brauchen wir jeden Mann. Können doch den Kollegen Ost bezüglich der Aufklärungsquote nicht hinterherhinken. Schauen Sie sich diese Witwe mal an! Vielleicht ist nichts dran, und da will nur so eine einsame Oma jemanden zum Reden haben.»

Kappe sank in sich zusammen. Keunitz strahlte Zufriedenheit aus. Kappe konnte die Gedanken seines Chefs förmlich hören: Nun konnte ihm niemand mehr vorwerfen, er habe nicht angemessen reagiert. Immerhin, es ging um einen Fachmann im Fernmeldewesen. In Berlin, der geteilten Stadt, die zum Drehkreuz von Spionage und Gegenspionage geworden war, löste allein diese Berufsbezeichnung erhöhte Alarmbereitschaft aus. Kappe wusste, dass Keunitz Agenten jedweder Art und ganz egal, ob sie von den Sowjets, den Amerikaner, den Engländern oder den Franzosen kamen, keineswegs romantisch fand. Jedenfalls viel weniger romantisch als in diesem Film *Der dritte Mann* mit Orson Welles, der letztes Jahr herausgekommen war. Kappe hatte ihn zusammen mit Klara angeschaut. Gut, er spielte in Wien. Aber so anders lief es hier in Berlin auch nicht ab. Wien war ebenfalls viergeteilt, auch die Bürger der österreichischen Hauptstadt mussten sich mit dem Viermächtestatus abfinden.

Dieser Keunitz war eine bemerkenswerte Erscheinung. Er wirkte imposant. Das musste aus seinem Innern kommen, vermutete Kappe. Im Hinblick auf die Körpergröße hatte der Schöpfer ihn nämlich nicht übermäßig gut bedacht. Ähnlich war es wohl bei Napoleon gewesen, auch der musste innen imposanter gewesen sein, als er von außen aussah. Das Einzige, was an Keunitz äußerlich imposant war, waren seine mächtigen Augenbrauen und die Bartstoppeln, die seinem Gesicht schon nach einem halben Tag ein unrasiertes Aussehen gaben. Kappe hatte die Vermutung, dass Keunitz auch auf dem Kopf eine ziemliche Putzwolle spazieren tragen würde, wenn er seine Haare nicht militärisch kurz geschoren hätte. So etwas wie einen Mopp. Ansonsten wirkte er beim genaueren Hinschauen, als könne ihn der nächste heftige Windstoß umblasen, kurz und spillerig, wie er war.

«Wir haben keine Leute», hatte Keunitz gesagt. Klar, das wusste Kappe. Es gab schon seit Wochen in allen Westabteilungen einen Riesenaufstand wegen dieser FDJ-Veranstaltung. Mein Gott, das waren doch noch Kinder! Aber Kinder des Feindes. Hörte das denn nie auf?

Die Morde in der Reichenberger Straße waren wirklich eine scheußliche Sache. Am 17. Mai war im Südosten Berlins die Zigarrenhändlerin Charlotte Kunike erstochen aufgefunden worden. Sie sollte sogar ihren eigenen Tod vorausgeahnt und am Morgen ihres Todestages einem jungen Mann erklärt haben: «Ich habe etwas Furchtbares geträumt. Stellen Sie sich vor, im Traume hat mich ein Toter geküsst!» Eine halbe Stunde später war sie gefunden worden - mit einem Brotmesser im Hals. Und erst an diesem Morgen hatten sie gegenüber dem Schauplatz dieses Verbrechens die zerstückelte Leiche der viereinhalbjährigen Margit Holzhausen gefunden. Es gab Zeugen, die den Täter gesehen haben wollten. Und nun war die Jagd eröffnet. Ausnahmsweise arbeiteten in dieser Angelegenheit Kripo Ost und Kripo West mal wieder zusammen und nicht gegeneinander. Wenn es um Kinder ging, hatten die Ideologien zu schweigen. Ab und an jedenfalls.

Bei diesem Stand von Kappes Überlegungen gab der Fernsprechapparat auf Keunitz' Schreibtisch plötzlich schrille Klingeltöne von sich, weshalb der Kriminalrat in Windeseile den Hörer von der Gabel nahm. Keunitz war noch sehr darauf bedacht, bei seinen Vorgesetzten nicht unangenehm aufzufallen. Er nickte, zog erneut die Augenbrauen zusammen und legte dann die Stirn in Falten.

In Kappe verfestigte sich die Überzeugung, dass mit diesem Gerhard Schmücke tatsächlich etwas nicht stimmte, dass die Besucher im Haus dieser Weddinger Witwe irgendwem aus den oberen Rängen im Polizeipräsidium West Unbehagen bereiteten. Und dass dieser gewisse Jemand aber lieber nicht wollte, dass der Fall an die große Glocke gehängt wurde, denn sonst stünde Kappe jetzt nicht noch immer allein im Büro des Chefs, sondern wäre längst Teil einer eiligst zusammengewürfelten Sonderermittlertruppe.

Mit wem Keunitz wohl telefonierte? Der sagte auch nach zwei Minuten noch immer nichts außer «Ja, ja ja, jawohl». Kappe vermutete, dass sich Polizeipräsident Dr. Johannes Stumm höchstpersönlich eingeschaltet hatte. Einen anderen als Keunitz hätte er einfach geradeheraus gefragt. Doch seinen neuen Chef kannte er noch nicht so gut.

Nun saß Kappe also bei dieser Witwe Wuttke. Seine Gedanken schweiften weiter. Natürlich – die Kattegatstraße lag nicht weit von der Wollankstraße entfernt, die jeden, der ihr in östlicher Richtung folgte, vom französischen in den sowjetischen Sektor Berlins führte! Und dann noch ein Fernmeldefachmann! Hatte es denn keinen anderen Kommissar treffen können? Kappes Nase juckte, und das bedeutete: Dieser Schmücke brachte Ärger.

Wilma Wuttke kam mit dem Schlüssel zurück. Kappe schreckte hoch. «Tut mia leid, Herr Oberhauptkommissar. Ick hab den Schlüssel nich gleich jefundn. Denn lassen Se uns mal nach oben gehen!»

Kappe schüttelte den Kopf. «Nein, gnädige Frau, das geht leider nicht. Sie müssten unten bleiben. Wer weiß, was ich da oben finde. Vielleicht ist Ihrem Nachbarn ja was passiert.»

«Mein' Se? Nee, sicher nich hia. Den ham se doch mitjenomm.»

«Verstehe», sagte Kappe, der nicht sicher war, ob er das alles verstand, aber hoffte, in der Wohnung dieses Schmücke Aufklärung zu erhalten. «Jedenfalls ist es besser, ich gehe erst mal allein.»

«Na jut, wenn Se meinen, Herr Kriminaler.»

Dem Umstand, dass Wilma Wuttke ihm in der Anrede kurzerhand wieder alle Dienstränge weggenommen hatte, entnahm Kappe, dass sie sehr unzufrieden mit ihm war. Er nickte ihr zum Abschied zu und erklomm die Treppe in den Vierten. Er hörte, wie die Türe der Witwe zuknallte.

Der Schlüssel verschaffte ihm ohne Probleme Zutritt zur Wohnung dieses Schmücke. In der nächsten Sekunde stockte er in der Bewegung. Im Flur lag Papier herum. Ein Schränkchen war umgekippt, eine Schublade herausgerissen, die beiden anderen gähnten ihm geöffnet entgegen. «Hallo, ist hier jemand? Herr Schmücke? Kappe, Kriminaloberkommissar. Ist Ihnen etwas passiert?»

Keine Antwort.

Er ging vorsichtig weiter und spähte um die Ecke in die Stube. Nein, hier war niemand. Aber es war ganz sicher jemand da gewesen. Und dieser Jemand hatte in der Wohnung gewütet wie ein Berserker. Die Kommode, der Schrank, der Tisch und die Stühle waren nur noch Sperrmüll. Aus der Sofapolsterung und der Matratze im Schlafraum quollen die Gedärme in Form von Putzwolle und alten Lappen. Die Bilder an der Wand, zwei Drucke von Miró, hingen schief. Die Anrichte in der kleinen Küche bestand nur noch aus herumliegenden Brettern, das Geschirr war zerschlagen worden.

Es knirschte unter Kappes Füßen. Er bückte sich und hob einen silbernen Bilderrahmen hoch. Silber – oho! Das Glas war zersplittert, doch zwei der Personen auf der Fotografie waren noch gut zu erkennen. Eine ältere Frau, um die vierzig vielleicht, sowie ein junges Mädchen, beide mit lockigen blonden Haaren und hellen Augen, soweit er das auf der Schwarzweißaufnahme erkennen konnte. Offenbar Mutter und Tochter. Sie standen in Wintermänteln, dem Anschein nach umgeschneidert aus Wehrmachtsbeständen, vor dem Zaun eines gutbürgerlichen Einfamilienhauses mit Garten in einer Gegend, die Kappe nicht erkannte. Zwischen ihnen, den rechten Arm um die Schulter der Frau gelegt, stand ein Mann in der Uniformjacke der Geheimen Feldpolizei. Kappe vermutete, dass er etwa gleich alt sein könnte wie die Frau, konnte es jedoch nicht genau erkennen. Sein Gesicht war etwas zerkratzt, wahrscheinlich von den Glasscherben. Kappe nahm an, dass das Schmücke war.

Das Gefühl, dass dieser Schmücke Ärger machen würde, wurde noch intensiver. So, so, Geheime Feldpolizei ... Das war die «Ordnungstruppe» der Nationalsozialisten innerhalb der Wehrmacht gewesen. Sie hatten spioniert, denunziert, Partisanen verfolgt, gefoltert und getötet. Insbesondere in den von den Deutschen besetzten sowjetischen Gebieten und kommandiert von Angehörigen der Gestapo oder der Kriminalpolizei. Wenn er es recht überlegte, wusste er nicht allzu viel über diese Leute. Alle Mitglieder der Geheimen Feldpolizei und auch ihre zivilen Helfer waren beim Ausscheiden aus dem aktiven Dienst zu absolutem Stillschweigen verpflichtet worden. Kappe vermutete, dass diese Mauer des Schweigens bis heute mehr als nur einen fanatischen Nationalsozialisten schützte. Man redete nicht, auch nicht übereinander. Es war eine verschworene Gemeinschaft.

So, und dieser Schmücke war angeblich Fernmeldefachmann, hatte also mit Nachrichtenaustausch zu tun, und trug früher die Uniform der Geheimen Feldpolizei. Was für eine Mischung! Das konnte ja heiter werden! Kappes Blick wanderte zwischen der Frau und dem Mädchen auf dem Foto hin und her. Schmücke hatte also Familie. Nun mussten sie nur noch herausfinden, wo sie lebte. Und wo er selbst steckte.

Offensichtlich hatte der Mann Feinde, was bei der Vergangenheit eigentlich nicht weiter verwunderte. Möglichkeiten gab es da genug. Es konnte sich zum Beispiel um ehemalige Partisanen handeln, die es ins Nachkriegsberlin verschlagen hatte, oder um Bewohner von ehemals besetzten Gebieten, die nach Rache dürsteten. Wer auch immer in Schmückes Wohnung eingedrungen war, er musste sehr zornig gewesen sein. Wenn die Eindringlinge schon den Möbeln mit einer derartigen Brachialgewalt begegnet waren, bedeutete das nichts Gutes für die körperliche Unversehrtheit des Bewohners. Kappe überlief es siedend heiß. Und wenn gar die Familie zu Besuch gewesen war? Nein, die Witwe Wuttke hatte nichts dergleichen erwähnt. Er durfte aber nicht vergessen, sie demnächst danach zu fragen.

Doch zunächst war das hier ein Fall für die Spurensicherung. Hoffentlich konnte er Klingbeil von der Kriminaltechnik loseisen, einen etwas weichlich wirkenden Mann, aber einen der detailversessensten und stursten im Bereich Spurenauswertung, die er kannte. Er brauchte auch Gerhard Piossek, mit dem er sich das Büro teilte. Kappe arbeitete gerne mit dem Kollegen. Er hielt ihn für einen kompetenten Mann. Ansonsten betrachtete er Piossek eher mit zwiespältigen Gefühlen. Der Sohn eines Bäckermeisters aus der Lichtenberger Pfarrstraße galt bei vielen Kollegen als arrogant. Er konnte sehr hochfahrend sein und war einst mit einiger Begeisterung in die NSDAP eingetreten. Zum Glück hatten ihn gnädige amerikanische Offiziere beim Entnazifizierungsverfahren als «Mitläufer» eingestuft, deshalb hatte er seine Laufbahn bei der Berliner Kriminalpolizei fortsetzen können. Vermutlich war es hilfreich gewesen, dass bei den Kämpfen in Polen seine rechte Hand durch einen Granatsplitter verstümmelt worden war. Kappe akzeptierte Gerhard Piossek als Kollegen. Doch dass sie einmal Freunde würden, hielt er für ausgeschlossen, obwohl sie schon etliche gefahrvolle Situationen miteinander durchgestanden hatten.

Während Kappe die Treppen hinunterstürmte, vorbei an der Wohnungstüre von Wilma Wuttke, fiel ihm noch etwas auf. Seltsam, das Wüten in Schmückes Wohnung musste einen Heidenlärm gemacht haben. Normalerweise aber vermieden es Verbrecher, auf sich aufmerksam zu machen. Hatten sie es in diesem Fall vielleicht darauf angelegt, dass jemand aufmerksam wurde? Jemand wie Wilma Wuttke?

Kappe war schon an der Wohnungstür der Witwe vorbei, als diese geöffnet wurde und die Frau ihm hinterher schaute. Sie hätte ihm von dem Hintereingang erzählen sollen, von dem aus man durch den Hinterhof in den Keller des angrenzenden Trümmerhauses kam, dachte sie. Das hatte sie bei all der Aufregung vergessen. Nun ja, bei nächster Gelegenheit würde sie das nachholen.

KAPITEL ZWEI
in dem Marie Palmer kurzen Prozess macht

GEGEN MITTAG war Marie Palmers Selbstbewusstsein zur Größe eines Staubkorns zusammengeschnurrt. Was war sie heute Morgen noch stolz und glücklich gewesen! Nicht nur, dass sie es geschafft hatte, einen Platz als freie Mitarbeiterin der Redaktion des Berliner *Tagesspiegel* zu bekommen. Darüber hinaus hatte sie noch einen Auftrag als Gerichtsreporterin bei ebendieser Zeitung ergattert. Und nicht irgendeinen Auftrag, sondern *diesen.*

Chefredakteur Erik Reger höchstselbst hatte gestern das Bewerbungsgespräch mit ihr geführt. Dabei war sie doch ein Niemand, eine von vielen jungen Menschen, die derzeit nach Berlin strebten und hofften, dort trotz der Teilung der Stadt ihr Glück zu finden. Vielleicht weil er wie sie selbst aus dem Rheinland kam. Nach einem ersten kritischen Blick auf ihre kurzen, karottenrot gefärbten Haare und einem anschließenden, sehr positiv verlaufenen Gespräch hatte er ihr eine Broschüre in die Hand gedrückt, quasi als Begrüßungsgeschenk.

Im *Vademecum* waren die strengen Sprachregeln des Hauses aufgelistet. Verpönt waren unter anderem die Worte *vornehmen* und *durchführen.* Alle aus dem Griechischen stammenden Begriffe mussten mit ph und durften nicht mit f geschrieben werden.

Danach hatte Reger sein Asketengesicht leicht zu etwas verzogen, von dem Marie annahm, dass es ein Lächeln sein sollte, ihr auf die Schulter geklopft und gesagt: «Dann mal los, Mädchen!» Darüber hinaus hatte er sie auf ihre flehentliche Bitte hin als «Aushilfe zur Probe» zu dem Prozess ins Moabiter Kriminalgericht abgeordnet. «Also gut, wenn Sie das derart interessiert! Ist vielleicht nicht mal schlecht. Corvus ist unser Mann für die Gladow-

Prozesse. Passen Sie gut auf, von dem Können des Kollegen können Sie sich eine Scheibe abschneiden!»

Erst Tage später begriff Marie, dass der *Tagesspiegel* wegen der Insellage West-Berlins in diesen Tagen ums Überleben kämpfte. Die Anzahl der Abonnements war seit der Gründung der beiden deutschen Staaten und wegen der Schwierigkeiten während der Berlin-Blockade in den Keller gerauscht, im Osten lasen sie andere Blätter. Einige gute Leute waren gegangen, im Ullsteinhaus auf dem Tempelhofer Feld herrschte nicht nur ein finanzieller, sondern auch ein personeller Engpass. Sie war gerade im richtigen Moment aufgetaucht – eine Anfängerin zwar, deswegen aber auch nicht zu teuer. Und vor allem keine Festangestellte, sondern eine Freiberuflerin.

Hans Corvus war an diesem Morgen jedoch verhindert. Plötzlicher Zahnarzttermin, hatte er ausrichten lassen. Er würde aber bald nachkommen. Marie gestand sich ein, dass sie froh darüber wäre, wenn er endlich eintrudelte. Denn sie schwamm gehörig, obwohl sie sich gestern im Archiv noch schnell in die Fakten eingearbeitet hatte. Es war nämlich schon der zweite Prozesstag, auf der Tagesordnung standen Zeugenvernehmungen. Und sie verstand fast nichts. Wegen der schlechten Akustik im Gerichtssaal verrauschte jedes gesprochene Wort zu einem Raunen. Sie musste sich zusammenreißen. Vielleicht würde sie heute dem Mann begegnen, nach dem sie schon so lange suchte – ihrem Stiefvater, Dieter Krug, der heute als Zeuge aussagen sollte.

Die Angeklagte in diesem Verfahren hieß Sigrid Dehne. Ihr wurde schwerer Raub in Tateinheit mit versuchtem Mord vorgeworfen. Sie sollte Mitglied der berüchtigten Gladow-Bande gewesen sein und im April 1949 beim Überfall auf einen Kaufmann mitgemacht haben, zusammen mit dem Bandenchef Werner Gladow und drei Komplizen, darunter dem Henker-Hannes.

Inzwischen war es bald zwölf, und Marie wusste aus den laufenden Zeugenbefragungen immerhin, die junge Frau mit dem ziemlich unerotischen Namen Sigrid Dehne nannte sich im Berufsleben Jane, nach ihrem großen Vorbild, der US-Schauspielerin

Jane Wyman, und war Prostituierte. Und zwar trotz ihrer Jugend – oder vielleicht gerade deswegen – eine Prostituierte der besseren Art und zudem sehr beliebt bei ihren Kolleginnen, von denen drei Stein und Bein schworen, dass die Jane so was nie und nimmer getan habe. Sie sei die Sanftmut in Person. So viel zumindest hatte Marie mitbekommen.

Sie starrte auf ihren Block. Da stand bisher nichts. Hoffentlich war dieser Hans Corvus nicht allzu streng. Sie kannte ihn noch nicht. Du liebe Güte – wenn er sah, dass sie bisher nichts notiert hatte, dann musste sie sich ja zu Tode schämen.

Sigrids Freier aus den gehobenen Kreisen, von denen an diesem Morgen immer mal wieder die Rede gewesen war, würden erst am Nachmittag aussagen, natürlich nicht öffentlich, damit die Herren nicht kompromittiert würden. Das galt auch für Dieter Krug. Bei diesem Namen krampfte sich wie immer ihr Magen zusammen. Irgendwann würde sie dem Mann heimzahlen, was er ihrer Mutter angetan hatte.

Da es sich bei der 5. Großen Strafkammer nicht um ein Jugendgericht handelte, musste diese Sigrid Dehne mindestens achtzehn Jahre alt sein. Sie sah jedoch aus wie sechzehn, ein halbes Kind. Vielleicht hatte sie sich auch älter gemacht, um zum Anschaffen gehen zu können, und kam nun aus der Nummer nicht mehr heraus. Arme Kleine. Zierlich und völlig ungeschminkt saß sie da auf ihrem Armesünderstühlchen und wirkte, als könne sie kein Wässerchen trüben. Marie betrachtete die junge Frau. Unvorstellbar – diese so verletzlich wirkende Jane sollte an einem derart brutalen Überfall beteiligt gewesen sein? Ob sie wohl die Gelegenheit erhielt, mit ihr zu reden? Wenn sie ihre Sache gut machte, würde sie vielleicht weitere Aufträge für diesen Prozess und andere Themen bekommen. Und die brauchte sie unbedingt, um in Berlin bleiben und mit Hilfe ihrer Stellung als *Tagesspiegel*-Reporterin auch noch ihre eigenen Nachforschungen anstellen zu können.

Marie wurde zunehmend nervös. Ob dieser angekündigte Zeuge wirklich *der* Dieter Krug war? Ob sie ihn trotz der nichtöffentlichen Vernehmung irgendwie zu Gesicht bekommen konnte? Sie musste in der Mittagspause unbedingt versuchen, den Referendar zu erwischen, den der Staatsanwalt mitgebracht hatte. Er sah nett aus.

Der Vorsitzende Richter donnerte mit dem Hammer auf den Tisch, Marie schreckte hoch. Mittagspause. Vielleicht kam jetzt eine Gelegenheit, etwas mehr zum Fall und zu den Zeugen zu erfahren.

«Na, Schwierigkeiten? Keine Bange, das wird schon. Das geht anfangs vielen so. Besonders bei Fällen wie diesem.»

Marie hatte ihren Sitznachbarn bisher nicht beachtet. Sie drehte den Kopf zu ihm. «Wie kommen Sie darauf?», erwiderte sie eisig.

Er ließ sich nicht beirren und tippte mit dem Finger auf ihren leeren Block. Dann grinste er. «Nun, da steht herzlich wenig.»

«Kümmern Sie sich um Ihren eigenen Kram!», fauchte Marie zurück.

«Oh, entschuldigen Sie, gnädiges Fräulein! Ich wollte nicht aufdringlich werden. Nur helfen. Gestatten Sie, John, John Weißbrot. Ich bin Amerikaner, Mitarbeiter von Generalmajor Maxwell Taylor, Sie wissen schon, dem Kommandanten des amerikanischen Sektors und der alliierten Truppen in Berlin. Ich kenne hier viele der Juristen. Ich hätte Sie mit einigen bekannt machen können, die Ihnen weiterhelfen. Aber wenn Sie keinen Wert darauf legen ...»

Doch! Das war genau die Hilfe, die sie brauchte. Dafür würde sie sogar diesen unverschämten Kerl in Kauf nehmen, dachte Marie und schaute genauer hin. Eigentlich sah er ganz gut aus, trotz der GI-Frisur. Das spitzbübische Grinsen gab ihm etwas Jungenhaftes. Und ein Grübchen im Kinn hatte er auch. Sie schmolz in schöner Regelmäßigkeit dahin, wenn ein Mann ein Grübchen im Kinn hatte. «Doch, doch», sagte sie schnell und versuchte sich in einem versöhnlichen Lächeln.

«Na, dann wollen wir mal! Viele Anwälte, Referendare und Zeugen stehen in der Pause vor dem Saal auf der Galerie oben in der Haupthalle, nahe dem Scheitel der schönen Kuppel, *you know*. Dort, wo die Tierkreiszeichen weiß und golden blinken – sozusagen als Mahnung, dass über diesem irdischen Jammertal allein der Himmel regiert.»

«Auch noch ein Romantiker», erwiderte sie trocken und wunderte sich, dass er so gut Deutsch sprach. Das ließ in Verbindung mit seinem Nachnamen nur einen Schluss zu. Doch sie kannte ihn nicht, und sie konnte ihn wohl kaum fragen, ob er aus einer ausgewanderten jüdischen Familie stammte.

Vor dem Saal steuerte Maries neuer Bekannter auf den Verteidiger der Prostituierten Jane zu. Der stand auf einer der grünblau belegten, messinggefassten Steinstufen, hatte sich zur Saaltür hin ans Geländer gelehnt und sagte gerade zu einem kompakt wirkenden älteren Herrn: «Was meinen Sie, wie's ausgeht, Herr Kriminaloberkommissar?»

Der Angesprochene zuckte die Schultern. «Selbst unsereiner hat es schwer, so was einzuschätzen. Ich kann nur sagen, was ich von diesem Zeugen, diesem Schlüter, gehört habe. Vielleicht hilft das ja Ihrer Mandantin.»

«Sie auch hier, Kappe? Lange nicht gesehen!», orgelte Maries neuer Bekannter und tippte dem untersetzten Kriminaloberkommissar auf die Schulter.

Der drehte sich um. «Ah, der Pilot! Schön, Sie mal wieder zu sehen. Schnieke Bomberjacke!» Eines seiner vergissmeinnichtblauen Augen zwinkerte dem Amerikaner zu.

Dieser Kappe musste um die sechzig sein, schätzte Marie. Aber das war schwer zu sagen, er hatte ein fast faltenloses, noch immer rundes Kindergesicht, und seine Nase war wie ein kleiner Knubbel. Der Mann wirkte gemütlich. Nur der Blick verriet, dass er schon viel gesehen haben musste. Marie hatte den Eindruck, dass diesen wachen Augen nichts entging.

Moment, wie hatte Kappe ihren Begleiter genannt? Pilot. Marie registrierte jetzt, was sie in der Aufregung übersehen hatte. Der Mann trug eine dieser Bomberjacken aus Schaffell der United States Air Force. Bomberjacke – das Wort schwang in ihr nach. Besonders der erste Teil. Sie bekam eine Gänsehaut. Den Schrecken der Bombennächte, als sie und die Mutter zum zweiten Mal vor dem Nichts gestanden hatten, mit vom Phosphor verbrannten Haaren, abgesengten Augenbrauen und nur noch im Nachthemd, hatte sie noch deutlich vor Augen. Die Haare waren nachgewachsen, aber die Alpträume geblieben. Sie rückte ein wenig von ihrem neuen Bekannten ab.

Der gab sich den Anschein, nichts zu bemerken. «Was höre ich da, der Arm des Gesetzes hilft heute der Angeklagten?», fragte er den Kommissar.

«Ich versuche nur, der Wahrheit auf die Sprünge zu helfen», erwiderte Kappe knapp.

«Im Zweifel für den Angeklagten», ergänzte der Verteidiger, ein noch recht junger Mann, hoch aufgeschossen, fast schlaksig, mit ziemlich langen Armen. Marie hatte das Gefühl, dass er nicht wusste, wo er seine Hände lassen sollte. Vermutlich ein Pflichtverteidiger, der versuchte, sich die ersten Sporen zu verdienen und Erfahrungen zu sammeln, dachte sie.

«Das ist der Doktor der Rechte Peter Ostertag. Peter, das ist ... eine junge Dame, deren Namen ich nicht kenne, die aber offenbar den Auftrag hat, von diesem Prozess zu berichten. Doch sie ist neu hier und schwimmt. Zumindest habe ich das ihrer Art zu beobachten und ihrem leeren Block entnommen. Sie braucht einen Ansprechpartner, der ihr weiterhilft. Stimmt doch, oder, Fräulein ...»

«Marie, Marie Palmer. Ich schreibe für den *Tagesspiegel.*» Es erfüllte sie mit – wie sie fand, albernem – Stolz, das sagen zu können. Dass sie in Sachen Gerichtsberichte eine vollkommene Anfängerin war, brauchte sie den Herren nicht unbedingt auf die Nase zu binden. Dann gab sie sich einen Ruck und strahlte den jungen Pflichtverteidiger an. «Es ist wahr, ich könnte wirklich Hilfe gebrauchen.»

Weißbrod grinste. «Der *Tagesspiegel* residiert doch im Ullsteinhaus im amerikanischen Sektor, da unterliegen Sie sozusagen meinem Zuständigkeitsbereich. Grüßen Sie Reger und Karsch von mir!»

Marie nickte nur. Mit dem Namen Karsch konnte sie noch nichts anfangen. Sie sollte den bekannten Theaterkritiker und Kulturjournalisten des *Tagesspiegel* erst noch kennenlernen.

«Ich lese den *Telegraf*», warf Kappe ein. «Aber wenn ich Ihnen weiterhelfen kann, mache ich das natürlich trotzdem. Sehen Sie, da hinten, das ist Medizinalrat Doktor Waldemar Weimann. Eine Koryphäe sozusagen. Soll heute Nachmittag sein Gutachten zu unserer Jane abgeben. Er hat beim großen Prozess gegen Bandenchef Werner Gladow und seine Spießgesellen ausgesagt, das ›Doktorchen‹ sei ein armer, erblich belasteter Mensch. Und dass er es unter anderen Umständen weit hätte bringen können, hochintelligent und vielseitig begabt, wie er ist.» Kappe kniff die Lippen zusammen.

«Sie sind mit seinen Einschätzungen nicht einverstanden?»

«Mein liebes Fräulein, hier geht es nicht um Kinderspiele, auch wenn manche die Verbrechen der Gladow-Bande wegen dieses Robin-Hood- und Al-Capone-Gehabes sogar ein wenig romantisch fanden. Aber dieser Gladow ist kein von den Räuberpistolen über Al Capone fehlgeleitetes Jüngelchen, sondern ein kaltblütiger Mörder und Räuber. 127 schwere und schwerste Straftaten, brutal ausgeführt, waren in der Anklage aufgelistet. Einem der Opfer wurden zum Beispiel die Füße angesengt, damit es sein Geldversteck preisgab. Das hat mit Romantik nichts zu tun. Insgesamt 60 Beteiligte gab es, die mit der Bande zusammengearbeitet haben. 26 wurden wegen geringerer Delikte vorerst freigelassen. Es blieben 34, darunter 7 Frauen. Das hier ist eines der vielen Anschlussverfahren, die derzeit noch laufen. Und meiner Meinung nach hat die Kleine, die sie hier vor Gericht gezerrt haben, nichts mit alldem zu tun gehabt. Jedenfalls deuten meine Ermittlungen darauf hin. Sie wissen, dass Gladow im Ostsektor lebte?»

Marie war verwirrt. «Warum betonen Sie das so?»

John Weißbrod antwortete an Kappes Stelle: «Vor der Teilung der Stadt, das war eine andere Zeit. Während der Verbrechen der Gladow-Bande und in den sieben Monaten, in denen die Staatsanwaltschaft unter Generalstaatsanwalt Berg die Anklageschrift zusammengestellt hat, sind immerhin zwei Staatsgründungen vollzogen worden. Einmal mit der Verkündigung des Grundgesetzes fast genau vor einem Jahr die der Bundesrepublik mit West-Berlin. Und dann die der DDR am 7. Oktober ’49, als unter Führung von Wilhelm Pieck in Ost-Berlin der Volksrat zusammentrat. Das hat natürlich auch Auswirkungen auf die Justizbehörden. Jeder will den anderen mit noch besseren Ergebnissen und einer noch höheren Zahl an verurteilten Verbrechern übertrumpfen. Da kann es schon sein, dass einer in der Bewertung von Zeugen und Indizien übers Ziel hinausschießt. Auch Juristen sind nur Menschen.»

Kappe holte Luft, wollte offenbar etwas sagen, entschied sich dann aber anders.

«Natürlich weiß ich, dass Gladow aus dem Osten ist», erwiderte Marie. «Ich komme ja nicht vom Mond.» Der Mann schien ein Besserwisser zu sein, einer, der andere gerne belehrte. Besonders Frauen. Das ging ihr gegen den Strich. Sie lächelte bemüht verbindlich.

«Damals, als es um die Gladow-Bande ging, haben wir mit den Kollegen Ost noch gut zusammengearbeitet. Da konnte uns niemand so schnell gegeneinander ausspielen», schob Kappe jetzt doch noch düster nach. «Das gilt auch für angebliche Zeugen.» Er kniff erneut die Lippen zusammen. Offenbar war er der Meinung, er habe schon zu viel gesagt.

Marie schluckte. Die Träume der Menschen von einem friedlichen Miteinander nach dem Krieg waren ziemlich schnell zerstoben. Es gab schon wieder die Unterteilung der Welt in Freund und Feind, in «wir» und «die». Und schon wieder gab es eine Front. Sie zog sich mitten durch Berlin. Marie zwang ihre Gedanken zurück in die Gegenwart. «Und wie lauteten die bisherigen Urteile im Gladow-Prozess?»

«Drei Todesurteile», meldete sich jetzt der junge Jurist zu Wort. Wie hieß er noch mal? Irgendwas mit Pfingsten. Ach nein, Ostern. Dr. jur. Peter Ostertag. «Für Werner Gladow sowie seine Komplizen Gaebler und Rogasch. Und die werden auch vollstreckt, das garantiere ich Ihnen. Für die anderen gab es Zuchthausstrafen zwischen fünf Jahren und lebenslänglich.»

Marie war erschüttert. «Ist in der Bundesrepublik die Todesstrafe nicht abgeschafft?»

Kappe betrachtete sie nachdenklich. «Eher ... ausgesetzt, würde ich sagen. Es gibt immer wieder Bestrebungen einflussreicher Leute, die Todesstrafe erneut aufleben zu lassen. Allerdings wird sie seit mehr als einem Jahr nicht mehr vollstreckt.»

«Und in der Zone ist das anders? Haben Sie deshalb so betont, dass Gladow aus Ost-Berlin stammt?»

«Ja, im Osten ist das anders, da gibt es immer wieder Hinrichtungen», bestätigte Kappe.

Sie atmete tief durch und lächelte zaghaft. «Gut, dass Sigrid Dehne vor einem Westgericht steht. Also ist es wohl besser, Verbrechen im Westen zu begehen, was? Tut mir leid, das war eine dumme Bemerkung. Was hat die junge Frau denn nun genau getan?» Sie zückte Block und Bleistift.

«Sie soll an einem Überfall auf einen Kaufmann beteiligt gewesen sein», antwortete Ostertag. «Und der Herr Kriminaloberkommissar ist heute einmal Zeuge der Verteidigung.» Er warf Kappe einen kurzen Seitenblick zu.

Dieser nickte. «Ja, ich habe damals bei dem Überfall auf den Neuköllner Kaufmann den Passanten vernommen, der das Verbrechen gemeldet hat, einen gewissen Schlüter. Der hat aber nur männliche Täter beobachtet. Er hat mehrfach beteuert, dass keine Frau an dem Überfall beteiligt gewesen sei. Allerdings glaubt die Staatsanwaltschaft aufgrund der eidesstattlichen Versicherung eines wie aus dem Nichts aufgetauchten anderen Zeugen, dass sie doch dabei war.»

«Wann sagt dieser Zeuge aus?»

«Das tut er nicht, zumindest nicht öffentlich», antwortete Kappe. «Er kommt überhaupt nicht hierher. Es wird nur die eidesstattliche Erklärung von ihm verlesen.»

«Und wieso nicht? Ist er einer dieser ehrenwerten Herren, die nicht kompromittiert werden dürfen?»

Kappe warf dem Verteidiger einen hilfeheischenden Blick zu. «Es handelt sich wohl um eine Art V-Mann. Aber mehr weiß ich nicht.»

Marie erkannte, wie unangenehm ihm die Angelegenheit

war. Dieser Mann schien sympathisch zu sein. Sachlich und sympathisch. «Einen Namen wird es doch wohl geben, wenn schon kein Gesicht dazu.»

«Krug, Dieter Krug. Der Name steht jedenfalls auf der Tagesordnung, die neben der Tür zum Gerichtssaal aushängt», meldete sich der Verteidiger zu Wort. «Das ist aber sicher ein Deckname. Der Herr Kriminaloberkommissar hat recht, es wird nur seine eidesstattliche Aussage verlesen. Krug behauptet darin, er kenne Sigrid Dehne und habe sie mit Gladow und seinen Leuten ins Haus des Kaufmanns gehen sehen. Das heißt, er müsste vor Ort gewesen sein. Der Zeuge, den Kriminaloberkommissar Kappe vernommen hat, hätte ihn also ebenfalls sehen müssen. Hat er aber nicht. Außerdem fragen wir uns, warum dieser Krug nicht schon für den Hauptprozess gehört worden ist, da er doch alles so genau beobachtet haben will.»

Krug, tatsächlich Dieter Krug. Maries Gedanken überschlugen sich. Also stimmten ihre Informationen, dass der Stiefvater in Berlin war? Sie war allen Hinweisen nachgegangen, die ihre Mutter ihr hatte geben können, war mit dem Foto von ihm, dem einzigen, das sie hatten, von Pontius zu Pilatus gelaufen. Niemand wusste etwas über den Mann zu sagen. Vielleicht auch, weil er auf dem Foto unter einem Baum stand und sein Gesicht im Schatten lag. Marie hatte manchmal das Gefühl gehabt, sie fahnde nach einem Geist. Sie hatte dennoch beim Roten Kreuz eine Suchanfrage aufgegeben. Manchmal geschahen ja Wunder. Doch nichts passierte. Immer wieder hatte sie der Mutter erklären müssen, dass sie ihren Stiefvater noch immer nicht gefunden hatte.

Nach Monaten des vergeblichen Suchens war sie schließlich an einen ehemaligen Kriegskameraden ihres Stiefvaters geraten, einen, der ihm unlängst bei einem Ehemaligentreffen in Berlin wiederbegegnet war. Der mochte den zweiten Mann ihrer Mutter nicht, wollte aber nicht damit herausrücken, weshalb. Nein, hatte er gesagt, die Berliner Adresse kenne er nicht, wolle sie auch nicht kennen. Er könne ihr nur noch einen Tipp geben: Demnächst stehe vor einem Berliner Gericht – vor welchem genau, wisse er nicht – ein Prozess gegen eine Prostituierte an, in den ihr Stiefvater irgendwie verwickelt sei. Der habe bei dem Treffen davon erzählt. Aber nur ganz am Rande. Mehr könne er wirklich nicht sagen. Und wenn er ihr einen guten Rat geben dürfe: Sie solle froh sein, mit diesem Mann nichts mehr zu tun zu haben, und ihn lieber aus ihrem Leben streichen.

Doch das ging nicht. Nicht mit einer Mutter, die sich vor Sehnsucht verzehrte, vor Gram halb verrückt geworden war, Wahnvorstellungen bekommen hatte und nun in einer Heilanstalt dahinvegetierte, mit irgendwelchen Mitteln ruhiggestellt, weil sie mehrmals versucht hatte sich umzubringen. Denn mit diesem Dieter Krug war all ihre Hoffnung, dieses nach dem Tod des ersten Mannes und den Bombenangriffen so mühsam aufrechterhaltene Fünkchen, verschwunden.

Marie hatte ihr Germanistikstudium kurzerhand abgebrochen, ihre Koffer gepackt, ihre kleine Wohnung hinter sich abgeschlossen, war letzten Monat aufs Geratewohl nach Berlin gereist und hatte sich bei verschiedenen Zeitungen beworben. Denn bei einer Zeitung, so ihre Hoffnung, hätte sie gute Möglichkeiten, den Spuren dieses Mannes zu folgen. Da gab es ein Archiv, da gab es Leute, die Gerichtsberichte schrieben, vielleicht sogar über jenen Prozess, von dem der Kriegskamerad ihres Stiefvaters gesprochen hatte. Der *Tagesspiegel* hatte sie genommen. Deshalb war sie hier. Als sie dann die Prozessankündigung und seinen Namen gelesen hatte, der auf der Zeugenliste stand, hatte sie Himmel und Hölle in Bewegung gesetzt, um zu diesem Prozess geschickt zu werden. Und nun, nach all den Mühen, sollte sie ihn nicht zu Gesicht bekommen? Moment, hatte der Verteidiger nicht gesagt, Dieter Krug war ein Deckname? Es konnte trotzdem derselbe Mann sein. Vielleicht hatte er diesen Namen schon bei der Heirat mit ihrer Mutter benutzt. Gab es eigentlich viele Männer namens Dieter Krug in Berlin? «Krug? Dieter Krug, sagten Sie?», sagte sie gedehnt.

«Wieso fragen Sie so seltsam?», erkundigte sich Weißbrod. Da läutete der Gerichtsdiener. «Ah, es geht weiter.»

Marie schaute sich um. Wo blieb Corvus nur?

Ostertag lächelte. «Machen Sie sich keine Sorgen, das schaffen Sie! Was ist, John, treffen wir uns nach Abschluss des heutigen Prozesstages mit der jungen Dame in der Gerichtslinde? Schräg gegenüber in der Turmstraße. Dann kann ich ihr alle Fragen beantworten. Sie zieht ein Gesicht, als habe sie noch viele.»

John Weißbrod grinste. «Aber klar doch!»

In Marie machte sich trotz der Enttäuschung, dass sie den Mann, der Dieter Krug hieß, nun doch nicht sehen würde, eine gewisse Erleichterung breit. Wenigstens würde sie alles erfahren, was sie wissen musste, um einen guten Bericht zu schreiben. Und das auch noch aus erster Hand. Vielleicht konnte sie den Verteidiger auch bitten, für sie ein Gespräch mit seiner Mandantin zu arrangieren. Krug und Sigrid Dehne kannten sich angeblich. Also konnte diese ihr vielleicht weiterhelfen.

Der Saal, in dem die 5. Große Strafkammer tagte, war bis auf den letzten Platz besetzt. Aber auch eine halbe Stunde nach Weiterführung der Verhandlung war noch immer kein Corvus erschienen. Marie musste an den Rat denken, den ihr der Kolumnist Hans Neuhaus von der Redaktion des Berlin-Teils des *Tagesspiegel* gestern mit auf den Weg gegeben hatte: «Sie sollten sich mal im Archiv schlaumachen, Fräulein Palmer! Damit Sie wissen, wohin Sie müssen. Das ist schon ein besonderes Haus, das Moabiter Kriminalgericht. Fragen Sie den Kollegen Corvus, der kann Ihnen allerhand erzählen. Aber damit das klar ist: Sie arbeiten ihm nur zu! Sie können ja schon mal 'n bisschen texten, und wenn der Corvus sagt, es ist gut, dann stimmen Doktor Ewald Weitz als Leiter des Berlin-Teils und Chefredakteur Reger – ich meine das genau in dieser Reihenfolge – vielleicht zu, dass wir Teile ihres Geschreibsels in Corvus' Bericht übernehmen. Versprechen Sie sich jedoch nicht zu viel!»

Geschreibsel! Hielt dieser Neuhaus sie für eine Analphabetin? Marie schwor sich, dass sie es allen beweisen würde. Sicherheitshalber war sie tatsächlich gestern noch nach Moabit gefahren, um sich das Gebäude des Kriminalgerichtes anzuschauen. Sie wollte wissen, in welchen Saal sie am nächsten Morgen musste, damit sie nicht zu spät kam, weil sie sich in dem riesigen Gebäude verlaufen hatte. Schon als sie durch die kolossale Haupthalle gegangen war, 29 Meter hoch, 3 Meter höher als das Brandenburger Tor, wie sie inzwischen wusste, hatte sie sich eingeschüchtert gefühlt. Ein netter Gerichtsdiener, den sie zufällig im Gang traf und der Corvus gut zu kennen schien – «Na, denn grüßen Sie den Meesta ma von mir!» –, hatte nämlich den Aktenstapel, mit dem er unterwegs war, schnell wieder in seinem Büro deponiert und sich Zeit genommen, der neugierigen Besucherin freimütig Auskunft zu geben. Er war unverkennbar stolz auf seinen Arbeitsplatz. Marie blätterte in ihrem Block zurück. Sie hatte eifrig stenografiert. «Wenn das größte Gericht Europas werktags gegen acht Uhr erwacht, treten unzählige Wachtmeister, Schreibkräfte, Putzfrauen, Kanzleiangestellte, Sachverständige, Archivare, Dolmetscher, Köche, Pförtner und viele, sehr viele studierte Juristen, Richter, Staatsanwälte, Verteidiger, Nebenkläger ihren Dienst an.»

Jedenfalls war das Gebäude imposant. Das Haus blickte aus 158 Fenstern auf die Berliner Turmstraße. Als es um 1906 fertig dagestanden hatte, war es laut Maries *Fremdenführer* eines der ersten offiziellen Gebäude Berlins mit elektrischem Licht gewesen. «Fünftausend Glühlampen, sach ick Ihnen, da ist immer eine hin», hatte der Gerichtsdiener gesagt. Und es gab offenbar nichts zwischen Betrügereien, Sexualdelikten sowie Mord und Totschlag, was hier nicht schon vor den Richter gekommen wäre. Die Delinquenten wurden sauber abgeschirmt von der Welt, durch Geheimgänge vorgeführt, die das Gebäude wie Innereien durchzogen. Die riesige Haupthalle war von einem Reigen allegorischer Skulpturen bevölkert. Besonders die Figur der Lüge rechts in der Halle war Marie aufgefallen, wie sie, in Sandstein geschlagen und mit dem Fuchskopf bekrönt, hinter vorgehaltener Hand zur Streitsucht hinüberzischte. Aus deren Kopf hatte der kaiserliche Bildhauer Schlangen mit aufgesperrten Rachen wachsen lassen.

Maries Gedankenfluss wurde unterbrochen, denn der Gerichtsdiener rief jetzt diesen netten Kommissar Kappe als Zeugen auf. Corvus war noch immer nicht aufgetaucht. Ah, wenigstens redete der nette Kommissar laut und deutlich. Er sagte aus, was Marie schon vorher persönlich von ihm gehört hatte.

«Was ist Ihre Einschätzung? Glauben Sie, dass die Angeklagte etwas mit der Gladow-Bande zu tun hat?», fragte der Verteidiger.

«Einspruch!», meinte der Staatsanwalt. «Was Kriminaloberkommissar Kappe glaubt, ist hier nicht von Belang. Hier zählen nur Fakten.»

Der Vorsitzende Richter beugte sich vor. Marie notierte sich, dass sie noch nach seinem Namen fragen musste. «Namen sind wichtig, Regel Nummer eins», hatte Neuhaus ihr gestern in seinem Schnellkurs in Sachen Journalismus noch eingebleut und hinzugefügt: «Richtig geschriebene Namen. Lassen Sie sich alles buchstabieren! Immer! Auch wenn Sie meinen, Sie wissen, wie ein Name geschrieben wird. Das sind wir unseren Lesern schuldig. Da fängt die Glaubwürdigkeit einer Zeitung an, an solchen Sachen wird sie gemessen.»

«Einspruch abgelehnt», meinte der Richter. «Ich kenne Kriminaloberkommissar Kappe als erfahrenen Ermittler und vertraue seinen Einschätzungen. Haben Sie noch etwas dazu zu sagen, Herr Kriminaloberkommissar?»

Der Staatsanwalt zog ein beleidigtes Gesicht, der Verteidiger ein zufriedenes, und Kappe antwortete: «Ich habe jedenfalls nichts Nachteiliges und schon gar keine solche Vorgeschichte über die junge Dame herausfinden können. Gut, sie trifft in ihrem Beruf viele ... Herren. Darunter sind sicherlich auch solche, die es mit unseren Gesetzen nicht so genau nehmen. Aber so, wie ich sie kennengelernt habe, ist sie ein anständiges Mädchen.»

«Ein anständiges Mädchen – dass ich nicht lache!» Die Stimme des Staatsanwaltes klang sarkastisch.

«Im Zweifel für die Angeklagte, Herr Kollege», meinte Verteidiger Peter Ostertag.

«Die Plädoyers sind jetzt noch nicht an der Reihe, Herr Doktor Ostertag», pfiff ihn der Richter zurück. «Außerdem fälle *ich* das Urteil. Und Sie werden mir wohl die Kenntnis der Gesetze zugestehen, oder?»

Peter Ostertag lief hochrot an. Marie begriff, dass er gerade gehörig in den Senkel gestellt worden war. Offensichtlich sah es der Richter als seine Aufgabe an, den Jungspunden vor Gericht gleich klarzumachen, wo hier der Hammer hing.

Gerade als sie das dachte, riss ein Gerichtsdiener die Türe auf. «Kommissar Kappe soll sofort kommen, ein aktueller Fall!», rief er in den Saal, ging dann zum Richtertisch und überreichte ein Schreiben. «Das kommt direkt aus der Friesenstraße.»

Der Vorsitzende Richter überflog es und nickte. «Dringliche Bitte des Polizeipräsidenten. Herr Kriminaloberkommissar, draußen warten zwei Herren auf Sie. Dann vertagen wir auf morgen. Acht Uhr, selber Ort. Und seien Sie bitte pünktlich, damit wir gleich als Erstes mit Ihrer Zeugenvernehmung weitermachen können!»

Marie schaute nachdenklich zu, wie der Kommissar aus dem Saal stapfte. Sie musste unbedingt noch einmal mit diesem Kappe reden. Vielleicht konnte er ihr in eher privatem Rahmen mehr zu diesem unvermittelt aufgetauchten Belastungszeugen namens Krug sagen. Andererseits – wieso auf morgen warten? Hier tat sich etwas Ungewöhnliches mehr. Und war sie nicht seit Neuestem Reporterin beim *Tagesspiegel*? Den Verteidiger konnte sie auch morgen noch treffen. Sollte doch dieser Corvus die notwendigen Fakten zusammensammeln! Irgendwann musste der ja vom Zahnarzt zurückkommen. Sie würde später versuchen, beim *Tagesspiegel* anzurufen und zu sagen, dass der Prozess vertagt worden war. Marie stand auf, warf John Weißbrod einen unschuldigen Blick zu und eilte aus dem Saal.

KAPITEL DREI
in dem Kappe sich mehrfach wundert

KAPPE besah sich den Toten auf dem Trümmergrundstück an der Wollankstraße. Die Haut hing ihm in Fetzen vom Gesicht, die Züge waren völlig entstellt, als habe jemand Säure darübergegossen. «Haben Sie den Mann schon mal gesehen, Jüterbog?»

Der Kollege vom Kriminalkommissariat Wedding war äußerlich der Typ Peter Pasetti. Immer wenn er ihn sah, musste Kappe an einen Film denken, den er letztes oder vorletztes Jahr zusammen mit Klara gesehen hatte: *Die kupferne Hochzeit*. Die Hauptrollen hatten Hertha Feiler und Hans Nielsen gespielt. Doch die Ähnlichkeit hörte auf, sobald Jüterbog den Mund aufmachte.

«Wie soll ich det sagn? So wie der aussieht, erkennt den selbst die eigene Mutter nich. Aber dit jibt Probleme. Wir ham mal so über'n Daumen jepeilt. Der liecht vamutlich halbe-halbe, die Sektorengrenze muss irgendwo zwischn Kopf und Beene verlaufn. Dabei ham wa schon Demse jenuch mit die vom Ostn.»

Kappe nickte gedankenverloren. Ja, dicke Luft herrschte schon eine ganze Weile zwischen ihnen und der Polizei Ost. Falls der Tote tatsächlich mit dem Kopf im französischen Sektor und mit den Beinen im russischen Sektor lag, würden die Kollegen aus dem Osten die Leiche auf jeden Fall für sich beanspruchen. Schon um den West-Berliner Kollegen eins auszuwischen. Aber abwarten. Erst mal musste die Frage geklärt werden, wo genau die Sektorengrenze verlief. In der Höhe des Brustkorbs, des Bauchs vielleicht oder weiter unten? Diejenigen, auf deren Staatsgebiet das größere Stück der Leiche lag, waren am Ende vermutlich die Zuständigen. Bis zur Klärung der Zuständigkeiten würden sie den Leichnam erst mal mitnehmen. Denn das konnte dauern.

Und so lange konnte der Tote ja nicht auf diesem Trümmergrundstück vor sich hin verwesen.

Kappe kannte und schätzte den Kollegen Jüterbog. Er hatte schon früher gut mit ihm zusammengearbeitet, unter anderem im Fall des Frauenmörders Kimmritz, der schließlich in der Badstraße gefasst worden war. «Dann ist er wohl aus dem Osten fortgelaufen und zumindest mit dem Kopf im Westen angekommen. Wissen wir schon, wann, woran oder wie der Mann gestorben ist? Und wer hat ihn gefunden?»

«Wie er gestorben ist? Vermutlich erschossen. Zwee Bengels ham ihn beim Spieln entdeckt. Wir ham sie schon vernommen. Stehn jetzt da drübn beim Kollegen Drewitz aus'm Osten. Sind völlig jeplättet. Ja, ja, die Ostler sind auch schon da. Der andere ist kurz wech, mal eben umme Ecke für, na, Sie wissen schon, nichtöffentliche Sitzung. Kommt aber gleich wieder.»

Warum sagte Jüterbog das so seltsam? Aber Kappe hatte jetzt andere Probleme, danach würde er sich später erkundigen. «Lassen wir die Jungs erst mal nach Hause gehn, wenn die Ostler mit ihnen fertig sind. Habt ihr denn schon damit angefangen, die Nachbarschaft zu befragen? Vielleicht hat der Mörder hier auf sein Opfer gewartet und ist dabei beobachtet worden. Wenn der Mann in den Westen wollte, wovon wir nach Lage des Körpers wohl ausgehen können, dann wohnt er vielleicht sogar hier im französischen Sektor.» Kappe sah sich um. «Nun ja, viel is hier nich mehr mit Nachbarschaft, wenn ich von den Ratten im Schutt mal absehe.»

Die Männer schauten sich einen Moment lang schweigend an, jeder mit seinen eigenen Erinnerungen beschäftigt. Der Bezirk Wedding hatte während des Krieges ziemlich gelitten. Und da 1945 bei der Schlacht um Berlin Schul-, See- und Badstraße tagelang die Hauptkampflinie gebildet hatten, waren am Ende des Krieges viele der Weddinger Gebäude zerstört oder schwer beschädigt.

Jüterbog schüttelte schließlich den Kopf. «Nee, hab noch niemanden losjeschickt. Ham uff Ihnen jewartet. Anordnung von oben.»

«Na, dann machen Sie mal! Ich denke, wir sollten auf jeden Fall die Nachbarn bis Stern- und Kattegatstraße befragen.»

Jüterbog nickte und sprach mit einem seiner Leute, der unverzüglich aufbrach.

Kappe und Jüterbog gingen hinüber zu den Kollegen aus der Friesenstraße. Piossek und Klingbeil, die ihn mit dem Mordauto vom Gericht abgeholt hatten, hatten sich, nachdem sie am Tatort angekommen waren, sofort an die Spurensicherung gemacht. Klingbeil von der Kriminaltechnik stellte gerade umständlich sein Stativ für die Tatortfotos auf.

Piossek untersuchte die Taschen des Toten und förderte eine Brieftasche zutage. «Na, da ham wir ja doch noch Papiere, wie es scheint. Komisch – jemand schüttet dem Mann erst Säure übers Gesicht, damit man ihn nicht so schnell erkennt, und vergisst dann, ihm die Papiere abzunehmen?»

Kappe ging in die Hocke, um sich den Fund anzusehen.

Ein Mann näherte sich der Leiche aus Richtung Osten und blieb bei den Füßen des Toten stehen. «Was machst denn du hier, Papa?», fragte er. «Das ist unser Fall.»

Kappe zuckte zusammen und richtete sich auf. «Haben sie dich jetzt strafversetzt in die Polizeiinspektion Pankow, ich meine das Polizeirevier 282 in der Breite Straße 41 a?», fragte er seinen Sohn, um Zeit zu gewinnen.

Hartmut Kappe blieb stumm.

«Was ich hier mache? Dasselbe könnte ich dich auch fragen, Hartmut», fuhr Kappe schließlich fort. Musste ausgerechnet sein Ältester hier auftauchen? Konnte es keiner der anderen ehemaligen Kollegen sein, die Dienst im Polizeipräsidium Ost taten? Doch es half nichts. «Das ist nämlich eindeutig unser Fall», fügte er dann energisch hinzu.

«Das sehe ich aber ganz anders! Nach Lage des Toten kam der Mann aus dem Osten. Also ist es ein Fall der Polizei Ost!»

«Aber Beine laufen nun mal nicht ohne einen Kopf. Also ist es ein Fall für die Polizei West, Junge. Das ist doch wohl klar!»

Beide Männer starrten einander schweigend an. Die anderen

Kollegen hielten inne und beobachteten dieses außergewöhnliche Vater-Sohn-Duell. Vater und auch Sohn Kappe wussten, dass die Situation ihnen Probleme bereiten konnte. Weder im Osten noch im Westen sah man es gerne, wenn Kommissare Beziehungen zum Feind unterhielten – und schon gar nicht familiäre. Kappe senior war allerdings durch seine langjährige Polizeizugehörigkeit geschützt, während derer er seine dienstliche und politische Zuverlässigkeit mehr als einmal unter Beweis gestellt hatte. Er war nie in der NSDAP gewesen. Und mit Kappe junior, Kommissar bei der Kripo Ost, legte sich auch niemand gerne an. Ihm wurden besonders gute Beziehungen zu «seinem» Polizeipräsidenten nachgesagt.

Das Präsidium Ost residierte im Karstadthaus in der Neue Königsstraße unter Leitung von Paul Markgraf – die Westalliierten hatten ihn als Polizeichef abgesetzt, doch die Sowjets hatten ihn gehalten. Die Kriminalpolizei Ost war vorläufig noch in der Dircksenstraße geblieben, doch der Umzug war bereits abzusehen. Das Präsidium West in der Friesenstraße unter der Führung des früheren Markgraf-Stellvertreters Dr. Johannes Stumm hatte 1948 als eigenständige Institution die Arbeit aufgenommen, mit 9491 Polizeibeamten, 971 Hilfskräften und 2200 Wachpolizisten.

Inzwischen hatte sich Peter Drewitz demonstrativ zu Hartmut Kappe gesellt. Kappe senior nickte ihm zu. «Ah, Drewitz, Sie auch da! So sieht man sich wieder.»

Früher waren sie ebenfalls Kollegen gewesen, wenn auch nicht lange. Drewitz war im Bezirk Tiergarten aufgewachsen, dann aber zu seiner großen Liebe in den russischen Sektor gezogen. *Cherchez la femme*, wie die Franzosen sagten. Sie hatten letztes Jahr geheiratet. Das war der Grund dafür, dass er nun ebenfalls zur Markgraf-Truppe gehörte – und nicht etwa, dass er ein besonders linientreuer SEDler gewesen wäre. Soweit Kappe gehört hatte, war der langersehnte Sprössling unterwegs. Doch man wusste nicht mehr so viel voneinander wie früher.

Kappe betrachtete seinen Ältesten. Hartmut fühlte sich ebenso wenig wohl in dieser Situation wie er selbst. Kein Wunder, sie standen auf feindlichen Seiten. So weit war es gekommen. Es wurde unter der Hand erzählt, in Ost-Berlin, nun Hauptstadt der DDR, seien die Kommunisten dabei, ihre Polizei den «Oststrukturen» anzupassen. Das hieß, es entstanden militärisch geführte Einheiten.

Kappe dachte wieder einmal, wie leid er dieser ständigen Animositäten war. Anfangs hatten sich die altgedienten Kollegen hüben wie drüben noch ausgetauscht und die Köpfe geschüttelt über die Politiker. Inzwischen aber hatte sich die Beziehung zwischen Ost und West bis auf Eiskellernivau abgekühlt. Es galt, wachsam zu sein, denn der Osten sollte ins Präsidium Friesenstraße mehr als nur einen Spion eingeschleust haben. Umgekehrt natürlich auch. Da tröstete es Kappe nicht, dass er als Kriminaloberkommissar, sehr zur Freude seiner Klara, 150 Mark mehr im Monat verdiente als vorher. Denn dafür zog sich der durch die Teilung verursachte Graben nun durch die eigene Familie. Er freute sich inzwischen sogar auf seinen Ruhestand. Kappe hasste es, innerhalb des eigenen Präsidiums jedes Wort auf die Goldwaage legen, genau bedenken zu müssen, wem er was mitteilte. Von den alten Gewissheiten und der früheren Gemeinschaft war nicht mehr viel übrig geblieben. Sogar Kollegen, die früher lange und gut zusammengearbeitet hatten, vertrauten einander nicht mehr. Das gegenseitige Misstrauen hatte jedoch nicht nur mit der Teilung zu tun. Nach dem Zweiten Weltkrieg waren viele bei der Polizei aufgenommen worden, die dort eigentlich nichts verloren hatten. Man hatte praktisch jeden nehmen müssen, auch völlig Berufsfremde, um die Reihen wieder aufzufüllen. Und das in vielen Fällen ohne große Überprüfung, denn anfangs waren zahlreiche Akten einfach verschwunden gewesen, irgendwohin ausgelagert. Dann waren die Akten jedoch nach und nach aufgetaucht, und sie hatten feststellen müssen, dass auch der eine oder andere Verbrecher die Gunst der Stunde zu nutzen versucht hatte, um auf diese Weise eine weiße Weste zu bekommen. Das alles erschwerte die Arbeit ganz erheblich – ganz zu schweigen davon, dass die Möbel im Büro zusammengewürfelt waren und Papier auch nach

Aufhebung der Berlin-Blockade noch immer Mangelware war und ihnen jedes Blatt vorgezählt wurde.

Kappe wusste, dass das nicht ging, aber er hätte seinen Sohn am liebsten in den Arm genommen, um die vergangenen Jahre zu überbrücken, die lange Zeit des Schweigens und der Angst, während sein Ältester in russischer Kriegsgefangenschaft gewesen war, und auch diese unglückselige Grenze, die sie noch weiter voneinander entfernte. Ihm tat das Herz weh. Doch Hartmut würde sich nicht erweichen lassen. Er brauchte seine Arbeit. Seine Frau, die blondgelockte Straßenbahnschaffnerin Ingeborg, geborene Kramer, machte zwar gerade eine Ausbildung zur Straßenbahnführerin, hatte also beste Aussichten, doch die beiden erwarteten Nachwuchs. Und der kostete bekanntlich eine Stange Geld.

Sie sprachen miteinander nicht über Politik, blendeten das Thema aus, so gut es ging. Kappe empfand es als Tragik, dass er während der Zeit des Nationalsozialismus mit seiner Familie wegen deren Sympathie für Hitler nicht über seine Abneigung gegen die Nazis hatte sprechen können. Jetzt musste er sich schon wieder linientreu geben. Ebenso wie Hartmut. Nur die Linien waren andere. Man musste sich wieder einmal durchlavieren, sich irgendwie arrangieren. Privat Vater und Sohn, dienstlich ... ja, was?

«Halt! Das geht so nicht! Das wird Folgen haben!», protestierte Drewitz lauthals in seine Gedanken hinein.

Kappe sah sich um. Klingbeil und Piossek waren dabei, Fakten zu schaffen. Zusammen mit Kommissar Jüterbog luden sie den Toten kurzerhand in das Mordauto. Kappe schaute seinen Sohn und den ehemaligen Kollegen traurig an und wandte sich dann ohne ein weiteres Wort ab. Das würden sie später klären. Wer die Leiche hatte, hatte den Fall.

Plötzlich eine weibliche Stimme: «Was ist hier los? Ist das ein Mord?»

Kappe fuhr herum. «Was tun Sie denn hier, Fräulein Palmer?»

Marie machte ihr unschuldigstes Gesicht. «Ich bin doch Berichterstatterin beim *Tagesspiegel*. Deshalb interessiert mich das hier ...»

«Und woher wussten Sie, wo Sie mich finden?»

Sie deutete auf Piossek. «Der Mann, der Sie im Gericht abgeholt hat, hat es einem Gerichtsdiener gesagt, und von dem habe ich es erfahren. Ein netter Mann, dieser Gerichtsdiener, sehr auskunftsfreudig. Schicken Sie mich jetzt weg?», fragte sie mit einem treuherzigen Augenaufschlag.

Kappe schmunzelte in sich hinein. So unlieb war ihm die Gegenwart einer Berichterstatterin gar nicht. Solange sie hier war, würde es sicher keine verbissene Ost-West-Auseinandersetzung um diesen Toten geben. Auch Hartmut und Drewitz wussten natürlich, dass die Westzeitung *Tagesspiegel* daraus eine böse Schlagzeile gemacht hätte. «Nun ja, da Sie schon mal da sind ... Aber das darf nicht zur Gewohnheit werden, Frolleinchen!»

Sie nickte. «Wo wollen denn die anderen hin?»

«Welche anderen?»

«Die, die gesagt haben, dass das ihr Fall sei.»

Kappe wandte sich wieder um. Er sah von Hartmut und Drewitz nur noch die Rücken. Das bedeutete keineswegs, dass sie aufgeben würden. Wahrscheinlich lag bei ihnen in der Friesenstraße demnächst ein Auslieferungsgesuch für die Leiche auf dem Tisch. Aber bevor sie wussten, wer der Tote war, lief da gar nichts. Sie würden den Ostkollegen ganz sicher keinen Westbürger ausliefern, egal, ob tot oder nicht. Moment, da waren doch diese Papiere ... Kappe ging zu dem Kollegen Piossek, der nach vollbrachter Leichenentführung wartend neben dem Mordauto stand. «Und – was steht in den Papieren?»

«Ein Ausweis aus der Zone, leider. Wollte nur vorhin nichts sagen. Der Ausweis ist neu, aber das Foto ziemlich unterbelichtet. Vermutlich stammt es noch aus Kriegstagen. Es wundert mich, dass die Behörden das haben durchgehen lassen. Da steht, der Mann heißt Krug, Dieter Krug. Wir haben auch noch einen aufgerissenen frankierten Briefumschlag gefunden, leer, adressiert an ebendiesen Dieter Krug. Der Mann lebt demnach trotz Ausweis aus der Zone hier im Wedding. In der Siedlung des Spar- und Bauvereins Eintracht, am Nachtigalplatz. Da baun se derzeit, was das

Zeug hält. Durch Fliegerbomben is da '44 viel von den Häuserzeilen kaputtgegangen. Sie wolln die Siedlung sogar erweitern, hab ich gehört.»

Kappe atmete tief durch. «Die Siedlung heißt doch seit letztem Jahr wieder nach Friedrich Ebert und nicht mehr ›Eintracht‹ wie unter den Nazis, soweit ich weiß. Und das ist Jüterbogs Baustelle. Also nix mit ausliefern, ehe wir nicht mehr wissen», knurrte Kappe. Dann hielt er inne. Dieter Krug? Der Tote sollte genau so wie der Zeuge heißen, der die Prostituierte Jane dabei beobachtet haben wollte, wie sie sich an dem Überfall auf den Kaufmann beteiligt hatte? Konnte das ein Zufall sein? «Moment! Kann ich den Mann noch mal sehen?»

«Da die beiden Ostler weg sind, können wir ihn wieder ausladen und den Leichenwagen bestellen», antwortete Piossek. «Muss schwierig sein für Sie mit einem Sohn bei den Kollegen im Osten.»

Kappe sagte nichts dazu. Aber seine Kiefer mahlten.

Klingbeil gesellte sich zu ihnen. «Kappe, was ist los?»

«Ich muss den Mann noch mal sehen.»

«Aber das Gesicht ist doch völlig unkenntlich.»

«Nu macht schon!»

Kollege Jüterbog half beim Ausladen. Sachte, als könnten sie ihn verletzen, legten sie den Toten auf den Trümmerschutt.

«Hm», brummte Kappe und ging um den Körper herum. Dann schüttelte er den Kopf. «Ich glaube nicht, dass der Mann Dieter Krug heißt. Das ist ein anderer.»

«Stimmt», erklärte jetzt auch Marie Palmer und schlug gleich darauf die Hand vor den Mund.

Kappe fuhr herum. «Woher wollen Sie das denn wissen?»

Marie Palmer biss sich auf die Unterlippe.

Kappe schaute sie einen Moment lang an und nickte dann bedächtig. «Nun, ich denke mal, wir ham da einigen Gesprächsbedarf, kleines Frollein. Ich muss jetzt hier weitermachen. Aber morgen will ich Sie bei mir im Präsidium sehen!»

«Ich kann aber erst am späten Nachmittag. Ich muss doch in die Redaktion.»

«Ich werde Sie wohl nicht davon abhalten können, über die Geschichte hier zu schreiben, was?»

Marie lächelte zuckersüß. «Nein, das werden Sie wohl nicht können.»

Kappe grinste. «Dann will ich aber ganz genau wissen, was das für ein Dieter Krug ist, den *Sie* kennen, junge Dame.»

«Versprochen», sagte Marie.

KAPITEL VIER

in dem noch andere über den Toten aus der Wollankstraße sinnieren

MAXWELL D. TAYLOR war ein gutaussehender Mann. Etwas tief liegende, stahlblaue Augen unter dunklen Brauen, dunkle Haare, die sich an der Stirn zu lichten begannen, ein energisches, klares Gesicht mit einer markanten Nase, einer schmalen Ober- und einer vollen Unterlippe über einem ausgeprägten Kinn, das von Entschlussfreudigkeit kündete. Der Kommandant des US-Sektors und der Alliierten Truppen in Berlin war ein Frauentyp.

Den Lieutenant Colonel John Weißbrod scherte das allerdings in diesem Moment wenig, denn er bekam gerade einen Anschiss - wohlformuliert, wie es die Art eines in militärischer Disziplin geschulten Mannes und Diplomaten wie Taylor war, ruhig vorgetragen, aber eben doch einen Anschiss. Und das auch noch in Anwesenheit von Mike Mooney, einem Mitarbeiter des Polizeisektorassistenten der Amerikaner, und dessen Kollegen bei den Engländern und den Franzosen, Peter McClure und Jean Petois. Alle drei waren zudem Mitarbeiter der Geheimdienste ihrer jeweiligen Länder, Sektion für verdeckte Operationen. Weißbrod stand, während die anderen saßen.

Der Franzose nickte energisch. «*Mais oui, les russiens*, die Sowjets, sie schreien, wie man sagt ... Zeter und Mordio, wegen winzigem Bericht in *Tagesspiegel*. *Cela*, das muss 'aben eine andere *raison que deux*, also zwei Polizisten West 'aben zwei Polizisten Ost geklaut eine Leich.»

Taylor nickte. «Das vermute ich auch. Erst der Tote, der niemals in der Wollankstraße hätte gefunden werden dürfen. Ausgerechnet da! Obendrein noch der Bericht im *Tagesspiegel*! Sie sind doch der Presseoffizier, Lieutenant Colonel Weißbrod. Sie wissen, was auf dem Spiel steht, Sie hätten das verhindern müssen. Haben Sie inzwischen mit Pullach telefoniert?»

Weißbrod nickte. «Ja, mit Gehlen persönlich.»

«Was sagte er? Wie erklärt er sich, dass die Leiche in der Wollankstraße gefunden wurde? Wenn ich richtig informiert bin, ist der Mann im Osten abgelegt worden, in der Zone. Von allein ist der Mann sicherlich nicht auf die Grenze zum Bezirk Wedding gekommen.»

Weißbrod trat unglücklich von einem Fuß auf den anderen. Gut, er war hier unter Verbündeten, trotzdem musste er vorsichtig sein, was er preisgab. Die *Central Intelligence Agency* hatte Gehlen und seine Leute vom amerikanischen Heeres-Nachrichtendienst übernommen und finanzierte nun mit dem Geld des amerikanischen Steuerzahlers den Aufbau eines neuen bundesdeutschen Nachrichtendienstes. Das fiel unter die höchste Geheimhaltungsstufe. Im Gegenzug bekam die C.I.A. durch Gehlen Zugang zu Hintergrundwissen und Quellen im Ostblock, die sie dringend benötigte, solange sie nicht über genügend eigene verlässliche Nachrichtenquellen dort verfügte. Dass Gehlen den Amerikanern Informationen lieferte, wusste allerdings jeder im Raum, denn vieles davon wurde auch an die Engländer und die Franzosen weitergegeben.

Was hatten sie doch direkt nach Kriegsende noch für Träume gehabt! Sie hatten gehofft, dass es nach dem gemeinsam gewonnenen Krieg ein friedliches Miteinander zwischen Ost und West geben könnte, vielleicht sogar eine freundschaftliche Kooperation mit den Kommunisten zum Wohle aller. Doch die Hoffnungen waren gebröckelt, mit jeder neuen Krise mehr – der Irankrise, der folgenden Berlinkrise und der Blockade Berlins nach Einführung der D-Mark. Die Expansionsgelüste der Roten mussten um jeden Preis gestoppt werden. Und nun spitzte sich zu allem Überfluss die Auseinandersetzung um den Einfluss der Mächte in Korea immer weiter zu.

Weißbrod räusperte sich. «Gehlen hat sich zunächst geweigert, überhaupt etwas dazu zu sagen. Er wollte sich erst kundig machen, was da schiefgelaufen ist.»

Peter McClure, ein hochgeschossener Rothaariger mit Sommersprossen, beugte sich nach vorn. Er wirkte aggressiv. «Ach ja? Das nimmt die C.I.A. einfach so hin? Nun schauen Sie mich nicht so empört an! Gibt es denn da niemanden, der diesem Kraut, diesem deutschen Ex-Generalmajor, klarmachen kann, dass er Schwierigkeiten bekommt, wenn er nicht kooperiert? Von ihm kam der Vorschlag für diese ganze vermaledeite Aktion - oder hab ich da was missverstanden, General? Also, wie ist der Tote da gelandet? Das ist eine Katastrophe! Ob die Sowjets das waren? Dann wäre unser Agent Kirchbach verbrannt.»

«Das weiß ich nicht, Peter. Aber ich werde das herausfinden», antwortete Weißbrod nach einem Seitenblick auf Taylor.

Der General lehnte sich in seinem Stuhl zurück. «*Sorry*, ich hätte nicht so heftig werden dürfen, John. Ich weiß, Sie haben getan, was Sie konnten. Sie sind einer unserer Besten und haben sich als Pilot der Rosinenbomber große Verdienste um unsere Aufklärung erworben. Ich kann mich noch gut erinnern, wie Sie von Hannover aus mehr als einmal über Ostgebiet geflogen sind, über dem Sie eigentlich nicht hätten sein dürfen. Ihre Bordkameras haben verdammt gute Bilder geliefert. Zum Glück haben die russischen Abfangjäger Sie nie erwischt. Wenn Sie mich fragen, haben Sie sich benommen wie ein Hasardeur. Es hätte gut passieren können, dass die Sowjets Sie vom Himmel holen. Und wir hätten Ihnen nicht helfen können.»

Weißbrod grinste. «Ich bin ihnen ja immer entwischt.»

Nun musste auch Taylor schmunzeln. «Trotzdem, es war ein Risiko. Aber zurück zu unserem aktuellen Problem: Der Teufel hole diesen Gehlen! Ein ziemlich undurchsichtiger Mann. Er beschwört zwar, er sei ein Hitler-Gegner und in Kontakt mit Stauffenberg gewesen und habe den Führer sowieso nur wenige Male persönlich getroffen, ehe er von den Nazis abgesägt worden ist. Aber das behaupten heutzutage viele. Ich würde zu gerne wissen, aus welchem Loch er die ganzen Unterlagen aus seiner Zeit als Chef der Abteilung ›Fremde Heere Ost‹ im Generalstab des Heeres hervorgeholt hat. Er muss sie schon vor Kriegsende irgendwo versteckt haben. Ich bin mir außerdem noch immer nicht sicher, ob er nicht auch mit den Sowjets kooperiert.»

«Er ist entnazifiziert, Sir. Ich glaube auch nicht, dass er ein doppeltes Spiel betreibt. Ohne ihn wüssten wir nicht, dass Hitlers Stellvertreter Bormann ein russischer Spion war und sich in Moskau aufhält.»

Taylor zog die Stirn in Falten. «Ich traue ihm nicht, John. Peter hat recht, jemand muss diesem Gehlen Druck machen. Aber auf die diplomatische Art, so was können Sie ja. Wir müssen wissen, ob der sowjetische Geheimdienst etwas über den Abhörtunnel im Ersten Bezirk in Wien erfahren haben könnte. Falls ja, können wir unsere Suche nach einem Standort für ein ähnliches Projekt in Berlin gleich aufgeben. Weil wir schon dabei sind: Peter, haben Sie was aus Wien gehört? Was sagt dieser Kirchbach zu dem ganzen Schlamassel? Immerhin haben wir das alles nur seinetwegen organisiert. Wo steckt der Mann überhaupt? Immer noch untergetaucht? Dachte eigentlich, er ist jetzt sicher, wo er offiziell als tot gilt, und kann sich wieder an die Arbeit machen. Meine Herren, wir müssen unbedingt wissen, ob – und wenn ja, durch wen – unsere Aktion aufgeflogen ist. Meiner Ansicht nach kann das kein Zufall sein, dass der Tote ausgerechnet in der Wollankstraße gefunden worden ist.»

Für einige Sekunden wurde es ruhig im Raum. Der Abhörtunnel im Ersten Wiener Bezirk war im Wesentlichen eine Operation der Engländer. Die Franzosen und die Amerikaner profitierten davon allerdings ebenfalls. Seine Bedeutung in dem sich immer weiter zuspitzenden Ost-West-Konflikt war immens. Zumindest bis die Amerikaner ihren eigenen Abhörtunnel in Berlin eingerichtet hatten. Doch diese Pläne waren erst im Anfangsstadium. Und sie mussten *jetzt* wissen, was die Sowjets mit Berlin vorhatten. Ob die zum Beispiel darüber nachdachten, die West-Berliner als Geiseln zu nehmen, falls sich die Koreakrise weiter zuspitzte.

Peter McClure räusperte sich.

Taylor wandte sich ihm zu. «Nachrichten von Ihren Leuten?»

«*Yessir*. Kirchbach bleibt sicherheitshalber noch für einige

Tage im Untergrund. Bis sich alles beruhigt hat. Wir können uns außerdem nicht vorstellen, dass die Russen etwas von dem Wiener Abhörtunnel ahnen. Wir haben in den letzten Tagen immer mal wieder die Probe aufs Exempel gemacht und einige Fehlinformationen weitergegeben. Sie sind ihnen durchweg aufgesessen. Unseres Wissens haben sie auch keinen Schimmer, dass wir über ein ähnliches Projekt in Berlin nachdenken. Dass der Tote direkt auf der Sektorengrenze gefunden worden ist, *könnte* also Zufall sein.»

«Ich denke trotzdem, wir sollten den Mann im Auge behalten, Peter.»

«*Yessir*, schon veranlasst, Sir», antwortete McClure. Seinem Pokerface war nicht anzusehen, worüber er nachdachte. Sie hatten noch nicht einmal angefangen, den Untergrund an der Wollankstraße daraufhin zu untersuchen, ob da ein Tunnel möglich wäre. Und es gab Hinweise auf einen sowjetischen Maulwurf innerhalb des englischen *Secret Intelligence Service*.

«Gut. Und was ist mit dem Mädchen? Marie Palmer – so heißt sie doch, oder?», fragte Taylor.

«Ich treffe sie heute Nachmittag», antwortete Weißbrod. «Gehe mit ihr aufs Tempelhofer Feld. Es wird sie beeindrucken, wenn sie sich mal in einen der Rosinenbomber setzen darf. Außerdem habe ich ihr einen Hubschrauberrundflug versprochen. So was imponiert Frauen.»

«Bringen Sie sie zum Reden! Wir müssen mehr über sie wissen, zum Beispiel, ob sie zufällig in diese Sache hineingeraten ist oder ob ein Plan dahintersteckte. Ihre Meldung im *Tagesspiegel* über diesen Toten in der Wollankstraße hat jedenfalls zu viele schlafende Hunde geweckt. *Damn!* Das schien ein so vielversprechender Ort für eine Berliner Abhöraktion zu sein, der französische und der russische Sektor stoßen hier direkt aneinander. Jetzt müssen wir woanders suchen.»

Jean Petois nickte. «Wie sie ’at erfahren von die Sach? Sie weiß von die Tunnel?»

«Vom Tunnel? Nein, sicher nicht. Dass sie an die Geschichte geraten ist, war wohl eher Zufall», antwortete Weißbrod. «Sie ist noch nicht lange in Berlin, hab mich beim *Tagesspiegel* über sie erkundigt. Und die haben sie dann zu dieser Gerichtsverhandlung geschickt – Sie wissen schon, diese Prostituierte. Ich saß zufällig neben ihr. Ein nettes Mädel, etwas unbedarft, dachte ich zunächst. Doch dann ist sie während der Gerichtsverhandlung aufgestanden und gegangen. Ich habe angenommen, sie müsste mal austreten. Aber sie ist wohl dem Kommissar gefolgt, der als Zeuge geladen war, als der zu der Leiche in der Wollankstraße gerufen wurde. *Sorry*, General, Sir, ich hätte besser aufpassen müssen!»

«Hätten Sie, John!», bestätigte Taylor. «Behalten Sie die kleine Lady künftig im Auge, und vor allem, reden Sie mit Erik Reger, er soll sie zurückpfeifen! Er muss die Geschichte unbedingt aus der Zeitung heraushalten. Schlagen Sie ihm einen Handel vor! Wir werden für eine ... gewisse Zurückhaltung des *Tagesspiegel* Gehlen mit ein wenig mehr Nachdruck bitten herauszufinden, was aus diesem verschwundenen *Tagesspiegel*-Mann geworden ist. Meines Wissens verweigern die Sowjets noch immer jede Auskunft. Wann ist er noch mal verhaftet worden, John?»

«Wolfgang Hanßke? Da muss ich nachdenken. Das muss im September '48 gewesen sein, als die SED die erste Stadtverordnetenversammlung nach dem Krieg sprengte. Also, wenn Sie mich fragen, ist er entweder in Sibirien oder längst tot und irgendwo verscharrt.»

«Trotzdem sollten wir herausfinden, was aus ihm geworden ist. Die Sache wird anlässlich des geplanten FDJ-Treffens zu Pfingsten in unserer Presse sowieso wieder hochgekocht. Es gibt ja auch noch andere Westjungs, die sie in Bautzen eingesperrt haben. Dieser Hans Röhr zum Beispiel – ist er nicht zu 25 Jahren Zwangsarbeit verurteilt worden?»

«Ja, sie haben ihn gekascht, als er seine in der Ostzone lebenden Eltern besucht hat. Er soll während des Eisenbahnerstreiks in Ost-Berlin Flugblätter seiner Gewerkschaft verteilt haben.»

«Wie auch immer – sorgen Sie dafür, dass diese Marie Palmer die Füße stillhält, John! Ist sie denn wenigstens hübsch?»

«Ziemlich hübsch.»

«Weißbrod, Sie werden doch nicht etwa Feuer gefangen haben? Na, dann ist es für Sie ja mehr Vergnügen als Arbeit. Wissen Sie eigentlich, ob Polizeifotos von der Leiche gemacht worden sind? Falls ja, besorgen Sie die!»

«Das dürfte kein Problem sein.»

«Wer leitet eigentlich die Ermittlungen?»

«Ein Kriminaloberkommissar namens Kappe.»

Taylor schaute seinen Untergebenen an. «Guter Ermittler – da müssen wir uns vorsehen. Also besorgen Sie die Fotos samt allen Abzügen und Negativen! Sie dürfen keinesfalls an die Öffentlichkeit gelangen! Und ich werde derweil versuchen herauszufinden, was da schiefgelaufen sein könnte.»

KAPITEL FÜNF
in dem Kappe versucht, die Identität eines Toten zu ergründen

«ACHT MÄNNER mit dem Namen Dieter Krug haben wir bisher gefunden», sagte Piossek.

Kappe schaute auf. Er war müde, die Beine taten ihm weh. Er kam und kam nicht weiter mit diesem Schmücke. Die ganze Woche über hatte er sich vergeblich die Hacken abgelaufen. Die Befragung der Nachbarn hatte nichts gebracht, und die Kolonialwarenhändler Berlins hatten abgewinkt, als sie gefragt worden waren, ob jemand namens Schmücke bei ihnen beschäftigt sei. Er hatte allerdings noch nicht alle fragen können. Auch zu den Unternehmen, die sich mit Fernmeldetechnik wie Telefonieren oder Telegrafieren beschäftigten, war er noch nicht gekommen. Er hatte eben nur zwei Füße. Und so was machte sich besser persönlich. Wie auch immer, es gab bisher nichts Greifbares. Es beschlich Kappe der Eindruck, dass er nach einem Gespenst suchte. Und dann war da ja noch der Fall in der Wollankstraße. Wenigstens hatte er dafür Klingbeil und Piossek an seiner Seite.

Kappe las den Obduktionsbericht. Wurde auch Zeit, wahrscheinlich hatte die Leiche schon zu stinken begonnen, dachte er giftig und schaute auf das Datum, um festzustellen, wann der Bericht geschrieben worden war. Was, vor zwei Tagen schon? Und er bekam ihn erst jetzt auf den Schreibtisch? Verdammte Schlamperei! Dem musste er nachgehen. Aber das hatte Zeit, erst musste er herausfinden, wo er diese Marie Palmer schon einmal gesehen hatte. Bereits als sie am Dienstag im Präsidium erschienen war und ihm berichtet hatte, dass sie in Berlin ihren verschwundenen Stiefvater suchte, hatte er überlegt, wo er ihr schon einmal begegnet war. Er wusste nur, dass das auf jeden Fall vor der Begegnung im

Kriminalgericht gewesen sein musste. Es würde ihm schon noch einfallen.

«Hallo-ho, ham Se gehört, was ich gesagt hab?», meldete sich Piossek zu Wort. «Oder träumen Sie gerade vom nächsten Urlaub in Italien?»

«Schön wär's!», knurrte Kappe. «Acht, haben Sie gesagt? Nur in Berlin?»

«Nein, Westdeutschland und die Zone eingeschlossen. Acht außer unserem Dieter Krug aus der Wollankstraße. Die Kollegen Ost waren übrigens überraschend kooperativ.»

Kappe stöhnte. «Das kann ja heiter werden! Schreiben Sie bitte die Kollegen in den entsprechenden Wohnorten an, und schicken Sie auch Kopien des Passbilds mit! Haben wir schon Fingerabdrücke?»

In diesem Augenblick kam Klingbeil in das winzige Büro, das Kappe mit Piossek teilte. Eigentlich war es kaum mehr als eine Besenkammer mit zusammengewürfelten Möbeln. Ein halb schiefes, weil altersschwaches Regal, zwei wackelige Holzstühle an zwei ebenso wackeligen Schreibtischen. Eine Schreibmaschine aus den zwanziger Jahren, Triumph Modell 10, damals berühmt geworden durch den neuartigen Setztabulator. Papst Pius XI. soll seine Korrespondenz mit einer solchen Schreibmaschine verfasst haben. Das war aber auch kein Trost, denn sie hatte kein Farbband.

«Fingerabdrücke, hab ich da gehört? Ja, hab ich genommen. Und auch mit unserer Datei abgeglichen. Das war eine Sisyphusarbeit! Aber nichts entdeckt, passen zu keinem unserer Pappenheimer. Hier ist auch das Foto der Leiche. Vielleicht geben Statur und Kleidung was her. Ich glaube, dass der Mann, bevor sein Gesicht verätzt wurde, einen Backenbart getragen hat. Das meint auch der Leichenheini. Einige Haare sind stehengeblieben. Ich habe übrigens gleich mehrere Abzüge gemacht. Man weiß ja nie, wozu man sie noch braucht.»

Kappe nickte anerkennend. «Gut gemacht! Dann können wir auch den Kollegen, die einen Dieter Krug in ihrem Zuständigkeitsbereich haben, Abzüge mitschicken, Piossek. Vielleicht bringt uns aber auch das Passbild in den Papieren weiter, die wir gefunden haben. Machen Sie von dem bitte auch noch Kopien!»

Klingbeil schien nicht erfreut, nickte aber.

«Und was machen wir mit unserem Bruderstaat? Sollten wir die Kollegen bitten, in Sachen Dieter Krug weiterzuforschen?», fragte Piossek.

Klingbeil verzog das Gesicht. «Ich kann sicherheitshalber ein paar Kopien mehr machen.»

Kappe sah skeptisch zu ihm hinüber. «Immer mal langsam mit die jungen Pferde! Etwas sagt mir, dass der Ausweis nicht echt ist. Erst verätzt jemand dem Mann das Gesicht, und dann vergisst er die Papiere? Ziemlich unwahrscheinlich! Da will uns jemand auf eine falsche Spur führen. Haben Sie dazu schon was, Klingbeil?»

«Glaubt ihr denn, ich kann hexen? Erst musste ich das halbe Präsidium abklappern, um ein Mikroskop zu finden, und als ich endlich eines gefunden hatte, wollten die Kollegen es nicht herausrücken. Es hieß, ich müsse einen Antrag stellen, in vierfacher Ausfertigung. Und ehe der nicht genehmigt sei, bekäme ich kein Mikroskop. Aber wie, frage ich euch, soll ich ohne Mikroskop feststellen, ob der Pass echt ist? Da kommt es auf jedes Detail an.»

«Vielleicht mit einer Lupe», schlug Kappe vor.

«Sie Scherzkeks! Eine Lupe reicht da nicht. Außerdem: Haben Sie eine?»

Kappe beschloss, das Thema zu wechseln. «Ich denke, wir sollten die Kollegen aus der Zone erst mal außen vor lassen, sonst rücken die noch an und wollen die Leiche haben, ehe ich überhaupt den Obduktionsbericht in Ruhe lesen konnte. Übrigens muss ich dauernd an diese Marie Palmer denken. Ich hab sie schon mal irgendwo gesehen. Ich meine, vor Dienstagabend, da war sie doch im Präsidium und hat Stein und Bein geschworen, dass ihr Stiefvater Dieter Krug heißt, aber nicht mit dem Toten aus der Wollankstraße identisch ist. *Dieser* Krug ist übrigens ebenfalls verschwunden. Irgendeine Idee, meine Herren?»

Piossek und Klingbeil schüttelten gleichzeitig den Kopf.

«Wir werden sehen. Ich hab über unsere bisherigen Ergebnisse gestern schon einen Bericht für Keunitz geschrieben.» Viel war ja nicht zu schreiben, fügte Kappe im Stillen hinzu. Und das, obwohl er sich heimlich die streng vertrauliche Akte angesehen hatte, die es von diesem V-Mann Krug gab. Er hatte wissen wollen, woran er war. Und siehe da, die Akte zu finden war überraschenderweise kein Problem gewesen. Inklusive Lichtbild hatte sie auf dem Schreibtisch von Polizeipräsident Dr. Johannes Stumm gelegen. Unter der feudalen, mit gestanztem Leder eingefassten Schreibtischauflage. Ein ziemlich einfallsloses Versteck für einen Polizeipräsidenten. Das stand natürlich nicht in Kappes Bericht. Er lächelte Piossek zu.

Der wirkte erleichtert. Sonst blieb das Schreiben von Berichten an ihm hängen.

Wieder öffnete sich die Tür der Besenkammer. Kriminalrat Friedhelm Keunitz beehrte die ihm unterstellten Kollegen. Wenn man von Teufel spricht, hätte Kappe beinahe gesagt.

«Guten Tag! Interessanter Bericht, Kappe. Wenn auch ziemlich mager. Aber immerhin gut formuliert. Und – hat sich heute was Neues ergeben? Wissen wir denn inzwischen, wann dieser Krug gestorben sein könnte und wie sein wirklicher Name lautet?»

Kappe nickte ihm zu. «Wie er wirklich heißt, wissen wir noch nicht. Aber der Obduktionsbericht ist soeben reingekommen, mit ziemlicher Verzögerung übrigens. Ich hab aber gerade erst angefangen, ihn zu lesen. Moment ...» Er machte eine Pause und überflog die Seite, die vor ihm lag. «So was!»

Die drei Männer schauten ihn erwartungsvoll an.

«*Dieser* Krug ist von hinten erschossen worden, ganz typisch für einen Mann, der auf der Flucht ist. Das überrascht uns nicht. Neu ist aber Folgendes: Gestorben ist er genau an dem Tag, an dem der Bewohner der Wohnung verschwunden ist, die über der Wohnung einer gewissen Wilma Wuttke liegt. Erinnern Sie sich? Der Fall Schmücke, auf den Sie mich angesetzt hatten. Das ist ein ganz außerordentlicher Zufall – ich glaube allerdings nicht an Zufälle. Und die Waffe?» Er blätterte in den Akten. «Die Ballistiker sind noch dran.»

Keunitz schaute interessiert. «Verstehe ich Sie richtig, Sie sehen zwischen diesen beiden Fällen einen Zusammenhang? Haben Sie weitere Hinweise dafür außer der Gleichzeitigkeit?»

Kappe schüttelte den Kopf. «Nein, aber auffällig ist das schon. Was, wenn der Tote aus der Wollankstraße unser Schmücke wäre? Ich finde, dem müssen wir unbedingt nachgehen. Klingbeil, dafür sollten Sie bitte noch weitere Kopien vom Passbild und Abzüge vom Tatortfoto mit dem Toten für die Befragung der Nachbarn in der Umgebung Wollankstraße und der anderen Bewohner des Hauses in der Kattegatstraße machen.» Kappe fragte sich, warum ihm das nicht schon früher eingefallen war. «Dann brauche ich aber Verstärkung», schob er eilig nach. «Das heißt, Piossek könnte mir auch beim Fall Schmücke helfen.»

«Kappe, sind Sie wahnsinnig? Ich brauche den Kollegen Piossek woanders. Und müssen die Fotoabzüge wirklich sein? Überlegen Sie mal, was das kostet!»

Kappe erklärte dem Kriminalrat beredt seine verzweifelte Lage, schilderte den bemitleidenswerten Zustand seiner Füße und den Umstand, dass er in den letzten Tagen das Gefühl bekommen hatte, dieser Schmücke existiere gar nicht und die Anwohner der Wollankstraße seien blind und taub. Aber jetzt, bei dieser zeitlichen Koinzidenz – vielleicht seien die beiden Fälle ja *einer*. Ja, je mehr er darüber nachdenke, desto sicherer sei er sich. Aber das bedeute, es müssten noch einmal alle abgeklappert werden, die etwas mit diesem Schmücke zu tun gehabt haben könnten. Vielleicht ergaben sich doch noch Hinweise, wenn die Leute die Fotos sahen. «Den Tatort-Abzug hatte ich bei meinen bisherigen Ermittlungen noch nicht.»

Keunitz sah das ein, hatte aber noch eine andere Idee. «Bevor die Kollegen wirbeln, lassen wir diese Wilma Wuttke ins Präsidium kommen. Die kennt Schmücke und kann uns anhand des Tatortfotos vielleicht sagen, ob er der Tote an der Wollankstraße ist. Das spart uns viel Arbeit und einige Abzüge.»

Piossek stand auf. «Ich gehe sie holen. Vermute, es besteht bezüglich des Falls Wollankstraße ein gewisser Grund zur Eile. Liegt eigentlich schon das Auslieferungsersuchen der Ostkollegen für die Leiche auf dem Tisch?»

Keunitz nickte. «Heute eingetroffen. Aber ich könnte so tun, als sei ich bereits außer Haus und hätte es noch nicht gesehen. Was meinen Sie, meine Herren?»

Kappe brummte zustimmend. «Piossek, haben Sie heute schon unseren Chef gesehen?»

Der Angesprochene runzelte die Stirn. «Nicht, dass ich wüsste. Ich glaube, er fühlt sich nicht wohl. Könnte glatt sein, dass er sich morgen krankmelden muss. Ich geh dann mal die Witwe Wuttke holen.»

Klingbeil nickte bedächtig. «Und ich mach mich mal wieder an die Auswertung der weiteren Tatortspuren. Ach, Herr Kriminalrat, könnten Sie vielleicht etwas für mich tun? Ich bräuchte dringend ein eigenes Mikroskop ...» Mehr war nicht zu verstehen, denn die Türe der Besenkammer hatte sich hinter dem Kriminalrat und dem Kriminaltechniker geschlossen.

Eine gute Stunde später kam Wilma Wuttke in Kappes Kabuff geschnauft, trotz des außergewöhnlich warmen Maiwetters mit umgelegtem Fuchspelz. Sie wollte wohl Eindruck schinden. Piossek schob die vom Treppensteigen völlig erschöpfte Zeugin durch die Tür und seinen Schreibtischstuhl unter ihr Hinterteil. «Aber bitte, setzen Sie sich doch!»

Kappe hörte die Aufforderung mit Misstrauen und fürchtete um den Stuhl. Der knarzte bedenklich, als Wilma Wuttke sich auf ihn fallen ließ, aber er blieb stehen. Kappe hielt ihr das Foto unter die Nase. «Erkennen Sie diesen Mann? Ist es Gerhard Schmücke?»

«Ach jemine, wat hatter mit seim Jesicht jemacht! Isser tot?»

«Ja, das ist er.»

«Na, dann muss ick mal meine Brille aus die Tasche holn.» Zuerst kramte die Zeugin jedoch ein Taschentuch hervor. Dann wischte sie sich die Stirn ab. Sie steckte das Tuch wieder zurück, suchte weiter herum und förderte eine Nickelbrille zutage. «Die ist von mein' Ernst», erklärte sie treuherzig. «Da seh ick zwar nich allet, aba det Meiste. ’n neuet Nasenfahrrad kann ick mia nich leistn.» Dann, endlich, nahm sie das Bild. Sie streckte den Arm aus, um besser sehen zu können. «Kann sin, kan aber auch nich sin», erklärte die Witwe Wuttke nach einer Zeit, die Kappe wie eine Ewigkeit vorkam.

«Was soll das denn heißen?», erkundigte er sich, inzwischen ziemlich genervt.

«Na, die Uhr stimmt. Die Hose un det Hemd ooch. Die Schuhe, also, die kenn ick. Die sin tatsächlich von diesem Schmücke. Allet. Aba ...»

«Was aber?»

Sie deutete auf die leicht nach oben geschobenen Hosenbeine des Toten. «Die Sockn, die kenn ick nich. Un det müsste ick, weil er die vorm Fensta trocknen tut. Ick hab ihm schon jesagt, dasser dit lassen soll. Wie sieht dit’n aus? Sockn vorm Fensta! Jedenfalls, die Sockn kenn ick nich. Und ...»

«Was und?» Langsam verlor auch Kappe die Geduld.

«Er kommt mir spilleriger vor. Ick mein, ick kann mir täuschn, aber irgendwie ... Vielleicht liechtet ooch am Fotografen.»

«Was liegt am Fotografen?», erkundigte sich Klingbeil, der in diesem Augenblick die Türe aufdrückte, angesichts der Überfüllung im Büro der Kollegen aber davon absah hereinzukommen.

«Frau Wuttke meint, der Tote kommt ihr spilleriger vor als dieser Schmücke.»

«Aber meine Fotografie entspricht den Tatsachen», erklärte Klingbeil.

«Na, denn wees ick ooch nich. Könnter sein, könnter ooch nich sein.»

Kappe gab auf. «Danke, Frau Wuttke! Das war’s.»

«Und nu?»

«Nun können sie nach Hause gehen.»

«Wat, heeme? Wie denn? Glooben Se, ick bin ’n Wiesel oder kann fliegn? Ick hab kein Geld für’n öffentlichen Nahverkehr.»

Kappe langte in die Tasche, kramte darin herum und zog 20 Pfennige hervor.

Wilma Wuttke hatte sich die Groschen in Windeseile gegriffen und in ihrer Tasche verstaut. «Denn geh ick mal», meinte sie.

Kappe sah seinen 20 Pfennigen bedauernd hinterher. Damit war sein restliches Taschengeld für diesen Monat dahin, und er musste Klara anpumpen. Die reagierte meist nicht sonderlich freundlich auf ein solches Ansinnen. Er konnte sie schon hören: «Ich kann doch nicht zaubern! Die 500 Mark, die du verdienst, sind schnell weg, selbst wenn ich im Osten einkaufen gehe. Du hast keine Ahnung, was das alles kostet.»

Doch, die hatte Kappe. Er studierte morgens beim Frühstück akribisch die Preise in der Tageszeitung. Die schweren Zeiten der Inflation, als alles täglich, ach was, stündlich teurer geworden war, und dann der Mangel in den Kriegs- und Nachkriegsjahren – so was steckte in den Knochen, das wurde man nicht so schnell los. Die Kohlen waren noch immer knapp, und die Elektrizität war beschränkt. Es hatte schon einen Aufruf gegeben, die Reklamebeleuchtungen zu reduzieren. Einer Person standen derzeit im Monat rund 100 Kilowattstunden Licht- und Kochstrom zu, bei zwei Personen im Haushalt waren es 132 und bei jeder weiteren rund 30 Kilowattsunden mehr. Dazu 17,4 Kubikmeter Gas für zwei Personen. Zumindest bis vor wenigen Tagen. Denn am 17. Mai war die Stromkontingentierung für die Berliner Haushalte endlich aufgehoben worden. Vorerst. Aber billiger wurde der Strom dadurch auch nicht.

Zu allem Überfluss war dauernd von einer bevorstehenden Brotpreiserhöhung die Rede. Die Gewerkschaften protestierten schon dagegen, dass die Subventionierung des Getreides teilweise aufgehoben werden sollte. Sie warnten, wenn das so komme, dann werde der Junivorrat von 5000 Tonnen Mehl für Berlin, der dann noch zum alten Preis auf den Markt komme, im Handumdrehen vergriffen sein.

Auf den Abschnitt A der Grundkarten gab es jetzt immerhin 500 Gramm Weißbrot. Damit erhöhte sich die monatliche Ration auf 3000 Gramm. Roggenbrot war schon seit dem letzten Jahr nicht mehr rationiert. Doch ohne Subventionen war das Brot sicher bald nicht mehr zu bezahlen – auch wenn Klara im Osten kaufte, wo sie inzwischen fast nur noch Westmark nahmen.

Der Schwarzmarkt blühte. Derzeit verhandelte der Deutsche Gewerkschaftsbund mit dem Magistrat, um die Entlassung von 600 Arbeitern der Berliner Brotindustrie zu verhindern. Diese hatten täglich etwa 75 bis 100 Tonnen Brot nach West-Berlin gebracht und diese zu 50 Pfennigen West je Brot verkauft. Das lohnte sich bei einem Umrechnungskurs etwa 7 Ostmark zu 1 Westmark. Ein Weißbrot von 1500 Gramm mit Wasserstreifen kostete 1,04 Ostmark, 1000 Gramm Weißbrot in West-Berlin 60 Pfennige, 1 Kilo Kuchenbrot 82 Pfennige, ein Mischbrot mit 50 bis 70 Prozent Roggenmehl 47 Pfennige. Allerdings: Je nach Weizenanteil und je nach Mehltyp schwankte der Preis.

«Kappe, wo stecken Sie mit ihren Gedanken?»

Er sah zu Klingbeil. «Entschuldigen Sie, ich dachte gerade an meine Frau. Ich vermute, die Groschen, die ich unserer Zeugin gegeben habe, werde ich nicht mehr wiedersehen. Es hat wohl wenig Zweck, einen Antrag auf Erstattung zu stellen. Und gebracht hat es uns auch nichts. Vielleicht ist der Tote dieser Schmücke, vielleicht aber auch nicht. Es wäre ja zu schön gewesen!»

Klingbeil nickte. «Ja, ja, die Weiber! Und bezüglich des Antrags haben Sie sicher recht. Aber da ist etwas, das ich Ihnen sagen wollte ... Ich bin mir inzwischen sicher, jetzt, da ich das Mikroskop benutzen konnte. Vielleicht hilft das wenigstens ein Stück weiter. Die Ausweispapiere dieses Krug sind eindeutig gefälscht. Gut gemacht, aber ich bin nicht so leicht zu täuschen.»

«Also *könnte* es dieser Schmücke sein?», erkundigte sich Piossek hoffnungsvoll. «Dann hätten wir zwei Fliegen mit einer Klappe geschlagen.»

Kappe sah das nicht so positiv. «Und dann müssten wir herausfinden, warum dieser Mann einen gefälschten Pass hatte. Aber bevor wir hier lange spekulieren, Kollegen, werd ich noch mal die Schmücke-Wohnung in der Kattegatstraße durchkämmen, vielleicht findet sich doch noch etwas, das uns weiterhilft. Steht das Auto zur Verfügung?»

Klingbeil nickte. «Es ist sogar Benzin im Tank. Müsste reichen.»

«Also, dann los! Wenn ich mich beeile, dann erwische ich diese Frau Wuttke noch und könnte sie mitnehmen, dann kriege ich meine 20 Pfennige wieder. Piossek, Sie klappern mal die Kolonialwarenhändler ab, die ich noch nicht befragt habe! Die Liste liegt irgendwo unter dem ganzen Papier auf meinem Schreibtisch. Und Sie, Klingbeil, kümmern sich ums Berliner Fernmeldewesen, die Post zum Beispiel! Sie sind schließlich der Mann für alles Technische.» Kappe machte sich auf in Richtung Bürotür.

«Halt, Moment! Bevor ich das vergesse, das Ergebnis der Ballistik hab ich jetzt auch», bremste Klingbeil ihn ab.

Kappe wandte sich ungeduldig um. «Und? Aber machen Sie's kurz!»

«Drei Schüsse in den Hinterkopf – vermutlich mit einer Sten Gun. Und der Schusskanal bestätigt, was wir vermutet haben: Der Mann wollte aus dem Osten in den Westen fliehen.»

Kappe verzog das Gesicht. In seinen Augen stand Unglauben. «Ein Mann mit verätztem Gesicht auf der Flucht von Ost-Berlin in den französischen Sektor, mit einem gefälschten Ausweis aus dem Osten in der Tasche und erschossen mit einer englischen Maschinenpistole? Und dann fällt er auch noch so, dass er genau halbehalbe liegt? Wenn da nicht was faul ist, dann fress ich 'nen Besen.» Damit war er schon fast aus dem Zimmer, Piossek ihm nach.

«Lass mal, Kappe! Noch 'n Besen hat in unserer Bude keinen Platz», rief Klingbeil den beiden hinterher.

Als Kappe unten auf der Straße vor dem Präsidium ankam, konnte er weit und breit keine Witwe Wuttke entdecken. Und als er die Wohnung Schmücke erreicht hatte, stellte er fest, dass er den Schlüssel dazu im Büro vergessen hatte. Dann würde er eben zusammen mit Piossek Nachbarn befragen und das Tatortfoto herumzeigen. Das Gesicht des Toten sah zwar nicht schön aus, das war aber nun mal nicht zu ändern. Vielleicht waren Leute dabei, die ihm anhand der Kleidung und der Figur des Toten verwertbare Hinweise geben konnten. Die Wohnung würde er sich dann nach Pfingsten noch einmal vornehmen. Sie lief ihm ja nicht weg.

Auf dem Weg hinunter zum Ausgang klingelte er noch an der Wohnung Wuttke. Niemand öffnete. Kappe hatte den Verdacht, dass sich die dicke Witwe mit seinen 20 Pfennigen einen schlauen Lenz machte. Heute war entschieden nicht sein Tag.

KAPITEL SECHS

in dem Marie Palmer mit John Weißbrod einen Ausflug macht

JOHN WEISSBROD trat von einem Fuß auf den anderen und sah die Hausfassade hoch, dorthin, wo er ihr Zimmer vermutete. Frauen – ständig unpünktlich! Irgendwo hatte er mal gelesen, dass es verschiedene Arten von Ruinen gab. Nach einem Volltreffer durch Sprengbomben und Luftminen lag alles in Schutt und Asche. Bei Brandbomben war das Haus innen vom Dach bis zum Keller vollständig ausgebrannt. Und dann waren da noch die Teilruinen, in denen manchmal sogar Menschen hausten. Sie sahen aus wie Puppenhäuser, Eisenträger ragten in die Luft, man konnte die Tapeten an den Wänden sehen.

Auch er hatte Angriffe auf deutsche Städte geflogen. Von oben war das so einfach. Man hörte die Menschen nicht schreien und weinen, sah sie nicht bluten und sterben. Doch wenn man hier unten stand, wurde man plötzlich zu einem Teil von ihnen, selbst angreifbar und ausgeliefert.

Die Häuserzeilen entlang der Charlottenburger Hardenberg-, Schiller-, und Schlüterstraße wirkten wie ein Gebiss, in dem Zähne fehlten. Er sah hinüber zu dem Grundstück Schillerstraße 3 an der Ecke Hardenbergstraße. Der ganze Block war zerstört worden, die Trümmer des Vorderhauses hatte man bereits weggeräumt. Seitenflügel und Quergebäude standen noch, die rußgeschwärzten leeren Fensterhöhlen gähnten ihn an. Marie Palmer wohnte auf der nicht ganz so schlimm zerstörten Südseite der Hardenbergstraße, zwischen Knie beziehungsweise Bismarckstraße und dem Renaissance-Theater an der Knesebeckstraße. Das war nicht weit von ihm entfernt. Er hatte nämlich eine kleine Wohnung in der Kantstraße.

«Na, Herr Pilot, so nachdenklich? Was meinen Sie, gibt es Regen? Herrje, wo schauen Sie denn hin! Die Wolken sind am Himmel, nicht bei meinen Beinen. Ich hab jedenfalls sicherheitshalber einen Schirm und eine Jacke dabei. Scheint heute nicht ganz so warm zu werden wie in den letzten Tagen, im Radio haben sie sogar Schauerneigung und 18 Grad vorhergesagt. Wir hatten diesen Monat schon mal 25.»

Weißbrod konnte seinen Blick kaum von diesen langen, schlanken Beinen lösen, die um die Knie herum in einem weit schwingenden, geblümelten Sommerkleid verschwanden. Dazu trug Marie Palmer einen großen Sonnenhut sowie eine rote Handtasche, die farblich zu den Blumen und den halbhohen Pumps passte. Ein Windstoß kam auf, sie konnte ihren Hut nicht mehr schnell genug festhalten, und er flog weg.

John Weißbrod rannte hinterher, froh über die Ablenkung. Schließlich hatte er den Hut gefangen. Er brachte ihn zurück und reichte ihn ihr mit einem Lächeln, machte einen Kratzfuß und wies dann auf die Limousine, die an der gegenüberliegenden Straßenseite parkte. «Gnädiges Fräulein, bitte einsteigen zu wollen.»

Sie lachte, es klang etwas gezwungen. «Ui, ein Buick Special. Welch ein Luxus!» Sie hob die Arme und steckte ihren Hut mit einer Nadel wieder fest. «So, das müsste jetzt aber halten.»

«Mit Automarken kennen Sie sich also auch aus?»

«Nur mit einigen. Ich bin gebührend beeindruckt. Wohin führen mich der Herr Graf denn am Pfingstsonnabend? Morgen schaue ich mir jedenfalls die Parade in Ost-Berlin an. Ich hab von zwei *Tagesspiegel*-Kollegen, die heute FDJler durch Berlin kutschieren, gehört, dass sie riesig wird. Sieben Stunden soll es dauern, bis die Kolonnen der FDJ und der Volkspolizei an der Tribüne vorbeidefiliert sind. Unter den Linden haben sie die Porträts fortschrittlicher Volksdemokraten aufgehängt. Und auf der Tribüne sitzen Pieck, Ulbricht und Grotewohl. Ein Kollege hat das als die Götzenparade bezeichnet. So was muss man doch gesehen haben!»

Er verzog das Gesicht. «Nun, ich ganz sicher nicht. Ich wollte Sie morgen eigentlich einladen, mit mir zu einem der Pfingstkonzerte zu gehen, vielleicht zum Frühkonzert in den Zoo ...»

Sie schüttelte den Kopf. «Tut mir leid, ich kann nicht. Wie gesagt, ich bin morgen anlässlich der Parade für den *Tagesspiegel* unterwegs. Selbstredend mit einem erfahrenen Kollegen. Aber vielleicht darf ich sogar selbst ein paar Zeilen schreiben.» Sie strahlte.

«Und ich dachte, Sie schreiben nur Gerichtsberichte ...»

«I wo! Doch natürlich muss ich noch viel lernen, ich mache das ja noch nicht lange. Ach, ehe ich es vergesse, ich soll sie von diesem Verteidiger, Peter Ostertag, grüßen.»

«Ostertag? Wie das?»

«Ich hab ihn gestern getroffen, es war der letzte Tag der Beweisaufnahme im Prozess gegen Jane. Sie konnten wohl nicht kommen. Da Sie nicht da waren, um zu vermitteln, hab ich selbst die Initiative ergriffen und ihn angesprochen. Er hat gesagt, dass er mich ins Gefängnis zu seiner Mandantin mitnimmt.»

«Stimmt, ich war ... beschäftigt. Ich habe im *Tagesspiegel* gar nichts von Ihnen über den Prozess gelesen.»

Sie lachte freudlos. «Ich bin nur eine Hilfskraft, arbeite bei allen Gladow-Sachen Corvus zu, dem zuständigen Mann beim *Tagesspiegel*. Aber vielleicht haben Sie bei Ihrer Lektüre meine Meldung über den Toten aus der Wollankstraße gesehen?» Sie schaute ihn so erwartungsvoll an wie ein kleines Mädchen, das ein Lob für eine besonders gute Leistung erwartet.

Er nickte.

«Und?»

«Interessant», erwiderte er leichthin. Auch das noch! Er musste Peter Ostertag anrufen und ihm irgendwie ausreden, diese Marie Palmer mit zu seiner Mandantin zu nehmen. Mit Reger war er nicht weitergekommen. Der weigerte sich glattweg, in die Berichterstattung einzugreifen: «Unterstützung im Fall Hanßke zieht bei mir nicht, das können wir selbst. Wenn Sie keinen besseren Grund liefern, dann werde ich den Teufel tun und eine Exklusivgeschichte des *Tagesspiegel* wie den Fall des Toten aus der Wollankstraße aus dem Blatt verbannen.» Doch Weißbrot konnte seinen wahren Grund nicht nennen. Hier ging es um geheimdienstliche Angelegenheiten. Also hatte er herumgedruckst, etwas von Gefährdung der öffentlichen Sicherheit gemurmelt, das Wort Zensur aber vermieden. Reger hatte ihn zweifelnd angeschaut und erklärt, er werde es sich überlegen. Weißbrod hatte den Eindruck, als habe der Chefredakteur des *Tagesspiegel* keineswegs diese Absicht, über seinen Wunsch nachzudenken, und versuchte, ihn auf diese Weise hinzuhalten. Er verstand ihn sogar, hätte es an Regers Stelle vermutlich auch nicht anders gemacht. Er achtete ihn für seine Prinzipien. Aber diese machten ihn auch zu einem schwierigen Mann. Er musste sich etwas einfallen lassen, um ihn zu überzeugen. Er würde sich mit den anderen absprechen, wie weit er gehen durfte, falls Reger hartnäckig blieb. Weißbrod konzentrierte sich wieder auf Marie. «Und was wollen Sie im Gefängnis? Peter hat mir nichts davon gesagt», fragte er so ruhig wie möglich.

«Sie finden auch, dass ich unfähig bin.»

«Natürlich nicht. Wie kommen Sie auf so etwas?»

«Erik Reger, der Chefredakteur des *Tagesspiegel* höchstselbst, hat mir verboten, auch nur eine weitere Zeile zu veröffentlichen, die er nicht vorher zu Gesicht bekommen hat. Das spricht doch für sich. Der Prozess wird übrigens nächsten Mittwoch fortgesetzt. Das ist der 31. Mai, glaube ich.»

Er lachte. «Machen Sie sich nichts daraus! Reger schreibt auch die Berichte gestandener Redakteure um. Das wird schon! Was wollen Sie überhaupt von dieser Sigrid Dehne?»

«Irgendwas stinkt an der Sache. Da ist doch dieser plötzlich aufgetauchte Zeuge, an den selbst der Kriminaloberkommissar nicht glaubt, den wir im Kriminalgericht getroffen haben. Ein netter Mann übrigens, dieser Kappe. Wussten Sie, dass der seltsame Zeuge genau so heißt wie der Tote, den er und seine Kollegen auf einem Trümmergrundstück an der Wollankstraße gefunden haben? Ich bin ganz zufällig dabei gewesen. Brr, ein schrecklicher Anblick, dieses verätzte Gesicht! Warum macht jemand so was? Meinen Sie, jemand wollte nicht, dass man ihn erkennt?»

Er runzelt die Stirn. «Ganz *zufällig*?»

«Ja, zufällig.» Sie sah ihn herausfordernd an. «Wussten Sie nun von der Namensgleichheit?»

Er gab sich überrascht. «Ach, interessant.» Weißbrod überlegte fieberhaft, wie er sie davon abhalten konnte, in dieser Angelegenheit weiterzubohren. Da blieb nur eines, er musste nach Pfingsten noch einmal persönlich mit Reger reden. Der musste sie komplett von dem Fall abziehen, nein, von beiden. Und da war noch der Leiter des Berlin-Teils des *Tagesspiegel*. Dr. Ewald Weitz hielt viel von dieser neuen Mitarbeiterin, die gleich von ihrem ersten Einsatz mit einer Exklusivgeschichte zurückkam. Das hatte Chefredakteur Reger ihn wissen lassen. Weißbrod konnte das nachvollziehen. Wenn er sie so ansah – Marie Palmer hatte etwas an sich, das die Leute ... überzeugte.

«Also, was unternehmen wir heute?», fragte Marie Palmer.

Ihre Augen blickten plötzlich hart, alles Leuchten war aus ihnen verschwunden. Es schien fast, als habe sie ein ganz persönliches Interesse an dieser Geschichte. Warum? Er wusste noch immer viel zu wenig über sie. Sie würden Gehlens Leute bitten müssen, ihren Hintergrund auszuleuchten. Das hätten sie schon längst tun sollen. Aber jetzt musste er erst einmal dafür sorgen, dass sie nicht misstrauisch wurde. «Wie wäre es – erst aufs Tempelhofer Feld und danach zur Autoschau? Da haben sich jede Menge bekannte Politiker angesagt. Meines Wissens kommen heute Vizekanzler Blücher sowie Bundeswirtschaftsminister Erhard. Und falls es nicht regnet, legen wir eine Pause am Wasser ein, vielleicht am Neuen See. Die Badesaison ist, soweit ich weiß, bereits eröffnet, die Seen sind freigegeben. Ich habe auch einen Picknickkorb dabei.» Er zwinkerte und wagte einen Seitenblick.

«Ich habe keinen Badeanzug.» Das klang ablehnend. In diesem Moment fielen die ersten Tropfen. Sie zog ihre Jacke über und spannte den Schirm auf.

Er zuckte mit den Achseln. «Na, dann eben Picknick im Wagen. Kein Problem, gnädiges Fräulein! Sie sehen übrigens bezaubernd aus in Ihrem Sommerkleid voller Anemonen und Mohn.»

Marie rang sich ein Lächeln ab. «Das hab ich mir aus alten Gardinen selbst genäht. Und der Hut ist auch mein Werk», erklärte sie dann kühl.

Er begriff. Sie wollte ihm klarmachen, dass sie keine von jenen jungen Frauen war, die sich durch Komplimente herumkriegen ließen oder die für Zigaretten und Nylons mit einem Besatzungssoldaten ins Bett stiegen.

Ehe er ihr modisches Gespür und ihre schneiderischen Fähigkeiten weiter loben konnte, um seine ehrenhaften Absichten zu demonstrieren, wurden sie von einer Gruppe FDJler fast umgerannt. Die Jungs mochten etwa achtzehn Jahre alt sein.

«Nu basst doch uff, ihr Gwalmköbbe! Was sach iiich immer? Was? Geht amol auf da reschdn Seide mit eure Gwadrahdlaadschn.» Der Oberpimpf, so um die dreißig, schaute streng.

In der ganzen Stadt wimmelte es über die Pfingsttage nur so von Mitgliedern der Jugendorganisation der DDR. Wie ein Bienenschwarm tauchten sie hinter jeder Ecke auf, manchmal auch umringt von West-Berlinern, die ihnen Schokolade und Apfelsinen zusteckten. Pfingsten in Berlin – das war nun mal das erste große «Deutschlandtreffen der Jugend für Frieden und Völkerfreundschaft», an dem aber auch Jugendliche aus Westdeutschland teilnahmen. Insgesamt sollten es rund siebenhunderttausend junge Menschen sein. Giggelnde Mädels, angetan mit Blusen, Trägerröcken und Söckchen, ernst schauende Jünglinge mit Schlips und dem gelb-blauen Emblem mit der aufgehenden Sonne auf dem linken Ärmel des Blauhemds. Die Mädchen trugen das FDJ-Emblem auf der linken Brusttasche ihrer Bluse. Einige Male hatte John Weißbrod auch schon das neue «Abzeichen für gutes Wissen» entdecken können.

Die Berliner FDJ-Gruppe war bereits seit 1946 aktiv, ihre Gründungsfeier hatte allerdings erst im November 1947 im Friedrichstadtpalast stattgefunden. Die FDJler führten ihre Ursprünge auf jene Jugendgruppen zurück, die schon vor dem Zweiten Weltkrieg zum Beispiel in Prag und Paris gegründet, dann wieder aufgelöst und später in Großbritannien wiederbelebt worden waren und sich um die zumeist jüdischen Flüchtlinge gekümmert hatten.

Auf die Worte ihres Aufpassers hin gingen die jungen Leute sofort höflich zur Seite. «Freundschaft!», grüßte dieser.

John Weißbrod verzog den Mund. Die C.I.A. betrachtete diesen von Moskau befohlenen Kongress, den die DDR-Führung zur «Friedensdemonstration» erklärt hatte, mit mehr als gemischten Gefühlen. «Für Frieden und Einheit!», hieß das Motto laut *Tagesspiegel*. Die Zeitung hatte zu dem Treffen in Nummer 22 seiner Wochenendbeilage *Weltspiegel* einen reichbebilderten zweiseitigen Beitrag über die *beispiellose Unaufrichtigkeit dieser Propaganda der Aggressoren* geschrieben. Er handelte unter dem Titel *Hans Röhr marschiert nicht mit!* vom *dunklen Hintergrund des furchtbaren Schicksals, das zahllose unschuldige Jugendliche heute in ihrer deutschen Heimat hinter den Zuchthausmauern jenes Marionettenstaates von Moskaus Gnaden erleiden müssen*. Im Bericht ging es um vier in den Osten verschleppte junge Westdeutsche, unter ihnen auch den blutjungen *Tagesspiegel*-Berichterstatter Wolfgang Hanßke. Im Vorspann hieß es zusammenfassend: *Jugend hinter Stacheldraht. Vier klagen für Tausende an: Mit der ihnen eigenen Skrupellosigkeit versuchen die Sowjets, einen Teil der deutschen Jugend als Waffe im Kalten Krieg gegen die freiheitliche Welt zu mißbrauchen*. Weißbrod erinnerte sich wortwörtlich, wie es weiterging. Er hatte ein bildliches Gedächtnis, auch deshalb hatte ihn die C.I.A. gerne genommen. *Von diesem an Zehntausenden begangenen und täglich noch getreu den Befehlen Moskaus fortgesetzten Unmenschlichkeiten wird die FDJ, wenn sie zu Pfingsten mit Fahnen, Transparenten und provokatorischen Phrasen ihren grotesken «Sturm auf Berlin» inszeniert, nicht sprechen.*

Das Pfingsttreffen war anlässlich der Einweihung des Ernst-Thälmann-Stadions in der Wuhlheide am Mittwoch offiziell eröffnet worden. Unter den Augen des gesamten Kabinetts und diplomatischer Vertreter aus den Ostblockstaaten waren etwa zehntausend junge Pioniere bei regenschwerem Himmel und scharfem Nordostwind ins Stadion einmarschiert – mit neuen Uniformen, aber teilweise in Holzlatschen oder sogar barfuß. Denn für anständige Schuhe hatte es nicht mehr gereicht, wie der *Telegraf* nicht ganz ohne Häme berichtet hatte.

Nun, Weißbrods Geheimdienstkollegen würden jedenfalls diese Gelegenheit nicht verstreichen lassen, um herauszufinden, ob sich nicht der eine oder andere FDJler für die Werte «Freiheit und Demokratie» interessierte und als Mitarbeiter für einen westlichen Dienst gewinnen ließ. Wer in der FDJ war, würde Karriere machen. Das zeichnete sich schon jetzt ab. Und der Westen brauchte Menschen in gehobenen Positionen hinter den feindlichen Linien. Feindliche Linien – ja, die Sprache des Krieges war zurückgekehrt. Weißbrod sah der Gruppe stirnrunzelnd hinterher.

«So nachdenklich? Sie hatten mir einen vergnüglichen Tag versprochen!»

«Entschuldigen Sie, gnädiges Fräulein! Natürlich, heute wollen wir alles Missliebige vergessen. Auf dem Tempelhofer Feld wartet ein Pilot auf uns. Ich habe einen Hubschrauberrundflug organisiert. Schade, dass es zu regnen beginnt. Ich hoffe, wir können trotzdem starten. Außerdem haben wir die Erlaubnis, eines der Luftbrückenflugzeuge von innen zu sehen. Ich habe es übrigens selbst einmal geflogen.»

Sie schaute ihn bewundernd an. «Oh, damit hatte ich nun wirklich nicht gerechnet. Dass Sie Pilot sind, wusste ich ja. Und Sie haben letztes Jahr bei der Berlin-Blockade tatsächlich einen dieser Rosinenbomber geflogen?»

John Weißbrod konnte sehen, wie beeindruckt sie war. Er wurde fast verlegen von dem Strahlen, das in ihren Augen lag, deren grüngraue Farbe einen so wunderbaren Kontrast bildete zu den roten, gelben und blauen Blüten auf ihrem Kleid. Die Farbe des Mohns wiederum korrespondierte mit der Farbe ihrer Haare. Doch allein diese Augen, dieser Blick! Da könnte ein Mann durchaus in Versuchung geraten, sich einfach hineinfallen zu lassen. Ihre manchmal fast kindliche Begeisterungsfähigkeit war erfrischend. Das dachte er an diesem Nachmittag noch öfter. Zum Beispiel, als sie vergnügt wie ein kleines Mädchen aus einem der Fenster seines Rosinenbombers spähte. Oder als sie ihm sagte: «Schade, dass wir uns am 20. Mai noch nicht gekannt haben. Dann wäre ich bestimmt zum *Armed Forces Day* aufs Tempelhofer Feld gekommen. Hieß das Motto nicht *Teamed for Defense* – vereint zur Verteidigung? Bei der Parade und den militärischen Vorführungen sollen zweitausend in Berlin stationierte amerikanische Soldaten und Offiziere dabei gewesen sein. Sind eigentlich auch die Soldaten der Armee und der Marine so charmant wie die der Luftstreitkräfte? Dann bekommt das Motto für unsereins eine weitere Bedeutung.» Oder als er ihr schließlich, beim Besuch der Autoschau, begeistert sein Lieblingsauto zeigte, einen Bus von VW, und sie herzhaft lachte und meinte: «Eine praktische Seite haben Sie also ebenfalls?»

«Ich dachte da an eine Rundreise durch Europa. Vielleicht in netter Begleitung. Was meinen Sie, wäre das nicht etwas?», erwiderte er.

Ihr Gesicht verschloss sich wieder. Er verfluchte sich selbst für diese plumpe Anspielung und blickte sich angelegentlich um. «Sehen Sie, da hinten sind Transparente von Chevrolet und Opel gespannt, links von GMC!»

Jemand rempelte ihn an, ein FDJler. Das Gesicht hatte er doch heute schon einmal gesehen ... Was sollte das? Wurden sie verfolgt? Nein, er musste aufhören, hinter jeder zufälligen Begegnung einen Spitzel zu vermuten.

Da hörten sie erregte Stimmen. Weißbrod drehte sich um. Zwei französische Militärpolizisten führten einen Mann im weißen Trenchcoat mit Nickelbrille und Schiebermütze ab. Er hielt einen Block in der Hand.

«Kommen Sie, Marie, lassen Sie uns hingehen und mal fragen, was da los war.»

«Dit kann ich Ihnen sagn», meinte der Mann neben ihnen, der die Szene ebenfalls beobachtete. «Dit is 'n Ost-Baliner, der behauptet hat, er käme aus'm Westn. Denn hatter die Jungs un Mädels von die FDJ anjesprochn un sich ihre Adressen notiert. Schweinerei is dette! Überall sin se, die Spitzl!»

John Weißbrod nickte. Glücklicherweise ahnte der Mann nicht, wie recht er hatte. Er wandte sich nach Marie um. «Marie?»

Sie war vorausgegangen. Und der Typ, der ihm schon vorhin merkwürdig vorgekommen war, folgte ihr. Dann schoben sich mehrere Menschen zwischen ihn und seine Begleiterin. Als er sich endlich durchgekämpft hatte, konnte er sie nirgends mehr entdecken. Er bekam einen Schweißausbruch. Wo steckte sie nur?

Endlich, dahinten am Stand der Phoenix-Reifenwerke! Und wer stand da bei ihr? Tatsächlich, die Gruppe junger FDJler, die sie vorhin in der Hardenbergstraße getroffen hatten. Bei John Weißbrod schrillten alle Alarmglocken.

Marie hingegen wirkte unbekümmert wie der junge Frühling. Sie lachte ihm entgegen. «John, schauen Sie mal, wen ich wiedergetroffen habe! Hans Mehlin und seine Gruppe.»

John nickte ohne große Begeisterung. Hans Mehlin hieß der junge Mann also. Er musterte ihn scharf. Der FDJler senkte den Blick.

«Nun schauen Sie nicht so muffig!», sagte Marie zu ihm.

«Wo haben Sie gesteckt? Ich habe mir Sorgen um Sie gemacht!»

Marie Palmer zog eine Schnute. «Seien Sie nicht so! Hans und seine Jungs haben mir gerade das Leben gerettet. Gewissermaßen.» Nun strahlte sie den jungen Mann und seine Begleiter an, jeden der Reihe nach. Und sie sah dabei bezaubernd aus. Viel zu bezaubernd.

John Weißbrod gefiel die Situation nicht. Er musste sich zusammenreißen. Diese junge Dame hatte augenscheinlich die Gabe, ihn aus dem Gleichgewicht zu bringen. Das war er nicht mehr gewohnt, seitdem er die Pubertät hinter sich gelassen hatte – was mindestens schon fünfzehn Jahre her war. «So? Und was ist passiert?»

«Stellen Sie sich vor, John, da hat mich so ein Typ angerempelt und mir meine Handtasche entrissen! Ich bin ihm natürlich hinterher.»

«Wie bitte? Sie sind ihm hinterher?»

Sie schaute ihn groß an. «Natürlich! Ich kann doch nicht zulassen, dass jemand so mir nichts, dir nichts meine Handtasche klaut. Nun regen Sie sich nicht schon wieder auf! Ich hab den Dieb nicht erwischt. Er ist einfach zwischen all den Menschen verschwunden.»

Er atmete auf. «Glücklicherweise! Weiß der Teufel, vielleicht hätte er Ihnen sonst noch eins übergezogen.»

Jetzt lachte sie wieder. «Sie machen sich also tatsächlich Sorgen um mich. Oder sind Sie etwa eifersüchtig auf diesen jungen Mann hier? Das sollten Sie auch. Er und seine Jungs haben den Diebstahl nämlich beobachtet und mir meine Handtasche zurückgebracht. Ist es nicht ein schöner Zufall, dass wir sie ausgerechnet hier wiedergetroffen haben und sie mir so helfen konnten?»

Wieder schrillten bei John Weißbrod die Alarmglocken, dieses Mal noch lauter. Wenn ihn seine Erfahrung nicht täuschte, dann war das hier inszeniert. Es gab offensichtlich jemanden, der in Marie Palmers Tasche hatte schauen wollen. Aber warum? «Haben Sie ihre Papiere in der Handtasche?»

«Ja, meinen Ausweis sowie meine Hausschlüssel und etwas Geld. Nicht viel, aber mein letztes für diesen Monat. Und stellen Sie sich vor, es ist alles noch da! Der Dieb hatte keine Zeit mehr, was zu stehlen. Ist das nicht schön! Das wäre was geworden, wenn das alles weg gewesen wäre. Ich mag gar nicht darüber nachdenken!»

Das wollte John Weißbrod eigentlich auch nicht. Aber er musste. Jetzt war er sich sicher. Da hatte jemand in Marie Palmers Ausweis schauen wollen und von ihrem Schlüssel möglicherweise einen Abdruck gemacht, um ungesehen in ihre Wohnung zu kommen. Warum? Was war an ihr, dass sie ins Fadenkreuz von Spionen geraten war? Er musste endlich etwas unternehmen, um mehr über sie zu erfahren. Er hatte zu lange gezögert, er musste sich am Riemen reißen. In diesem Fall lenkten ihn zu oft seine Gefühle von dem ab, was er tun sollte. Sie war eine Deutsche. Und Deutsche hatten Lager wie Oranienburg, Auschwitz, Dachau, Buchenwald oder Sachsenhausen eingerichtet. Er musste sich ebenfalls einen Abdruck ihres Wohnungsschlüssels beschaffen, damit die Techniker in ihrem Zimmer eine Wanze anbringen konnten. Der Gedanke war ihm unangenehm. Aber sicher war sicher. Unter Umständen konnte es sogar ihre Rettung sein. Dann konnte er schnell bei ihr sein, falls sie wirklich in Gefahr geriet. Allerdings war ihm auch klar, dass sie ihm die Hölle heiß machen und ihn niemals mehr anschauen würde, falls sie jemals davon erfuhr.

KAPITEL SIEBEN
in dem Kappe einen schmerzlichen Verlust erleidet

KAPPES STIMMUNG war weit unter null, als er am Nachmittag dieses Pfingstsonnabends zum dritten Mal vor der Wohnung von Gerhard Schmücke ankam. Seine Vergesslichkeit hatte einen hohen Preis gekostet. Der Beginn des Untergangs war der Besuch seines Bruders Oskar, seiner Schwägerin Frieda und seines Neffen Otto zum Abendessen am Freitagabend bei Kappes in der Wartburgstraße gewesen.

Der Abend hatte schon nicht gut begonnen. Klara hatte sich in düsteres Schweigen gehüllt, nachdem er ihr erklärt hatte, dass er am Sonnabend nicht früher vom Dienst weg könne, weil er noch schnell eine Wohnung durchsuchen müsse. Sonnabends versuchte er normalerweise, etwas früher heimzukommen und all die Reparaturarbeiten zu erledigen, die ihm Klara während der Woche aufgetragen hatte. Oder mit ihr am frühen Abend noch spazieren zu gehen. Sie holte ihn dann in der Friesenstraße ab, und sie schlenderten gemeinsam nach Hause. Ihre Wohnung war nicht allzu weit entfernt vom Präsidium, sie lag ganz in der Nähe des Rathauses Schöneberg. Kappe mochte diese friedlichen Abendspaziergänge mit Klara, ungefähr vier Kilometer war die richtige Entfernung, um mal den Kopf auszulüften. Sie nahmen meist den Weg über die Bergmann-, die Kreuzberg- und die Monumentenstraße, inklusive eines Abstechers in den Viktoriapark. Dort war es ruhig, und man hatte von Schinkels Nationaldenkmal, das an die Freiheitskriege gegen Napoleon erinnerte, einen wunderbaren Blick über Berlin. Morgens hatte er es meist eilig, spurtete zur Haltestelle Martin-Luther-, Ecke Grunewaldstraße, nahm die Straßenbahn mit der Nummer 3 und fuhr bis Gneisenaustraße.

Oskar, Frieda und Otto hatten am Freitag Klaras Königsberger Klopse begeistert gelobt. Mehrmals. Da hatte sich die Stimmung seiner Frau etwas gebessert.

Sein Untergang hatte mit einer harmlosen Bemerkung seines Neffen Otto begonnen. Der war am Samstag davor beim Spiel der Offenbacher Kickers gegen Tennis Borussia gewesen und noch ganz geknickt, weil die Borussia das Achtelfinalspiel der Deutschen Fußballmeisterschaft mit 3:1 verloren hatte. «Aber wir Berliner ham ja noch Aussichten. Mit Union Berlin werden die Nordlichter nich so schnell fertig. Lass die Hamburger nur kommen! Ach, da wär ick gerne dabei. Hab aba keine Karte mehr ergattern können.»

Kappe war ganz Ohr. Die Fußballbegeisterung hatte er mit seinem Neffen ebenso gemeinsam wie den Arbeitsplatz bei der Kriminalpolizei West. Otto hatte 1936 als Kriminalassistent dort angefangen. Für Kappe war Otto noch immer der Jungspund, obwohl er nun auch schon auf die vierzig zuging. Sein Neffe war ihm in vieler Hinsicht näher als seine beiden Söhne, denn sein Verstand arbeitete ähnlich. Hermann Kappe bewunderte Otto sogar hin und wieder für seine messerscharfe Intelligenz, besonders aber für seine Redegewandtheit. Er war nicht umsonst einer der leitenden Ermittler im Falle der Morde in der Reichenberger Straße, die ganz Berlin erschüttert hatten. Otto war in Berlin geboren und nicht in einem Fischerort wie er selbst. Das merkte man.

Äußerlich waren er und Otto sehr unterschiedlich. Er, Kappe, war kompakt. Otto hatte früher die Figur eines Mittelstreckenläufers gehabt, lang, mit sehnigen Beinen, kein Gramm Fett am Leib. Letzteres hatte sich inzwischen geändert. Er war zwar noch immer gut in Schuss, aber seine Sportlerfigur hatte einige Ausbuchtungen bekommen. Doch etwas Jungenhaftes hatte Otto sich bewahrt, trotz des Sumpfes, in dem er aufgrund seines Berufes immer wieder wühlen musste.

«Stell dir vor, ich hab eine Karte für das Spiel zwischen dem Hamburger SV und dem SC Union Oberschöneweide», war es Kappe herausgerutscht. Er hatte noch nicht gewagt, Klara zu gestehen, dass er am Pfingstsonntag nach Kiel wollte. Dort fand das Achtelfinalspiel statt.

«Falls die denn überhaupt raus dürfen», wandte Otto ein. «Wäre eine Schande, wenn die Sowjets ihnen die Ausreise verweigern würden.»

«Da sind sie Zweite in der Berliner Stadtliga und kriegen solche Schwierigkeiten. Das ist nicht gerecht!», antwortete Kappe. «Aber ich bin mir sicher, die Jungs von Johannes Sobek kommen nach Kiel. Irgendwie, auch wenn die Bonzen was dagegen haben. Es geht ja immerhin um den Meistertitel.»

Klara schaute ihn an. Sie sagte nichts, Kappe fühlte sich dennoch durchbohrt durch ihren Blick, der Krieg verhieß: Pfingsten gehörte er ihr, oder ... Er räusperte sich. Verzweifelt. Er brachte es fast nicht über sich. Aber wieder sah er ihren Blick. Da wusste er, er musste. «Doch ich kann leider nicht, Otto», erklärte er. «Ich meine, nach Kiel. Vielleicht findet das Spiel am Ende gar nicht statt. Und die Zugfahrt kostet. Willst du die Karte vielleicht?»

Otto hatte begeistert zugegriffen. «Danke, ick revanschier mir!»

Nun war er seine Karte los und auch noch nass. Vom Schwitzen beim Treppensteigen zu einer Wohnung im vierten Stock und vom Regen. Am Frühstückstisch hatte er noch versucht, bei Klara gut Wetter zu machen, und vorsichtig angefragt, wie es denn am Sonntag mit einem Besuch bei der Autoschau wäre. Im Sommergarten sollte ein Opel «Kapitän» ausgestellt sein, den er sich zu gerne angeschaut hätte. Nur anschauen natürlich. Und ein bisschen träumen. Doch auch daraus würde nichts werden. Klara wollte zum Pfingstkonzert in den Tiergarten. Wobei es ihr weniger um die Musik als darum ging sich anzuschauen, wie sich andere Frauen so kleideten.

Kappe war im Vierten angekommen, seufzte und kramte den Wohnungsschlüssel aus seiner Jackentasche. Als er ihn nicht gleich fand, hielt er kurz den Atem an. Schon wieder vergessen? Nein, da war er. Kappe schloss auf, ging hinein – und blieb wie vom

Donner gerührt stehen. Hatte er sich in der Tür geirrt? Aber der Schlüssel passte doch. Passte der womöglich zu mehreren Wohnungen? Er ging noch mal ins Treppenhaus, versuchte sich an der Türe gegenüber. Möglichst leise, um niemanden aufzuschrecken. Nein, da funktionierte der Schlüssel nicht. Er zählte in Gedanken die Stockwerke, die er hinaufgestiegen war. Keine Frage, es waren vier. Und er war doch nicht senil! Aber der Wohnungsflur und das, was er durch die geöffneten Türen erblicken konnte, erinnerten in nichts an die Wohnung, die er hier letztens gesehen hatte. Das ganze Durcheinander war weg. Die Wohnung war fast komplett ausgeräumt, bis auf eine Anrichte, die die Zerstörungswut der damaligen Eindringlinge halbwegs heil überstanden hatte. Der Boden war sauber gefegt. Selbst die Bilder an der Wand waren weg, übrig geblieben waren hellere Flecke. Wer zum Teufel war das gewesen? Wer hatte noch einen Schlüssel zu dieser Wohnung? Oder war womöglich dieser Schmücke selbst zurückgekehrt?

Bilder! Das Wort tickte in seinem Kopf: Bil-der, Bil-der. Dahinten blitzte etwas. Er ging bis fast an das Wohnzimmerfenster. Eine Diele knarrte. Kappe bückte sich. Er hob den Glassplitter hoch und hielt ihn gegen das Licht. Das war wohl ein Stück der Verglasung dieses Familienfotos, das bei seinem ersten Besuch hier gehangen hatte. Jetzt fiel ihm ein, wo er Marie Palmer zum ersten Mal gesehen hatte: auf besagtem Foto, Arm in Arm mit der älteren Frau und Schmücke. Sie hatte inzwischen kurze rote statt lange blonde Haare, deswegen hatte er sie nicht gleich erkannt. Was hatte das Mädel mit Schmücke zu tun? Erst kannte sie einen Dieter Krug, und nun das! Das machte sie verdächtig. Der Gedanke gefiel ihm nicht. Er mochte das Mädel und hätte sie nicht gerne als Mordverdächtige vor seinem Schreibtisch sitzen sehen. Kappe legte den Glassplitter wieder auf den Boden und beschloss, sich erst einmal bei Wilma Wuttke zu erkundigen, was hier geschehen war.

Die Witwe Wuttke öffnete ihm nach dem dritten Läuten, noch immer in derselben geblümelten Küchenschürze mit dem Fettfleck. «Sie nu wieder», erklärte sie bei Kappes Anblick nicht sonderlich begeistert. «Wolln Se etwa rinkom?»

Kappe verneinte, was sie zu erleichtern schien. «Ich wollte Sie nur was fragen. Haben Sie die Leute gesehen, die da oben die Wohnung ausgeräumt haben?»

«Welche Wohnung?»

«Die von Ihrem verschwundenen Nachbarn aus der Vierten. War er da? Lebt er noch? Hat er sich bei Ihnen gemeldet?»

«Wie, war der da? Ick wees von nüscht, schon gar nich von uffjeräumt. Da war keener. Det hätt ick doch jehört!»

«Doch, da war jemand. Die Wohnung ist schnieke wie ein Kinderpopo. Alles sauber, die kaputten Möbel sind weg.»

«Ick hab nüscht jesehn. Ick hätte det hörn müssn. Ick hab ooch 'nen janz leichten Nachtschlaf.»

«Frau Wuttke, warum sollte ich Ihnen einen Bären aufbinden?»

«Wees ick ooch nich. Wann soll denn dit jewesen sin?»

Kappe zuckte die Schultern.

Wilma Wuttkes Gesicht wurde nachdenklich. «Vielleicht bin ich ja doch mal tiefer eingeschlafn. Ach, wat ich Ihnen schon beim letzten Mal sagn wollte, wir ham hier ooch 'ne Hintertür. Führt zum Hinterhof.»

Was sollte das nun wieder? Ein Ablenkungsmanöver? «Sagen Sie, Frau Wuttke, haben Sie etwa noch einen zweiten Schlüssel? Dann ist es besser, Sie gestehen das gleich. Wollten Sie sich holen, was von da oben noch zu gebrauchen ist? Und haben bei der Gelegenheit gleich aufgeräumt?»

Wilma Wuttkes Bauch fing an zu pumpen, dann ging das Pumpen auf ihren Oberkörper über und erreichte schließlich die Nasenflügel. Diese blähten sich, das Gesicht wurde feuerrot, und schließlich quetschte Kappes unübersehbar empörte Gesprächspartnerin schnaufend hervor: «Iiiicke?» Weiter kam sie zunächst nicht. Sie brauchte ihren Atem fürs Pumpen. Dann folgten die Worte «Ick lass mir nich beleidign». Damit knallte sie Kappe die Türe vor der Nase zu.

Kappe stand unschlüssig da. Was sollte er nun tun? Freiwillig würde sie ihm nicht gestatten, ihre Wohnung zu durchsuchen, um festzustellen, ob sie sich etwas von oben geholt hatte. Dafür brauchte er einen Durchsuchungsbefehl. Wahrscheinlich stand sie hinter dem Spion und beobachtete, was er tat. Er konnte sich nicht beherrschen und machte ihr eine lange Nase. Er wusste selbst, wie albern das war. Aber es tat irgendwie gut.

Dann stapfte er wieder die Treppe hinauf und betrat die Wohnung dieses Schmücke. Noch einmal ging er von Zimmer zu Zimmer. Wieder knarzten die Wohnzimmerdielen unter seinem Tritt, als er bei der Glasscherbe ankam. Er hatte eine Eingebung. Erneut bückte er sich. Er konnte es ja mal versuchen. Solche lockeren Dielen waren beliebt bei Leuten, die etwas zu verstecken hatten. Er ruckelte. Nichts. Er schob. Nichts. Dann zückte er sein Taschenmesser und fuhr mit der Klinge in den Spalt zwischen den Brettern. Da gab die eine Diele nach. Er hob sie an einer Seite hoch. Darunter befand sich schwarze Schlacke. Viele Häuser waren früher mit alter Schlacke aus der Eisenverhüttung gedämmt worden. Der Staub stieg auf. Nun wurde alles wieder dreckig, aber darauf konnte er jetzt keine Rücksicht nehmen. Kappe zerrte die Diele ganz heraus. Und da lag, wie in einem schwarzen Nest, ein in Ölpapier verschnürtes Paket. Sollte er es mit ins Präsidium nehmen? Oder gleich hier aufschneiden? Kappe entschied sich für sofortiges Aufschneiden, wohl wissend, dass er seinen Fund zwecks Auswertung von Spuren erst Klingbeil von der Kriminaltechnik hätte geben sollen.

Als er die Schnüre durchtrennt hatte und die Verpackung auseinanderschlug, lagen mehrere Pässe vor ihm. Ein Ausweis aus dem Osten auf den Namen *Gerhard Schmücke*. Ein westdeutscher Pass auf den Namen *Wilhelm Kirchbach*. Ein englischer Ausweis auf den Namen *William Churchbrook*. Und ein russischer Pass, natürlich mit kyrillischen Buchstaben, die er mühsam entzifferte: *Gennadij Tscherkow*. Kappe schaute sich die unterbelichteten Fotografien an. Immer dasselbe Gesicht. Er kannte noch einen Ausweis mit solch einem Lichtbild. Der war falsch und lautete auf den Namen Dieter Krug. Und wenn ihn nicht alles täuschte, war das auch derselbe Mann wie auf dem verschwundenen Foto im Silberrahmen.

Wegen dieses Fotos hatten sie hier wahrscheinlich «aufgeräumt». Das roch nach Geheimdienst, nein, das stank geradezu danach. Spione hatten meist mehr als einen Pass. Spione reisten unter Decknamen. Spione verschwanden plötzlich von der Bildfläche, verwischten ihre Spuren. Das an der Wollankstraße war eine Geheimdienstoperation gewesen, schoss es ihm durch den Kopf.

Dann machte es plötzlich Klick, und vor Kappes innerem Auge war ein weiteres Foto aufgetaucht: das Porträt des V-Mannes, der wie aus dem Nichts als Zeuge im Prozess um die Prostituierte Jane aufgetaucht war. Auch das war derselbe Mann. Dasselbe Gesicht. Warum war ihm das nicht früher aufgefallen? Vielleicht weil das Lichtbild in der Akte zu einem anderen Zeitpunkt und unter anderen Lichtverhältnissen aufgenommen worden war als die Passbilder.

Kappe setzte sich erst mal auf den Hosenboden. Er musste nachdenken. Wenn dieser Schmücke als V-Mann Krug Zeuge im Prozess Dehne war, konnte er dann überhaupt der Tote aus der Wollankstraße sein? Und wieso war er ausgerechnet an dem Tag auf Marie Palmer gestoßen, als sie die Leiche gefunden hatten? War sie am Ende selbst eine Spionin? Womöglich eine der Sowjets? Er würde sie nach Pfingsten noch einmal vorladen.

Am Abend des Pfingstsonntags tauchte Klingbeil ziemlich aufgeregt bei den Kappes in der Wartburgstraße auf. Kappe war mürrisch. Er hatte schlecht geschlafen, er mochte keine ungelösten Fragen und hatte sich durch ein ziemlich langes Konzert gegähnt. Dafür würde Klara mit ihm am Montag doch noch zur Autoschau gehen.

«Tut mir leid, wir ham da möglicherweise was vermasselt», erklärte Klingbeil.

«Komm Se rin in die gute Stube, und setzten Sie sich! Ich spendier uns ein Bier», erklärte Kappe. Er selbst war auch sehr durstig. Musik sorgte unweigerlich dafür, dass er eine trockene Kehle bekam. «Was vermasselt? Und wieso wir?», fragte er, als sie einander in der Stube gegenübersaßen.

Klingbeil bat um ein weiteres Glas Bier mit der Begründung, er sei doch recht schnell gerannt.

Kappe schenkte nach.

«Nachdem Sie in heller Aufregung mit den Pässen bei mir angerückt sind und wollten, dass ich sie sofort unter die Lupe nehme, hab ich den allseits geschätzten Leiter des städtischen Gerichtsärztlichen Institutes, Doktor Waldemar Weimann, aus der Pfingstfreizeit geholt. Er hat sich den Toten noch mal genauer angeschaut. Er war nicht glücklich, aber er hat's gemacht. Hab was gut bei ihm. Und lange hält sich der Leichnam auch nicht mehr, trotz Kühlung.» Klingbeil trank das zweite Glas leer.

Kappe schenkte erneut nach, dieses Mal auch sich selbst, und schaute interessiert. Er hatte schon von seiner Mutter gelernt, dass es unhöflich war, Menschen zu unterbrechen.

«Was Weimann gesagt hat, war ... Na ja, will's nicht zu langatmig machen. Der Mann war schon tot, als die Schüsse auf ihn abgegeben wurden. Er muss lange Zeit gehungert und erst seit wenigen Tagen wieder genug zu essen bekommen haben. Doch es war zu spät, sein Körper war schon zu sehr geschwächt. Er ist an Organversagen gestorben. Also, um es ganz klar zu sagen, das war kein Mord. Der Mann ist wohl an Unterernährung krepiert.»

«Is ja ein Ding!», staunte Kappe, und in seiner Stimme lagen mindestens drei Ausrufezeichen. «Da frag ich mich bloß, wieso ist vorher niemandem aufgefallen, dass der Mann schon tot war, als er erschossen wurde?»

Klingbeil zuckte die Schultern. «Die Obduktion hat ein junger Arzt gemacht. Ziemlich neu im Metier. Und wenn man Einschusslöcher findet, geht man nicht zwangsläufig davon aus, dass der Mensch schon tot war, als auf ihn geschossen wurde.»

«Man darf nichts für selbstverständlich nehmen. Sie und ich wissen das.»

Klingbeil grinste. «Und die Pässe – also den Ausweis auf den Namen Krug von der Wollankstraße und die Pässe aus der Wohnung Schmücke – hab ich unterm Mikroskop verglichen. Sie hatten recht. Es ist alles derselbe Mann, identische Lichtbilder, dieselbe Fälscherwerkstatt. Der Pass auf den Namen Kirchbach, der ist echt. Ist Ihnen eigentlich aufgefallen, dass *Churchbrook* übersetzt Kirchbach heißt? Komisch, was?»

«Allerdings, das ist komisch. Dann müssen wir schnellstens herausfinden, ob wir einen Kirchbach auftreiben können. Piossek soll sich gleich morgen dranmachen!»

«Ja, ja», sagte Klingbeil. Er wirkte ungeduldig, hatte offenbar noch Weiteres mitzuteilen. «Weimann hat übrigens noch was festgestellt: Der Tote aus der Wollankstraße ist eindeutig *nicht* der Mann auf den Lichtbildern. Er hatte höhere Wangenknochen, ein viel breitflächigeres Gesicht. Jemand wollte, dass wir einen Mann namens Dieter Krug für tot erklären. Deswegen wurde das Gesicht zerstört. Damit ist er auch nicht Ihr verschwundener Gerhard Schmücke. Aber so was haben Sie sich ja schon gedacht.»

Und dieser ominöse Zeuge im Fall Dehne ist auch nicht echt. Jemand will, dass die Kleine möglichst lange hinter Gefängnismauern verschwindet. Fragt sich bloß, warum, dachte Kappe. Er sagte das aber nicht laut. Sonst hätte er von seinen Einblicken in die «streng geheime» Akte eines bestimmten V-Mannes berichten müssen. «Donnerwetter!», meinte er stattdessen. Diese Nachricht erforderte das Öffnen einer weiteren Flasche Bier. Ein verhungerter Unbekannter war unter Vorspiegelung falscher Tatsachen, wie man so schön sagte, von jemandem gezielt genau an der Sektorengrenze abgelegt worden. Aber von wem? Und weshalb? Und wo hatte dieser Jemand die Leiche her?

Klingbeil wusste darauf auch keine Antwort. Also stellten sie das Grübeln ein. So wurde es doch noch ein lustiger Abend. Sie lachten viel, unterhielten sich darüber, dass die Amerikaner die zweite Mairate der Berlinhilfe von fünfzehn Millionen Mark nach Auskunft des Vorstehers der Stadtverordnetenversammlung Otto Suhr anlässlich einer SPD-Versammlung bereits überwiesen hatten. «Ganz schön viel Geld, nun machen wir aber 'nen Höhenflug», brummte Klingbeil.

Da Kappe sich des Eindrucks nicht erwehren konnte, dass hier ein gewisser Sarkasmus im Spiel war, wechselte er zum Thema

Wetter und brachte die für diese Jahreszeit ungewöhnlich hohen Temperaturen zur Sprache.

Klara, die just an dieser Stelle des Gesprächs mit Schnittchen ins Wohnzimmer kam, klinkte sich ein. Die Gesundheitsverwaltung erwarte wegen der Temperaturen eine Mückenplage, erklärte sie. Es gebe da diese *Theobaldia annulata*, eine Stechmücke, der offenbar auch kalte Winter wenig ausmachten. Deshalb habe die Gesundheitsverwaltung bis zum 6. Mai bereits 26 000 Berliner Kellerräume aussprühen lassen. Das hatte der *Telegraf* gemeldet. Demnächst war auch ihr Haus an der Reihe.

Nachdem Klara die Herren ihren Schnittchen und weiterem Bier überlassen hatte, führte das Mückenthema Kappe und Klingbeil ohne Umwege zum «Wanzen-Express» und dem Umstand, dass die Interzonenzüge über ostdeutsches Gebiet außergewöhnlich wenige Passagiere hatten, weil jeder vermutete, dass sie von den Roten abgehört wurden. Dieses Thema wiederum bildete die willkommene Überleitung zur Entführung des ehemaligen Bundestagsabgeordneten und zweiten Vorsitzenden der KPD, Kurt Müller, in die Ostzone. Müller war bei seiner Partei in Ungnade gefallen und gezwungen worden, alle seine Ämter niederzulegen, er war sogar aus der KPD ausgeschlossen worden. Und seitdem war er verschwunden. Das Ministerium für Staatssicherheit hatte nun zugegeben, dass er als «Agent des Westens» verhaftet worden war.

Apropos Verhaftungen, die Amerikaner hatten einen gewissen Harry Gold verhaftet, einen Komplizen dieses Atomspions Fuchs, der Atomgeheimnisse an die Sowjetunion weitergeleitet haben sollte. Dann sprachen sie kurz über Kappes eigene Haft in einem Ostgefängnis, doch dieser wechselte schnell das Thema. Die Stichworte Keller und Knast und das Bestreben, über Erfreulicheres zu reden, veranlassten Klingbeil, eine Zusammenfassung der neuen Wege im Wohnungsbau beizusteuern, die Berlin zu gehen gedachte und über die der *Telegraf* ausführlich berichtet hatte. Bei einem Städtebaukongress hatten die Fachleute festgestellt, dass in der Stadt vordringlich kleine Wohnungen gebaut werden müssten. Und dass es keine «lichtkranken» Räume mehr geben dürfe.

«Lichtkrank!» Kappe prustete. «Was für ein Wort! Hab gar nicht gewusst, dass es so was gibt», nuschelte er.

Klingbeil nickte ernst. «Wo gerade von Licht die Rede ist: Jetzt muss ich aber, wird ja schon bald wieder hell.» Mit diesen Worten erhob er sich leicht wankend.

Kappe blieb sitzen. Während er den Kollegen bei seinen Bemühungen beobachtete, sich gerade zu halten, dachte er darüber nach, was Klingbeil über die Leiche erzählt hatte. Und dann kam ihm ein äußerst unangenehmer Gedanke: Vermutlich würde Keunitz die Akte sofort für geschlossen erklären oder den Fall an die Vermisstenstelle überweisen, wenn das bekannt wurde. Das musste er verhindern! Aber was konnte er tun? Nun, es war ja Pfingsten. Da konnte es ihm doch niemand verübeln, wenn er diese neuen Erkenntnisse nicht gleich in der Akte Krug vermerkte, oder? Außerdem konnte er bei diesem Alkoholnebel im Kopf sowieso keine anständigen Berichte schreiben. «Klingbeil, Moment noch! Könnten Sie das für sich behalten, erst mal? Ich meine, das mit dem Mord, der keiner war.»

Klingbeil schaute Kappe prüfend an und schwankte erneut ein wenig. «Na ja, wir sollten das vielleicht sowieso sicherheitshalber noch mal überprüfn, wa? Nach Pfingsten. Wenn sich denn was anderes ergibt ... Ich meine, es wäre ja doof, wenn wir dann einen Irrtum zugeben müssen.»

Das fand Kappe auch. Er war erleichtert, konnte aber trotzdem nicht gut schlafen, nachdem Klingbeil gegangen war. Irgendwie drehte sich sein sonst so fest stehendes Bett gemeinsam mit seinen Gedanken.

KAPITEL ACHT

in dem Marie Palmer Kappe auf die Bude rückt

«JOHN hat mir dringend nahegelegt, Sie nicht zu Sigrid Dehne mitzunehmen. Er wollte mir aber den Grund nicht sagen. Haben Sie eine Ahnung, warum?» Der hoch aufgeschossene Dr. Peter Ostertag schaute seine Begleiterin Marie Palmer forschend an. Er hatte schon lange so eine Ahnung, dass der bemerkenswert verbindlich und höflich auftretende Amerikaner John Weißbrod mehr war als der für den *Tagesspiegel* zuständige Presseoffizier. Er hatte ihn nie darauf angesprochen. Man sagte nicht einfach so: «Mister Weißbrod, sind Sie Mitarbeiter der C.I.A.? Und haben Sie etwas mit dem plötzlichen Auftauchen dieses Dieter Krug zu tun? Oder warum sonst interessieren Sie sich für diesen Prozess?» Ob Marie Palmer etwas wusste? Oder gar selbst Informationen für die Amerikaner beschaffte?

Er konnte sich das nicht so recht vorstellen. Sie wirkte zwar frech mit ihren flammend roten, kurzgeschnittenen Haaren, wenn er aber sah, wie sie mit ihren grüngrauen Augen in die Welt schaute, schien sie ihm doch noch recht naiv zu sein. Auch wenn sie alles tat, um das zu verbergen und großstädtisch zu wirken. Eine Sünde war sie jedenfalls wert. Und wer weiß ... Bei so erfreulichen Möglichkeiten konnte er keine Rücksicht auf die Wünsche des Amerikaners nehmen. «Warum interessieren Sie sich eigentlich so für meine Mandantin?»

Marie zögerte eine Weile. «Ich weiß auch nicht, was Mister Weißbrod dazu bewogen hat, Sie zu warnen. Ich kenne ihn ja kaum. Ihre Mandantin ... Ich denke, sie ist unschuldig. Außerdem glaube ich, mit diesem seltsamen Zeugen, dem nicht einmal dieser Kriminaloberkommissar Kappe traut, stimmt was nicht.

Das war ganz seine Meinung. Er blieb dennoch vorsichtig. «Und was wollen Sie von meiner Mandantin wissen, das nicht auch ich Ihnen sagen könnte? Es war gar nicht so einfach, die Erlaubnis zu bekommen, Sie mitzunehmen. Ich habe Sie als meine Bürokraft ausgegeben. Also verplappern Sie sich nicht!»

«Danke, das ist sehr nett. Darf ich Sie dafür einmal zum Essen einladen?»

Er lächelte in sich hinein. Das war genau das, worauf er gehofft hatte. «Ach Mädchen, beim *Tagesspiegel* bezahlen sie ihre Anfänger nicht üppig. Ich wäre schon zufrieden, wenn Sie mir demnächst Ihre Zeit schenken würden. Also, was glauben Sie von Fräulein Dehne zu erfahren, das sie mir nicht gesagt hat?»

Marie Palmer zuckte die Achseln. Sie tat das auf eine überaus reizende Art, fand Peter Ostertag. «Ich weiß auch nicht. Weibliche Intuition? Männer glauben immer, Frauen seien naturgegeben Konkurrentinnen, weil jede Frau um die Gunst der Herren buhlen müsse. Das ist aber nicht so. Frauen sind zunächst mal solidarisch untereinander. Sie gehen anders miteinander um als mit einem Mann. Ich glaube, kein Mann kann verstehen, was eine Frau zwischen den Zeilen zum Ausdruck bringt.»

Da musste er ihr allerdings recht geben. «Ich werde die Frauen wohl nie verstehen», seufzte er theatralisch.

Die weiblichen Häftlinge waren in den imposanten Klinkergebäuden der ehemaligen Heeresarrestanstalt an der Westseite der Lehrter Straße im Bezirk Tiergarten untergebracht. Sie hausten im Dachgeschoss unter räumlich und sanitär nicht gerade ansprechenden Bedingungen, fand Marie. Selbst wenn man bedachte, dass die Bombennächte auch hier ihren Tribut gefordert hatten. Marie Palmer und Peter Ostertag mussten erst verschiedene Sicherheitskontrollen passieren, in denen sie auch ihre Taschen zu leeren hatten. Zumindest Marie. Ostertag durfte immerhin seine Aktentasche mitnehmen, er war der Verteidiger. Marie musste zudem mehrfach bestätigen, dass sie nichts in die Haftanstalt hinein- und nichts wieder mit hinausnehmen würde.

Sigrid Dehne saß auch heute wieder da wie ein Häufchen Elend, blass und in sich zusammengesunken. Nein, sie wisse nicht, wer dieser Dieter Krug sei und wie er dazu komme zu behaupten, sie sei an einem so brutalen Überfall beteiligt gewesen. Und dann erzählte sie von ihren Zukunftsträumen. Während sie anschaffen ging, passte Janes Mutter auf den Säugling auf. Doch das war keine Dauerlösung. Sie wollte nach Amerika auswandern, in das Land der Verheißung, sobald sie genügend gespart hatte. Sigrid Dehne sehnte sich nach einer heilen Welt, einem Häuschen mit Vater, Mutter, Kind. Hier in Deutschland würde ihr Junge, unehelich geboren und mit kaffeebrauner Haut, kein leichtes Leben haben. Sie hoffte, auch den Vater ihres Sohnes zu finden. Der GI war vor der Geburt des Kindes in seine Heimat zurückgekehrt, ohne eine Adresse zu hinterlassen. Er wusste nichts davon, dass er einen Sohn hatte.

Als die Bewacherin einmal kurz wegschaute, weil sie sich die Nase putzen musste, zog Marie etwas aus dem Ausschnitt ihrer Bluse. Peter Ostertag musterte sie entsetzt. Sie warf ihm einen um Verständnis heischenden Blick zu und raunte Sigrid Dehne zu: «Ich suche nach einem Mann, ich habe hier ein Foto. Vielleicht kennen Sie ihn ja», flüsterte sie und schob Peter Ostertag das Foto unter dem Tisch in die Hand.

Der begriff, dass er wohl keine andere Wahl hatte. Er kramte demonstrativ in seiner Aktenmappe und tat dann so, als zöge er Maries Bild heraus. «Schauen Sie es sich an! Erkennen Sie da jemanden?» In Richtung der Schließerin, die inzwischen wieder aufmerksam verfolgte, was sich zwischen der Gefangenen, ihrem Anwalt und dieser jungen Frau tat, erklärte er knapp: «Beweismaterial im Prozess.»

Sigrid Dehne warf einen kurzen Blick darauf. Dann nickte sie. «Ja, kenn ick. Is einer meiner Freier.»

«Und kennen Sie auch den Namen?»

Die junge Frau zog die Stirn kraus. «Dit is ’n Netter. Redet aba nicht viel. Kommt so jede zweete Woche. Hat sich als Gennadij vorjestellt. Hab ich aba nich jegloobt. Der spricht nämlich perfekt Deutsch. Un Gennadij heißt er ooch nich. Der heißt Gerhard.

Gerhard Schmücke. Als er sich unlängst ausjezogn hat, is ihm sein Ausweis aus'm Sacko jefalln. Ick hab ihn aufjehobn und da den Namen jesehn. Aba wenn er bei mir lieber Gennadij heißen will, soll's mir auch recht sein.»

Marie hörte ihr mit großen Augen zu. «Sind Sie sicher, dass dieser Mann Gerhard Schmücke heißt?»

Sigrid Dehne nickte energisch. «Klar bin ick mir sicher.»

«Wir müssen jetzt gehen», erklärte Peter Ostertag, dem langsam mulmig wurde. Marie Palmer war leichenblass geworden. Dem Anwalt fiel es schwer sich zu beherrschen, bis sie draußen auf den breiten Granitplatten des Gehsteigs an der Lehrter Straße standen. Er war inzwischen ziemlich ärgerlich, er mochte es nicht, wenn er ausgenutzt wurde. «Was fällt Ihnen ein, einfach etwas in die Haftanstalt zu schmuggeln!», fuhr er sie an. «Ist Ihnen denn nicht klar, dass mich so was meine Anwaltslizenz kosten kann? Wer ist das überhaupt auf diesem Foto?»

Marie Palmer gab sich zerknirscht, aber er hatte nicht den Eindruck, dass die Gardinenpredigt sie sonderlich erschütterte. Sie war mit ihren Gedanken ganz woanders. Sie streckte die Hand aus. «Geben Sie mir die Aufnahme bitte zurück, dann sage ich es Ihnen. Seien Sie nicht sauer! Das wird Sie auch interessieren. Versprochen!»

Peter Ostertag zögerte und besah sich das Foto. Es zeigte einen Mann, etwa vierzig Jahre alt. Er stand unter einem Baum und trug einen Anzug aus einer umgearbeiteten Wehrmachtsuniform. Das Gesicht war nur schwer zu erkennen, denn es lag im Schatten. Aber seine Mandantin war sich trotzdem sehr sicher gewesen, sie kannte schließlich mehr als das Gesicht. Zögernd gab er Marie die Aufnahme zurück. «Warum haben Sie die Aufnahme meiner Mandantin gezeigt?»

«Das ist nicht Gerhard Schmücke», erwiderte Marie langsam.

«So, und wer ist das dann?»

«Das ist Dieter Krug.»

Ostertag schüttelte den Kopf so heftig, dass seine ganze schlaksige Gestalt in Bewegung geriet. «Sind Sie sicher?»

«Ich irre mich nicht. Den Mann kenne ich. Das ist mein Stiefvater. Aber wieso sagen Sie das? Haben Sie diesen ominösen Zeugen gesehen?»

Ostertag zuckte die Schultern. «Nein, erst haben alle ein großes Geheimnis um den Mann gemacht. Verdeckter Ermittler oder so. Doch ich habe mich nicht abwimmeln lassen. Es ist mein Recht als Anwalt, den Belastungszeugen zu befragen. Und schließlich geht es hier nicht um Handtaschenraub, die Geschichte kann meine Mandantin für Jahre ins Gefängnis bringen. Als ich nicht lockergelassen habe, hieß es plötzlich, er liege im Krankenhaus, schwerer Verkehrsunfall mit Schädelverletzungen. Er habe seine Zeugenaussage dort im Beisein des Vorsitzenden Richters und eines weiteren Zeugen zu Protokoll gegeben und beeidet. Daraufhin hab ich alle Berliner Krankenhäuser abtelefoniert. Nirgends ein Dieter Krug.»

«Was sind Sie für ein Verteidiger! Ist Ihnen das nicht schon früher seltsam vorgekommen?»

«Doch, natürlich habe ich mir so meine Gedanken gemacht», erwiderte Ostertag. «Woher haben Sie dieses Foto überhaupt? Und was hat *Ihr* Stiefvater mit *meinem* Dieter Krug zu tun?»

Er erkannte, dass sie mit sich kämpfte. Schließlich schien sie zu einem Entschluss gekommen zu sein. «Vielleicht gar nichts», erklärte sie. «Aber das werde ich jetzt herausfinden. Helfen Sie mir? Es geht ja auch um die Zukunft Ihrer Mandantin. Wenn *Ihr* und *mein* Dieter Krug identisch sind, der Mann in Wirklichkeit aber Gennadij oder Gerhard Schmücke heißt, dann ist doch was faul an diesem Zeugen, oder? Das müsste Sie doch interessieren. Wenn ich Näheres weiß, erzähle ich Ihnen mehr. Ich muss aber erst noch mit diesem Kommissar Kappe reden. Ich habe nämlich mitbekommen, wie ein Toter an der Wollankstraße gefunden worden ist. Und nun raten Sie mal, wie der hieß!»

«Dieter Krug?»

«Ja, Dieter Krug.»

Damit musste er sich zufriedengeben, sosehr er auch auf sie einredete. «Ich werde mich in der Angelegenheit mit der Staatsanwaltschaft und dem Vorsitzenden Richter in Verbindung setzen und noch einmal verlangen, den Zeugen zu sehen», erklärte er sodann. Sein Kiefer mahlte.

Kappe brütete derweil in seinem Kabuff im Präsidium vor sich hin. Sein Eheweib drängte auf eine Urlaubsreise nach Italien, obwohl sie nicht das Geld dafür hatten. So viel mehr verdiente er seit seiner Beförderung nun auch wieder nicht. Doch Klara hatte kategorisch erklärt, sie werde das Geld schon zusammensparen. Italien, was sollte er um Himmels willen in Italien, wo er niemanden verstand? Das Meer, hatte Klara gesagt. Am Meer sei es schön. In und um Berlin gab es genug Wasser, fand Kappe.

Das gestrige Familientreffen am Pfingstmontag mit seinem Sohn Hartmut und der Schwiegertochter war auch nicht spannungsfrei verlaufen. Sein Jüngster, Karl-Heinz, war mal wieder nicht aufgetaucht. Ohne Entschuldigung. Tochter Margarete hatte abgesagt, sie war mit ihrer Familie über Pfingsten in den Harz gefahren. Und Vater und Sohn waren redlich bemüht, das Thema Wollankstraße zu vermeiden. Doch Ungezwungenheit war nicht aufgekommen. Da hatte auch der Spaziergang nicht viel geholfen.

Um das verpatzte Pfingsttreffen ein wenig auszugleichen, hatte Kappe seiner Klara versprochen, mit ihr in jenen neuen Film mit Rudolf Forster und dieser Neuentdeckung zu gehen, von der zurzeit alle redeten. Er hieß *Der Mann der zweimal leben wollte*, Regisseur war Viktor Tourjansky. Der *Tagesspiegel* hatte in seiner Wochenendbeilage darüber berichtet. Diese neue Schauspielerin hieß Marianne Koch, eine Medizinstudentin.

Wegen der Karte für das Fußballspiel hätte er sich noch immer in den Hintern beißen können. Allerdings war das Spiel für die Berliner zum Fiasko geworden – 7:0 für den HSV. Damit war der Berliner Vizemeister draußen. Kappe hätte den Jungs ein besseres Ergebnis gewünscht. Sie waren tatsächlich aufgelaufen, auch ohne Ausreisegenehmigung. Einfach aus dem Ostsektor abgehauen, die gesamte Mannschaft. Es hieß, die Spieler wollten in West-Berlin einen neuen Verein gründen. SC Union 06 Berlin sollte der heißen. Es war schon eine verrückte Welt.

Piossek kam in die Besenkammer. Er hielt mit der linken mal wieder seine verstümmelte rechte Hand. Phantomschmerz, dachte Kappe. Piossek sprach nie darüber, wie es zu seiner Verwundung 1939 bei den Kämpfen auf der Westerplatte bei Danzig gekommen war. Es musste eine traumatische Erfahrung gewesen sein. Andererseits hatte ihm das vielleicht das Leben gerettet. Denn er war wehruntauglich geschrieben worden. Nun machte der Kollege eben alles mit links. Der schnoddrige Lichtenberger war ein überzeugter Nationalsozialist gewesen und verleugnete das auch nicht.

Kappe mochte ihn trotzdem. Er war keiner von den Typen, die einen anderen anscheißen würden. «Ist schon Post gekommen, Piossek? Oder wenigstens ein Anruf?»

Piossek nickte. «Die Kollegen haben bisher zwei Personen namens Dieter Krug in Berlin besucht. Der eine ist ein Achtzigjähriger, der in einem Pflegeheim lebt, der zweite ein dreijähriger Junge. Von den anderen haben wir noch nichts gehört. Es war ja Pfingsten. Um die Sache Kirchbach kümmere ich mich noch. Bisher konnte ich keinen Mann dieses Namens finden. Zumindest keinen, zu dem das Lichtbild im Pass gehören könnte. Hab bei der ausstellenden Behörde in Köln angerufen. Die behauptet, sie habe nie einen solchen Pass ausgegeben. Die Meldebehörde kennt ihn auch nicht. Entweder die irren sich, oder Klingbeil irrt sich, und der Pass ist nicht echt. Aber ich mach weiter. Die Engländer haben sich zum Ausweis von William Churchbrook noch nicht gemeldet. Übrigens hat mir der Leichenheini erzählt, dass Klingbeil ihn über Pfingsten zum Arbeiten genötigt hat. Er war noch immer ziemlich stinkig. Also, dieser Schmücke ist demnach nicht der Tote. Dafür hat er viele Namen. Was hat das eigentlich alles zu bedeuten?»

«Wenn ich das wüsste», brummte Kappe. «Übrigens, angesichts dieser Entwicklung denke ich, wir können die Suche nach weiteren Männern mit dem Namen Dieter Krug einstellen. Wir wissen jetzt, dass der Tote aus der Wollankstraße nicht so hieß.»

«Und dafür racker ich mir ab», knurrte Piossek.

Wieder ging die Tür zur Besenkammer auf. Ein karottenroter Schopf erschien.

«Nanu, was machen Sie denn hier, Fräulein Palmer?» Kappe fühlte sich ertappt. Er hätte sie längst einbestellen sollen.

«Haben Sie einen Moment Zeit? Aber ich würde Sie gerne unter vier Augen sprechen. Geht das?»

Kappe warf Piossek einen bittenden Blick zu. Der wirkte nicht begeistert, verließ jedoch den Raum. Kappe befreite einen wackeligen Holzstuhl von Akten und wies darauf. «Setzen Sie sich. Worum geht es?»

«Um Dieter Krug.»

Kappe sah sie forschend an. Er hielt es für besser, zunächst eine unverbindliche Plauderei zu führen. Das würde hoffentlich ihr Misstrauen einschläfern. Denn wie auch immer das Mädel in die Sache verwickelt war, sie hatte ihm einiges verschwiegen. Und dafür gab es einen Grund. «Krug, so, so, der Mann aus der Wollankstraße. Haben Sie denn wenigstens ein Lob für Ihren Bericht im *Tagesspiegel* bekommen? Der war nicht schlecht, fand ich.»

«Ich weiß nicht, ja, ich glaube schon. Die Resonanz in der Redaktion des Berlin-Teils war eher verhalten. Aber vielleicht ist das bei Anfängerinnen regelmäßig so.»

«Immerhin ist gedruckt worden, was Sie geschrieben haben. Aber nicht, dass Sie glauben, dass Sie jetzt von mir immer Informationen aus erster Hand bekommen!»

Sie lächelte. «Schlecht wäre es nicht.» Dann wurde sie wieder ernst. «Es ist nicht einfach für mich. Am besten, ich zeige Ihnen, worum es geht.» Sie legte ein Foto auf den Tisch. «Das ist Dieter Krug. Jedenfalls der Dieter Krug, den ich kenne», erklärte sie sodann und fügte nach einer Pause an: «Mein Stiefvater.»

Also doch. Kappe schaute sie aufmerksam an. Das war der Mann, den er als Schmücke kennengelernt hatte. Er überlegte, ob er ihr etwas von Gerhard Schmücke und den Pässen sagen sollte, die er gefunden hatte. Nein, das waren laufende Ermittlungen. Und solange nicht das Gegenteil bewiesen war, war sie eine Verdächtige. «Und warum haben Sie mir dieses Foto nicht schon bei Ihrem ersten Besuch gezeigt?»

Marie schaute ihn fast hilflos an. «Ich weiß auch nicht. Hab einfach nicht daran gedacht. Und Sie haben ja auch gesagt, dass es vermutlich mehr als einen Dieter Krug auf dieser Welt gibt.»

«Aber Sie haben mir einiges zu Ihrem Stiefvater verschwiegen. Eigentlich haben Sie mir nur erzählt, dass Sie ihn dringend finden müssen, damit Ihre Mutter aus der Nervenheilanstalt kommt.»

«Und Sie haben gesagt, dass bei Ihren Ermittlungen in Sachen Dieter Krug vielleicht etwas herauskommt, das mir weiterhelfen könnte. Erinnern Sie sich? Aber anscheinend haben Sie nichts gefunden. Jedenfalls haben Sie nichts gesagt. Und deshalb ... Dieses Foto ist doch meine einzige Spur!»

«Da haben Sie sich überlegt, Sie ermitteln auf eigene Faust. Aber nun will ich alles wissen! Erzählen Sie! Wie hat Ihre Mutter Ihren Stiefvater getroffen? Was ist er für ein Mensch?»

«Was er für ein Mensch ist? Das frage ich mich schon lange.» Marie lächelte verkrampft. «Meine Mutter und ich kommen ursprünglich aus Köln. Mein Vater ist schon in den ersten Kriegstagen in Polen gefallen. Dann kamen die Bombennächte, und wir wurden völlig ausgebombt. Wir sind zu Verwandten meines Vaters nach Bayern gezogen, irgendwohin mussten wir ja. Dort hat meine Mutter bei einer Bergwanderung auf einer Hütte meinen Stiefvater kennengelernt und sich Hals über Kopf in ihn verliebt. Es ging schnell mit der Heirat, mein Stiefvater wohnte damals übrigens in Trier.»

«Das war sicher nicht einfach für Ihre Mutter», meinte Kappe mitfühlend.

«Nein, das war nicht einfach. Der Tod meines Vaters, die Bomben, der Verlust der Heimat – das alles hat meine Mutter ziemlich aus der Bahn geworfen. Und so hat sie nach dem nächstbesten Halt gegriffen.»

«Und das war dieser Dieter Krug?»

«Das war dieser Dieter Krug. Ich mochte ihn nie sonderlich. Aber um meiner Mutter willen hab ich nichts gesagt.»

«Wie ging es dann weiter?»

«Das war alles zu viel für meine Mutter. Aber das hab ich Ihnen bereits bei meinem ersten Besuch im Präsidium erzählt. Und dann habe ich durch Doktor Ostertag die Möglichkeit bekommen, mit Sigrid Dehne zu reden und ihr das Foto zu zeigen. Ich komme direkt von ihr.»

«Ostertag war dabei?»

«Ja, und er will alles versuchen, um diesen Zeugen, diesen Dieter Krug, endlich zu Gesicht zu bekommen. Das ist ihm nämlich bisher nicht gelungen. Dann weiß ich, ob dieser Zeuge mein Stiefvater ist oder eben ein anderer Dieter Krug. Doktor Ostertag hat das Foto gesehen, das hier vor Ihnen liegt. John, ich meine, Mister Weißbrod habe ich übrigens davon erzählt, dass ich ins Gefängnis konnte.»

Kappe überlegte fieberhaft. Er könnte es ihr sagen ... Doch es war besser, es nicht zu tun, ehe er nicht ganz sicher war, dass er ihr trauen konnte. Andererseits musste er Marie Palmer unbedingt davon abhalten weiterzuforschen. Falls sie unbedarft in Geheimdienstaktivitäten herumstocherte, könnte es ungemütlich für sie werden. Um Ostertag machte er sich weniger Sorgen. Der Anwalt würde diesen Zeugen niemals zu Gesicht bekommen.

Diesem John Weißbrod schien sie zu trauen. Hoffentlich war das kein Fehler. Es ging intern schon eine Weile das Gerücht, dass er ein C.I.A.-Mann war und nicht nur der für den *Tagesspiegel* zuständige Presseoffizier der Amerikaner. Also deshalb war er beim Prozess aufgetaucht, deshalb hatte er Marie Palmer angesprochen! Er war irgendwie in die Angelegenheit um diesen ominösen Stiefvater verwickelt, vermutlich sogar beauftragt, sie zu überwachen. Das arme Mädel! Gnade ihm Gott, wenn stimmte, was Kappe vermutete. Es war in Gefahr.

Natürlich! Der Mann mit den vielen Namen, der sich tatsächlich als Marie Palmers Stiefvater entpuppte, hatte aus irgendeinem Grund von der Bildfläche verschwinden müssen. Sigrid Dehne kannte sein Gesicht, wusste vielleicht etwas über den Mann, das sie nicht wissen durfte. Sie musste also aus dem Verkehr gezogen werden. Demzufolge war das alles arrangiert – der vorgetäuschte Mord, die Lage der Leiche, die Papiere! Jemand wollte, dass ein gewisser Dieter Krug als tot galt, und den Westalliierten den Mord in die Schuhe schieben, genauer den Engländern. Deshalb die Sten Gun.

Aber warum ausgerechnet den Engländern? Das würde er auch noch herausfinden. Ein Kappe ließ sich nicht so leicht hinters Licht führen. Geheimdienste hin oder her, auch da waren nur Menschen am Werk – in diesem Fall sogar ziemliche Dilettanten, wie Kappe fand. Wirklich effizient waren Geheimdienste nur in Agentenfilmen.

Sollte er mit Hartmut reden, ob der mehr wusste? Nein, vorerst lieber nicht. Auch wenn ihm jetzt auffiel, dass die im Osten erstaunlich wenig Druck wegen der Auslieferung der Leiche machten. Aber das Gespräch mit Hartmut war höchstens die allerletzte Notlösung.

Das Mädel hatte keine Ahnung, in was sie hineingeraten war. Das sagte ihm sein Bauch. Er griff über den Schreibtisch nach Marie Palmers Hand. «Vertrauen Sie mir?»

Sie schaute ihn erstaunt an. «Was heißt das?»

«Lassen Sie mir das Foto da und verhalten Sie sich erst mal ruhig, schreiben Sie weiter für den *Tagesspiegel*, aber lieber nicht über den Prozess! Ich werde versuchen, diesen Zeugen zu Gesicht zu bekommen. Ich habe da andere Möglichkeiten als dieser Ostertag. Ich verspreche Ihnen, ich helfe Ihnen bei der Suche nach Ihrem Stiefvater. Zu zweit kommen wir schneller weiter. Aber zunächst lassen Sie mal mich machen! Ich weiß, an welchen Schrauben ich drehen muss.»

Marie sah ihn mit großen Augen an. «Na ja, ich muss ohnehin noch den Bericht über diesen Kulturkongress abliefern, der heute endet», erklärte sie schließlich. «Erik Reger persönlich hat mir die Aufgabe übertragen, mit zwei der Rednerinnen auf dem Kongress ein Gespräch zu führen. Die eine ist Margarete Buber-Neumann. Sie saß sieben Jahre in Konzentrationslagern, zuerst bei Stalin, dann hat der sie an Hitler ausgeliefert. Die andere ist Luise Rinser,

Sie wissen schon, die Schriftstellerin, die direkt nach dem Krieg durch ihr *Gefängnistagebuch* aus der Hitlerzeit bekannt geworden ist. Ich muss nachher noch einmal in den Titania-Palast, da habe ich die Gelegenheit, mit Frau Rinser zu reden. Aber es war mir wichtig, zuerst mit Ihnen zu sprechen. Ich hätte sonst ohnehin keine Ruhe gefunden.»

«Das is ja noch 'ne Ecke bis Steglitz», sagte Kappe und dachte wehmütig an die vielen schönen Stunden im Titania-Palast in der Zeit vor dem Krieg, an so manchen Film, selbst an die Konzerte des Philharmonischen Orchesters. Er war schon bei der Eröffnung 1928 dabei gewesen. Ab 1933 war er dann nicht mehr so gerne hingegangen. Die Leitung hatte sich schon früh den Nationalsozialisten angedient. Trotzdem kam es 1942 zur Enteignung. Und ausgerechnet dieser Nazi-Palast hatte die Berliner Bombennächte fast unbeschadet überstanden. Nach dem Krieg hatte dort die Gründungsversammlung für die Freie Universität Berlin stattgefunden.

Kappe hatte die Zeitungsberichte über den «Kongress für kulturelle Freiheit» gelesen. Die gleichnamige Organisation, die den Kongress organisiert hatte, saß in Frankreich und wurde von den Amerikanern finanziert. Das war ein offenes Geheimnis. Es ging einmal mehr darum, ein Bollwerk gegen den Kommunismus aufzubauen. Zum ersten Mal nach dem Krieg sollten sich also nun in Berlin *freiheitsliebende Schriftsteller, Künstler und Wissenschaftler aus aller Welt* versammeln, um ein *Programm zur Verteidigung ihres gemeinsamen Ideals der kulturellen Freiheit, der Toleranz und der Humanität zu formulieren*. Unter den Kongressteilnehmern waren auch ehemalige Widerstandskämpfer und Professoren der Linden-Universität. Der Kongress in West-Berlin galt als *machtvolle Antwort auf kommunistische Propagandaveranstaltungen*, die Teilnehmer als Vertreter des Widerstands gegen jede Art *totalitärer Barbarei*, die *im Angesicht des Kommunismus für die wirksame Verteidigung des Friedens und der Freiheit* eintraten. So hatte es wenigstens im *Tagesspiegel* gestanden. Hin und wieder schaute Kappe jetzt in das Blatt, da er doch diese junge Frau kennengelernt hatte. Weiter hatte er aber nicht gelesen. Mit Schriftstellern sowie anderen, die sich der Welt der

Intellektuellen zurechneten, hatte er nicht allzu viel am Hut. «Das ist ja eine ziemlich anspruchsvolle Aufgabe», sagte er deshalb. «Da trauen die Ihnen beim *Tagesspiegel* aber viel zu. Das spricht für Ihre bisherige Arbeit. Dann kümmern Sie sich ruhig darum! Wenn ich belastbare Fakten habe, sage ich Ihnen Bescheid, versprochen!»

Sie lächelte ihn so arglos an, dass Kappe sich fast für seine Lügen schämte. Aber er belog sie schließlich auch zu ihrem Schutz. Dann zuckte sie die Achseln. «Ich weiß noch nicht mal, ob sie meinen Bericht drucken. Reger meinte nur, ich als Frau sei doch besonders geeignet, solche Gespräche zu führen. Und die wirklich wichtigen Recherchen machen sowieso die Herren von der Kultur, vom Feuilleton oder von der Politik.»

«Nur nicht so bescheiden! Wahrscheinlich ist es für Sie unter den gegebenen Umständen nicht einfach, sich auf die Kultur zu konzentrieren», erwiderte Kappe. «Trotzdem, sind wir uns einig? Halten Sie bezüglich Ihres Stiefvaters erst mal die Füße still?»

Sie nickte zögernd. «Werden Sie mir auch offen sagen, was Sie herausfinden? Schwören Sie?»

Jetzt war es an Kappe, zögernd zu nicken. Er sah Marie Palmer hinterher.

Als sie die Besenkammer verlassen hatte, stand er auf. Er wollte sich die Akte Wollankstraße greifen. Ohne Akte konnte der Fall schließlich nicht eingestellt werden. Außerdem wollte er unter Stumms Schreibtischauflage schauen. Der Polizeipräsident war glücklicherweise außer Haus. Verlängerte Pfingstferien. Vielleicht fand er in der Akte des V-Manns Dieter Krug einen Hinweis darauf, wo der Mann stecken konnte. Oder wer er wirklich war. Vielleicht jemand namens Kirchbach? Auf diesen Namen hatte jedenfalls der echte Ausweis gelautet.

Die V-Mann-Akte war weg. Die Akte zum Fall Wollankstraße auch. Spurlos verschwunden, als hätte es sie nie gegeben. Ersteres hätte er sich eigentlich denken können. Bezüglich des Falls Wollankstraße würde er jetzt das Präsidium absuchen müssen. Wer konnte sich die bloß geholt haben?

Kappe fluchte, dachte nach und marschierte zum Postausgang. Vielleicht lag da noch der eine oder andere Brief in Sachen Dieter Krug an die Kollegen in Westdeutschland.

Er fand keinen mehr. Als er den Büroboten fragte, wann die Briefe denn abgeschickt worden seien, erhielt er eine erstaunliche Antwort: Gar nicht. Polizeipräsident Stumm selbst habe sie eingesammelt. Bis auf die Post für die Berliner Reviere, die hätten den kleinen Dienstweg genommen: Um Briefmarken zu sparen, würde man sie direkt den Kollegen mitgeben, die ja immer mal wieder ins Präsidium kämen. Zwei habe er allerdings noch. Der ältere Mann hinkte zu einem der Postausgangsfächer.

Noch so ein Kriegsverwundeter, dachte Kappe.

Der Bürobote förderte zwei Umschläge zutage und hielt sie hoch. «Is doch allet in Ordnung, oda?», erkundigte er sich verunsichert.

«Aber sicher, alles bestens!», antwortete Kappe. «Geben Sie her, und machen Sie sich keine Gedanken!»

KAPITEL NEUN

in dem Marie Palmer John Weißbrod ihre Geschichte erzählt und der mit Reger redet

MARIE PALMER hatte noch etwas Zeit bis zu ihrer Verabredung mit Luise Rinser und schlenderte im Foyer des Titania-Palastes umher. Bei seiner Eröffnung hatten die Leute diesen riesigen, fast schmucklosen Klotz als architektonische Sensation empfunden, hatte sie einem Bericht aus dem Archiv des *Tagesspiegel* entnommen. Der Eingang des Kinos lag direkt an der Schloßstraße, Ecke Gutsmuthsstraße. Im Foyer gab es neben der Garderobe auch das Café, in dem sie mit Luise Rinser verabredet war.

Während Marie langsam in Richtung Café ging, musste sie an ihren Stiefvater denken. Die Mutter hatte einmal erzählt, er sei in Russland gewesen. Sie war sich ganz sicher: Auf einem Foto, das die Mutter, sie und ihn zeigte, hatte er die Uniform der Geheimen Feldpolizei getragen. Anfangs hatte sie sich nichts dabei gedacht, sie hatte auch gar nicht gewusst, was es mit dieser Ordnungstruppe der Wehrmacht auf sich hatte. Bis er dann mitsamt der Fotografie verschwunden gewesen war und ihre Suche begann. Marie hatte alles gelesen, was ihr über diese Truppe in die Hände fiel, und versucht, Hinweise darauf zu finden, was er getan haben könnte. Je länger der Krieg vorbei war, umso mehr Einzelheiten über die Geheime Feldpolizei waren veröffentlicht worden. Da gab es zum Beispiel diese Dienstanweisung, die sie im Freiburger Militärarchiv gefunden hatte. Demnach war die Geheime Feldpolizei in den deutsch besetzten Gebieten der Sowjetunion, in Polen oder der Tschechoslowakei mit der Verfolgung der Partisanen befasst gewesen, genauer mit der Erforschung und Bekämpfung aller *volks- und staatsgefährdenden Bestrebungen, insbesondere Spionage, Landesverrat, Sabotage, feindliche Propaganda und Zersetzung im Operationsgebiet,* und hatte Befehl, entsprechende *Abwehrmaßnahmen* zu ergreifen. So mancher der sogenannten Hilfsfreiwilligen – meist sowjetische Kriegsgefangene oder auch ganz normale Leute von der Straße – war gewaltsam zur Kooperation gepresst worden. Als sie das zum ersten Mal las, hatte sie eine Gänsehaut bekommen. Das sollte umso häufiger geschehen, je mehr sie erfuhr. Menschen wie ihr Stiefvater hatten Partisanen oder Saboteure aufgespürt und gefoltert, ebenso wie alle, die das Pech hatten, ihnen verdächtig zu erscheinen. Zu Letzteren zählten insbesondere Juden, Homosexuelle und «Zigeuner». Die bei diesen Aktionen eingesetzten Kommandos brannten systematisch Häuser und ganze Ortschaften nieder. Auch Folterungen und der Mord an völlig Unbeteiligten waren offenbar an der Tagesordnung gewesen. «Nicht Geständige» wurden prinzipiell exekutiert – mit Billigung des Armeeoberkommandos, dem die Gruppe zugeteilt war. Als die Gefängnisse der Feldpolizei 1943/1944 wegen der vorrückenden Roten Armee geräumt werden mussten, waren die Häftlinge meist erschossen worden. So hatte man sich möglicher Zeugen entledigt.

Und einer von jenen Männern war ihr Stiefvater gewesen. Sicherlich hatte er die Rache der Sowjets zu fürchten. Warum sonst war er schnellstens abgetaucht, ehe die Russen Danzig besetzt hatten, wohin der Stiefvater gegen Kriegsende versetzt worden war? Sie glaubte nicht an die Version der Mutter, sie hätten sich bei der Flucht aus Danzig aus den Augen verloren. Die Mutter redete sich ihre Ehe schön. Er hatte sie ohnehin wahrscheinlich nur geheiratet, um sich auf diese Weise verstecken zu können, bis der Krieg vorbei war. Die letzte Hoffnung der Mutter waren die Verwandten in Bayern gewesen. Denn in Bayern hatte sie ihn kennengelernt. «Er wartet dort auf uns, du wirst sehen, dort wartet er auf uns», hatte sie immer wieder gesagt.

«*Hey, what a suprise!* Hätte nicht gedacht, dass wir uns so bald wiedersehen.»

Marie wandte sich um. «Mister Weißbrod, Sie auch hier?»

Er lachte. «John, sagen Sie einfach John! Sie wissen doch, dass ich Presseoffizier bin. Da muss ich dafür sorgen, dass fleißige

Berichterstatterinnen wie Sie auch genügend Stoff zum Schreiben bekommen. Von Reger weiß ich, dass Sie gleich eine sehr interessante Frau treffen werden.»

«Spionieren Sie mir nach?»

«Oh no!» Er gab sich unschuldig. «Wenn ich ehrlich bin, habe ich Ihren Chef auf den Gedanken gebracht. Ich wollte Sie gerne wiedersehen.»

«Sind alle Amerikaner so ... stürmisch?»

«Nein, nicht alle.» Er grinste.

«Sie treffen sich mit dem Chefredakteur des *Tagesspiegel*?»

Er lachte. «Ja, regelmäßig. Nicht nur mit ihm, auch mit anderen Redakteuren. Hin und wieder komme ich zur Redaktionskonferenz. Das ist schließlich meine Aufgabe als Presseoffizier.» Er schaute auf seine Armbanduhr. «Sie haben noch etwas Zeit bis zum Interview, die Vorträge laufen noch. Wollen wir nicht einen Kaffee trinken? Dann können wir einige Minuten plaudern.»

Kaffee – welch ein Luxus! Den konnte sie sich selbst nicht leisten. «Ja, gerne.»

«Was ist los mit Ihnen? Sie sehen bedrückt aus», erkundigte sich Weißbrod, nachdem er zwei Tassen Kaffee besorgt hatte.

Marie versuchte sich in einem Lächeln. Sofort waren ihre ganze Sorgen wieder da. Sie zögerte. Kappe hatte gesagt, sie solle in dieser Angelegenheit die Füße stillhalten. Andererseits, wenn Weißbrod Presseoffizier war, dann kannte er vielleicht jemanden, der Zugang zu den noch unter Verschluss gehaltenen Akten von Nationalsozialisten und Kriegsverbrechern hatte. Wenn sie da rankommen könnte ... Dann brach die ganze Geschichte aus ihr heraus.

«Woher wissen Sie, dass Ihr Stiefvater bei der Geheimen Feldpolizei gewesen ist?», erkundigte sich Weißbrod, dessen Miene während ihrer Erzählung immer ernster geworden war.

«Es existieren genau zwei Fotografien von meinem Stiefvater. Auf einer ist er mit meiner Mutter und mir zu sehen. Das ist die ältere. Da trägt er diese Uniform. Er neigt sich dabei etwas nach vorne, deshalb konnte ich die Buchstaben auf einem der Schulterstücke erkennen. *GFP* stand da: Geheime Feldpolizei. Aber dieses Lichtbild ist verschwunden, ich konnte es jedenfalls nicht mehr finden. Dann gibt es noch eine Fotografie, da ist er alleine drauf, in einer zu einem Anzug umgearbeiteten Wehrmachtsuniform. Er steht unter einem Baum. Dieses Bild hat meine Mutter gehütet wie ihren Augapfel. Sie hat es lange nicht aus der Hand gegeben, obwohl da das Gesicht meines Stiefvaters im Schatten liegt.»

«Und wo ist dieses Foto jetzt?»

«Sie hat es mir für meine Suche nach meinem Stiefvater anvertraut. Ich habe es Kommissar Kappe gegeben. Ich komme gerade von ihm. Ich dachte, vielleicht weiß er was oder kann mir weiterhelfen. Sie erinnern sich an meinen Bericht über den Toten in der Wollankstraße?»

Und ob er sich erinnerte! Er fragte trotzdem, um den Schein zu wahren: «Was hat Ihr Stiefvater denn damit zu tun?»

«Nun, der Tote hatte Papiere dabei, die lauteten auf den Namen Dieter Krug. So nannte sich auch mein Stiefvater, als meine Mutter und er geheiratet haben. Und auch der Zeuge im Prozess gegen Sigrid Dehne soll Dieter Krug heißen. Deswegen wollte ich unbedingt zu diesem Prozess. Hat ja auch geklappt.»

«Aber der Tote aus der Wollankstraße ist nicht Ihr Stiefvater?»

Sie schüttelte den Kopf.

«Und der Zeuge? Ist er Ihr Stiefvater?»

«Das weiß ich nicht. Ich hab ihn nie gesehen. Ihr Freund Peter Ostertag und ich waren im Frauengefängnis. Ich habe Sigrid Dehne das Foto gezeigt. Sie kennt ihn, ein Freier. Aber sie sagt, er heißt nicht Krug, sondern Gerhard Schmücke alias Gennadij. Nun will Doktor Ostertag noch einmal Druck machen und versuchen, diesen ominösen Zeugen zu treffen.»

«Was für eine Geschichte!», sagte Weißbrod.

Marie hatte das Gefühl, er meinte es wirklich gut mit ihr, also wagte sie es. «Es gibt doch bestimmt irgendwo Akten über die Geheime Feldpolizei, ich meine, wer da wo war und was sie alles gemacht haben. Meinen Sie, Sie könnten es schaffen, dass ich Einblick in diese Akten bekomme?»

Weißbrod schaute sie an, als habe sie ihm einen unsittlichen Antrag gemacht. «Wohl kaum», erklärte er, «denn soweit ich weiß, ist das meiste Material geheim. Aber ich könnte mich erkundigen. Dazu bräuchte ich aber das Foto.»

Marie strahlte ihn dankbar an. «Das wäre wunderbar. Vielen Dank! Ich werde gleich morgen zu Kommissar Kappe gehen und es mir zurückholen.»

John Weißbrod nickte und schaute auf seine Uhr. «Fein, aber *sorry*, ich muss jetzt. Auch wenn ich noch so gerne meine Zeit mit einer schönen Frau verbringe, ich habe meine Aufgaben hier.»

Marie fand, er wirkte plötzlich etwas nervös. Doch ehe sie ihn fragen konnte, war er auch schon aufgesprungen. Sie legte die Hand auf seinen Arm, um ihn zurückzuhalten. Sie musste ihm noch etwas sagen. Er wurde rot. Hoppla, dachte Marie, was war das denn? Hatte dieser gutaussehende junge Amerikaner etwa Interesse an ihr? «Die junge Frau, bei deren Prozess wir uns getroffen haben – ich bin sicher, sie ist unschuldig. Das ist nur so ein Gefühl ... Könnten Sie nicht etwas für sie tun? Sie hat einen Sohn, von einem amerikanischen GI, der aber inzwischen wieder in Amerika ist. Er weiß nichts von seinem Jungen. Könnten Sie ihr helfen, ihn zu finden? Der Junge ist ... dunkelhäutig. Er hat es hier nicht leicht.»

«Meine kleine Wohltäterin», murmelte er leise.

«Wie bitte?»

«Ach nichts. Ich werde sehen, was ich tun kann.»

Sie sah ihm nach, wie er aus dem Café eilte, und stellte fest, dass sie ihn mochte. Aber etwas an seiner Reaktion auf ihre Geschichte war merkwürdig gewesen. Vielleicht war es das: Er hatte einfach nur zugehört, angespannt, mit Wachsamkeit in den Augen. Ob alle Amerikaner so waren? Vielleicht hatte er aber selbst eine Menge Schlimmes erlebt.

John Weißbrod wandte am nächsten Morgen seine gesamte Überredungskunst auf, doch Reger schüttelte immer wieder den Kopf. «Nein, wenn Sie nicht endlich damit herausrücken, worum es hier geht, werde ich diese junge Dame nicht fortschicken. Egal, wie oft

Sie mir deswegen noch auf die Bude rücken! Und ich werde sie auch nicht in ihrem Engagement bremsen. Diese Marie Palmer ist gut, richtig gut! Sie hat Talent. Das Interview, das sie vom Kongress mitgebracht hat, ist zwar noch etwas ungelenk geschrieben, aber sie wird sich entwickeln. Also sparen Sie sich weitere Versuche, John! Oder liefern Sie mir einen einleuchtenden Grund, erklären Sie mir, weshalb Ihnen das so wichtig ist!»

«Das kann ich nicht.» Weißbrod starrte Reger an, als könne er ihn mit schierer Willenskraft dazu bringen, Marie Palmer aus Berlin zu vertreiben. Sie musste fort. Nicht nur, weil er seit gestern den Befehl hatte, sie fortzuschaffen. Sondern auch, weil er Angst um sie hatte. «Und wenn ich Sie bitte, einfach nur um unserer ... Freundschaft willen?» Er hatte noch niemals so etwas zu Reger gesagt und hoffte, er hatte die richtige Saite angeschlagen.

Sie respektierten einander, er und dieser Mann, der eigentlich Hermann Dannenberger hieß. Der Chefredakteur des *Tagesspiegel* war ein Journalist, an dem sich die Geister schieden. Ein Polarisierer. Damit machte er sich Feinde. Doch das schien ihn nicht zu scheren, auch nicht bei seinen Leitartikeln. Er dachte gar nicht daran, den daraus resultierenden Auseinandersetzungen durch Kompromisse die Schärfe zu nehmen. Die C.I.A. wusste selbstverständlich genau über Reger Bescheid. Er hatte seine ersten publizistischen Erfahrungen im Ruhrgebiet gesammelt und während der NS-Zeit auch als Romanlektor gearbeitet. Reger war ein eiserner Antikommunist, hatte sich in mehreren Romanen wie *Union der festen Hand* und *Das wachsame Hähnchen* kritisch mit den sozialen und wirtschaftlichen Strukturen des Ruhrgebietes auseinandergesetzt und 1931 für seine literarische Arbeit den renommierten Kleist-Preis bekommen. Doch da er wusste, dass diese Form des Romans in bestimmten Kreisen mehr als unfreundlich aufgenommen werden würde, hatte er es vorgezogen, unter dem Pseudonym Erik Reger zu veröffentlichen, auch um seine Familie zu schützen. Später hatte er den Namen beibehalten. Er war trotz seiner sozialkritischen Arbeiten kein Sozialist, sondern aus tiefstem Herzen ein bürgerlicher Demokrat.

Weißbrod erinnerte sich noch mit klammheimlichem Vergnügen an Regers Leitartikel über die Aktion des Kreuzberger Bürgermeisters Willy Kressmann, der der SPD angehörte. Kressmann, immer mal wieder für Außergewöhnliches gut, hatte auf die extrem zeitraubenden Kontrollen, mit denen die Volkspolizei die Autofahrer in der Innenstadt drangsalierte, reagiert, indem er alle aus Ost-Berlin kommenden Fahrzeuge auf einen Kreuzberger Parkplatz umgeleitet und stundenlang dort aufgehalten hatte. Sehr zum Missfallen des Regierenden Bürgermeisters. Der wetterte gegen Kressmann. Dieser habe sich Befugnisse angemaßt, die ihm nicht zustünden, und durch diese Aktion sei gar ein Weihbischof an der Fahrt gehindert worden. Und in einem aus dem Osten kommenden Lastzug sei eine ganze Ladung Stangeneis in der Hitze weggeschmolzen. Ganz West-Berlin hatte sich lachend auf die Schenkel geklopft. Die Überschrift von Regers Kommentar lautete: *Berlin sprach durch Kressmann.*

Weißbrod wusste, dass das Konzept, mit dem Heinrich von Schweinichen, Walther Karsch und Edwin Redslob in die Lizenzverhandlungen für den *Tagesspiegel* gegangen waren, aus der Feder Regers stammte. Das Papier trug den Titel *Grundsätzliche Gedanken zum Wiederaufbau der deutschen Presse.* Es hatte ihn tief beeindruckt. Reger war einer, der sich mit jedem Detail beschäftigte, aber auch in der Lage war, die größeren Zusammenhänge zu sehen. Bei ihm verbanden sich Phantasie und Stilgefühl mit praktischer Kenntnis und Erfahrung.

Aber er war eben auch einer, der in manchen Dingen keine Kompromisse machte. Marie würde mit seiner Kompromisslosigkeit sicher noch Bekanntschaft machen. Reger verbesserte die Manuskripte nicht nur, er wollte immer das optimale Ergebnis, und das bedeutete in mehr als nur einem Fall fundamentale Änderungen. Er machte keinen Unterschied zwischen Älteren und Jüngeren. Auch dadurch war er nicht unbedingt beliebt. Das galt für alle Redakteure, aber ebenso für ihn selbst. Zudem schien Reger praktisch ständig zu arbeiten, auch von zu Hause aus. Er hatte sich die verschiedensten Pseudonyme zugelegt. Wahrscheinlich ahnte kein Leser, wie viele Artikel aus seiner Feder stammten. Es war sogar ein Fortsetzungsroman von ihm veröffentlicht worden, der auf Korsika spielte. Es war, als wolle dieser Mann die zwölf Jahre der NS-Zeit, in denen er nur eingeschränkt journalistisch hatte arbeiten können, auf diese Weise wettmachen.

Schließlich schüttelte Reger den Kopf. «Tut mir leid, John. Das geht nicht. Sie wissen, ich schätze Sie, aber das geht nicht. Nicht, wenn Sie mir keinen nachvollziehbaren und wirklich guten Grund liefern, warum ich einer so vielversprechenden jungen Journalistin die Zukunft verbauen soll.»

Weißbrod zögerte. Dann schaute er Reger offen an. «Ich kann es Ihnen nicht sagen. Aber Sie kennen die politisch angespannte Lage. Wir steuern womöglich auf einen Krieg in Korea zu. Wir bewegen uns derzeit auf einem diplomatischen Minenfeld. Nur ein winziger Funken, ein einziger falscher Tritt, und das Pulverfass explodiert. Wir haben Hinweise, dass die Russen Pläne für einen Einmarsch in Berlin in der Schublade liegen haben, die Stadt in Geiselhaft nehmen wollen, um ihre Machtinteressen in Korea durchzusetzen. Oder sie zünden die Atombombe. Dann haben wir den Dritten Weltkrieg. Nur so viel: Marie Palmer schwebt in großer Gefahr, womöglich sogar in Lebensgefahr! Sie ist da in eine Geschichte hineingeraten ... Aber mehr darf ich Ihnen nicht sagen. Bitte ziehen Sie sie wenigstens von diesem Prozess vor der 5. Großen Strafkammer ab, überhaupt von allem, das mit Polizeiberichterstattung zu tun hat. Also auch vom Fall des Toten aus der Wollankstraße. Sonst kann ich nicht für ihre Sicherheit garantieren.»

Reger musterte ihn intensiv, als versuche er, Gedanken zu lesen. «Ich kenne Sie. Ich weiß, dass Sie so etwas nicht ohne Not sagen. Also gut, ich werde mir etwas überlegen. Aber das ist auch das Höchste der Gefühle, solange ich nicht mehr weiß. Dafür hab ich bei Ihnen etwas gut. Wenn Sie darüber reden können, will ich alle Informationen zu dieser Geschichte aus erster Hand, freigegeben zur Veröffentlichung!»

Weißbrod nickte. «Wann sagen Sie es ihr?»

«So bald wie möglich. Ich sehe sie gleich in der Bibliothek.»

KAPITEL ZEHN

in dem Marie zur «Kinderstunde» muss und eine positive Überraschung erlebt

MARIE PALMER war immer wieder aufs Neue beeindruckt vom Druckhaus in Tempelhof. Bei seiner Eröffnung in den Zwanzigern war das Ullsteinhaus das größte und modernste Druckereigebäude Europas gewesen, wie sie inzwischen wusste. Vom Kellerboden bis zur Spitze des 14-stöckigen Turmes maß es 85,5 Meter. Aber der Turm war nicht unversehrt über den Krieg gekommen. Insbesondere die zum Mariendorfer Damm hin gelegene Eingangshalle hatte einiges abbekommen.

Der Namensgeber des Hauses, der Ullstein-Verlag, hieß seit 1937 Deutscher Verlag - während der NS-Zeit hatten die Angehörigen der Familie Ullstein emigrieren müssen - und war momentan nur ein Mieter unter vielen. Er teilte sich die Räume und die technischen Einrichtungen mit einer großen Zahl anderer Blätter. *Der Abend*, *Die Neue Zeitung* und *Die Welt* beispielsweise residierten in diesem Haus oder wurden hier gedruckt. Aber auch kleinere Periodika wie die *Illustrierte Berliner Zeitschrift*, die vom *Tagesspiegel* herausgegeben wurde, oder die Frauenzeitschrift *Sie* hatten hier ihren Sitz. Kurz, es ging recht beengt zu, und der *Tagesspiegel*, dessen Redaktion im dritten Stock lag, hatte Buchhaltung und Vertrieb im einige hundert Meter entfernten Lorenzhaus unterbringen müssen. Die Büros der Herausgeber lagen nach Süden hin. Ihnen gegenüber befand sich der große Konferenzraum, der auch als Bibliothek diente.

Am Ostende des breiten Mittelganges lag das Archiv, in dem Marie Palmer in den letzten Tagen bis in die Nacht hinein gesessen hatte, um sich einzuarbeiten. Sie wusste, Reger schätzte so etwas. Es gehörte zum Arbeitsablauf, dass man sich zu jedem Thema, das man zu bearbeiten hatte, die Veröffentlichungen ansah, nicht nur die des *Tagesspiegel*. Außerdem hatte sie im Stillen gehofft, irgendwo auf einen Bericht über ihren Stiefvater zu stoßen. Das «Gedächtnis» des *Tagesspiegel* war rund fünf Jahre nach der Gründung der Zeitung gut sortiert, man konnte dort auch Ausschnitte aus den Konkurrenzblättern finden. Außerdem waren auf der dritten Etage neben den Redaktionen auch der Botenstand, ein Sekretariat für die Schreibarbeiten und die Fernschreiber untergebracht, aus denen Nachrichten aus aller Welt ins Ullsteinhaus tickerten. Eine Nachrichtenbörse, die Marie ebenfalls gerne nutzte, um mehr über das Haus, die Kollegen und über die Stadt Berlin zu erfahren, war die Kantine im oberen der beiden Kellergeschosse. Und wenn sich Redakteure und Mitarbeiter dort nicht trafen, dann eben auf dem Flur im dritten Stock.

Marie war noch immer stolz, hierherkommen zu können, Teil dieser Welt zu sein. Besonders nachdem Reger sie in der Redaktionskonferenz für ihre schnelle Reaktion im Fall Wollankstraße gelobt hatte, durch die der *Tagesspiegel* an eine Exklusivgeschichte gekommen war. Mit einem Lächeln stieg sie die Treppen hinauf.

Kaum oben angekommen, passte Regers Sekretärin sie ab. Es machte den Eindruck, als habe sie regelrecht auf sie gewartet. Sie richtete ihr von Reger aus, sie solle nach der «Kinderstunde» noch dableiben, der Chef habe etwas mit ihr zu besprechen.

Maries Lächeln verschwand. Was wollte er von ihr? Hatte sie etwas falsch gemacht? Sie hielt inne, um nachzudenken. Die «Kinderstunde», wie es im Redaktionsjargon hieß, war eine Institution, die bei den einen mehr und bei den anderen weniger beliebt war. Einmal in der Woche mussten alle Redaktionsmitglieder, die unter 30 Jahre alt waren, dafür in die Bibliothek kommen. Bedingt durch die Kriegszeit waren die über 40-Jährigen in der Redaktion dünn gesät. Wer in der NS-Zeit als Journalist tätig gewesen war, hatte meist Berufsverbot. Die überwiegende Zahl der Kollegen war also um die 20 oder 25 Jahre alt, viele waren Quereinsteiger wie sie selbst. Es ging nicht nur um Stilfragen. Reger wollte den seiner Meinung nach großen Bildungslücken des journalistischen Jungvolks durch politisch-historischen Nachhilfeunterricht entgegenwirken. Er ließ es sich auch nicht nehmen, sie in der Art von Journalismus zu drillen, der dem Motto des *Tagesspiegel* entsprach: *Rerum cognoscere causas* – die Ursachen der Dinge erkennen. Diese Worte rankten sich um die Weltkugel im Kopf der Titelseite.

Wieder dachte Marie an die Mitteilung von Regers Sekretärin. Ob sie jemanden verärgert hatte mit ihren Fragen? Manche der gestandenen Kollegen zeigten wenig Lust, sich mit Neulingen herumzuplagen. Sie war sicher nicht die Erste gewesen, die zum entferntesten Schrank im Raum geschickt worden war mit der Aufforderung, doch mal die Fahnen herzuholen. Wie hätte sie auch wissen sollen, dass es nicht um Beflaggung ging, sondern um die Druckfahnen, die Probeabzüge der Artikel? Allerdings war es ihr erspart geblieben, dass man ihr bei der Besichtigung der Setzerei eine gerade gegossene Bleizeile in die Hand gedrückt hatte, «zur Erinnerung». Daran hatte sich schon so mancher Neuzugang die Finger verbrannt. Aber es gehörte nun mal zu den Ritualen, mit denen man als Neuling hier zu rechnen hatte. Und als sie schließlich dem Chef vom Dienst vorgestellt worden war, hatte der nur gemurmelt: «Sehen sie zu, dass Sie sich durchbeißen!»

Das tat sie nun: sich durchbeißen.

«Haben Sie sich Ihren Presseausweis schon abgeholt?»

Marie fuhr herum. Sie war in Gedanken versunken gewesen und hatte nicht gemerkt, dass Walther Karsch auf den Flur getreten war. «Also dann, willkommen! Das Feuilleton kann unverbildete junge Leute brauchen. Gar nicht schlecht, der Text zu Luise Rinser, gefiel mir. Übrigens, der Leiter des Kulturressorts, Doktor Ludwig Eberlein, fand das auch. Sie werden ihn bald besser kennenlernen, dann kann er es Ihnen selbst sagen. Einige Änderungen sind allerdings noch nötig, ehe Ihr Elaborat gedruckt werden kann.» Er lächelte freundlich und ging dann weiter.

Elaborat – das klang abwertend. Und was sollte denn dieses «Das Feuilleton kann unverbildete junge Leute brauchen»? War es das, worüber Reger mit ihr sprechen wollte? Wieso hatte ein so wichtiger Mann wie Karsch, immerhin einer der Herausgeber des *Tagesspiegel*, überhaupt von ihr Notiz genommen? Marie fühlte sich unwillkürlich gebauchpinselt. Sie wusste, der umtriebige und immer gut informierte Walther Karsch hatte vor der NS-Zeit unter anderem an der *Weltbühne* mitgearbeitet und hatte solche Größen wie Carl von Ossietzky und Kurt Tucholsky, einen ihrer Lieblingsautoren, noch persönlich kennengelernt. Karschs Theaterkritiken wurden stark beachtet. In der Redaktion erzählten sie sich, dass er ab und zu am Vorabend einer Premiere, kurz vor Mitternacht, in der Setzerei erschien, um sich zu vergewissern, dass seine auf Seite eins erscheinende Vorkritik auch fehlerlos gesetzt worden war. Er war aber auch ein bekannter politischer Journalist und Leitartikler. Sein großes Thema in vielen Artikeln war die Freiheit der Kultur und die sich darum rankende politisch-ideologische Auseinandersetzung. Er wehrte sich vehement gegen Schreib- und Druckverbote für Literaten, die Gängelung von Künstlern und die Unterdrückung von Andersdenkenden.

Moment! Wurde sie am Ende gar von den Gerichts- und Polizeiberichten abgezogen? Warum? Sollte sie mit Walther Karsch reden? Er galt als umgänglich. Nein, besser abwarten, was Reger zu sagen hatte.

Doch zunächst musste sie zur «Kinderstunde». Marie strebte eiligst der Bibliothek zu und ging hinein. Alle Köpfe wandten sich zu ihr um. Sie war die Letzte, wie es schien. Sie wurde feuerrot im Gesicht.

An diesem Tag schilderte Reger die Entwicklungen des Bismarck-Reiches und die Gründe für den Niedergang der Weimarer Republik – aus seiner Sicht. Marie hörte nur mit halbem Ohr zu. Sie fragte sich ständig, was Reger wohl von ihr wollen könnte.

«Kommen Sie mit!», wies er sie an, als er nach Ende seines Vortrages an ihr vorüberging. Die Umstehenden begannen zu tuscheln. Es war immer ein Ereignis, wenn der Chefredakteur einen Mitarbeiter zu sich holte.

Marie folgte ihm mit weichen Knien. In den Redaktionsbüros klapperten die Schreibmaschinen. Sie nahm es kaum wahr.

Als sie in Regers Büro ankamen, wies er auf einen Holzstuhl vor seinem Schreibtisch. «Bitte setzen Sie sich doch!»

Marie tat, wie ihr geheißen. Sie schaute ihn aufmerksam an. Die Miene des Chefredakteurs war eigentlich recht freundlich. Vielleicht kam es ja nicht so schlimm.

«Sie haben Ihre Sache bisher nicht schlecht gemacht. Da gibt es noch einiges zu lernen, aber das kommt schon. Ich habe hier etwas für Sie.» Reger reichte ihr drei Papierbögen über den Schreibtisch.

Marie erhob sich, griff danach und las die Überschrift. Anschließend hatte sie große Mühe, einen Juchzer zu unterdrücken. Das wäre ihrem neuen Status nicht angemessen gewesen. Reger bot ihr einen Volontärsvertrag an! Sie war zunächst sprachlos.

«Und - was sagen Sie?»

«Also, danke! Damit hätte ich nicht gerechnet. Danke vielmals!» Sie strahlte Reger an. «Wo kann ich unterschreiben?»

«Wollen Sie den Vertrag nicht erst mal komplett lesen?»

«Nein, das ist genau das, was ich mir gewünscht habe.»

«So, so», sagte Reger schmunzelnd. «Sie kriegen im Monat 150 Mark. Falls Sie im Osten wohnen, 40 Prozent davon als Westgeld, 60 Prozent in Ostmark. Derzeit gibt es in den Wechselstuben für eine Westmark übrigens zwischen 6,50 und 7,10 Ostmark.»

«Das hab ich in der Zeitung gelesen», sagte Marie. Sie war noch immer völlig überwältigt.

Reger nickte freundlich. «Dann machen Sie sich mal gleich an die Arbeit! Sie fangen im Feuilleton an. Wie ich das sehe, haben Sie ohnehin ein Händchen fürs Feuilletonistische. Ihre Texte sind ohne Bearbeitung noch nicht zu verwenden, aber das wird schon. Zuerst werden Sie lernen, wie man eine anständige Meldung schreibt. Doktor Karl Walther Kluger, der Leiter des Feuilletons, erwartet Sie heute nach der Mittagspause. Jetzt gehen Sie aber erst mal schnellstmöglich in die Brentanostraße! Das ist in der Nähe des Breitenbachplatzes. Ein gewisser John Weißbrod hat mir hoch und heilig versprochen, dass da ein Presseausweis für Sie liegt. Sie wissen doch, dass er der für den *Tagesspiegel* zuständige Presseoffizier ist?»

Weißbrod – in den letzten Tagen fiel dieser Name verdächtig oft. Dann kam Marie ein anderer Gedanke. «Aber der Prozess gegen diese junge Prostituierte, der soll doch heute weitergehen! Ich hatte gedacht, vielleicht kann ich da heute Nachmittag noch hin, Herrn Corvus bei der Arbeit beobachten. Ich glaube, ich kann von ihm viel lernen. Und dann diese Sache in der Wollankstraße ...»

«Mädchen, wollen Sie nun diesen Vertrag oder nicht? Falls ja, dann müssen Sie sich schon nach dem richten, was ich für Sie als richtig erachte.»

Marie wollte. Und sie wusste, weiterer Protest hätte nichts genutzt. Dann würde sie eben auf eigene Faust weitermachen. Sie unterschrieb.

Als sie draußen war, schaute sie auf die Uhr. Nachdem sie den Presseausweis abgeholt hatte, konnte sie ja noch einmal am Tatort in der Wollankstraße vorbeischauen. Auch frischgebackenen Volontärinnen stand doch eine Mittagspause zu, oder? Sie hatte einmal gehört, dass es beim Denken half, wenn man sich der Atmosphäre eines Tatortes aussetze. Und sie hatte einiges zu bedenken. Zum Beispiel, wie sie angesichts der neuen Situation weitermachen sollte. Außerdem konnte es ihr niemand verbieten, den Kontakt zu Peter Ostertag aufrechtzuerhalten. Ob es Ostertag gelingen würde, seine Mandantin herauszupauken? Es musste doch jedes Gericht einsehen, dass die junge Frau verleumdet worden war. Sie würde auf jeden Fall auch in Kontakt mit diesem netten Kommissar bleiben.

Als Marie aus dem Ullsteinhaus trat, wäre sie beinahe über einen Stadtstreicher gestolpert, der sich direkt neben dem Eingang eine dicke Lage Zeitungen auf den Boden gelegt und sich offensichtlich dort eingerichtet hatte. Sie wunderte sich kurz, dass er nicht vom Hausmeister vertrieben worden war, schaute aber nicht näher hin, sondern dachte im Weitergehen darüber nach, wie viele Menschen auch jetzt noch obdachlos waren und gezwungen, sich auf der Straße einzurichten. Unter ihnen befanden sich auch Kriegsheimkehrer, die bei ihrer Rückkehr nichts mehr vorgefunden hatten – keine Familie, kein Zuhause –, weil alles, was vor dem

Krieg ihr Leben ausgemacht hatte, in einer der Bombennächte ausgelöscht worden war. Wenigstens würde es diesem hier nicht an Zeitungspapier mangeln, um sein Nachtlager gegen die Kälte des Bodens zu schützen.

Sie merkte nicht, dass sich der Mann erhob und ihr vorsichtig folgte.

KAPITEL ELF

in dem erst John Weißbrod und dann ein Stadtstreicher Kappe aufsuchen

ES PASSIERTE natürlich mal wieder alles auf einmal. Kappe brummte der Schädel. Die Akte des Falles Wollankstraße war noch immer spurlos verschwunden. Inzwischen glaubte er nicht mehr an Schlamperei. Jemand hatte sie einkassiert. Sein Chef, Kriminalrat Friedhelm Keunitz, ließ sich verleugnen. Er habe erst in einigen Tagen Zeit, mit ihm zu reden, hatte er durch seine Sekretärin ausrichten lassen. Und er sei für den Rest der Woche sowieso außer Haus. Wichtige Besprechungen.

Kappe griff sich an den Kopf. In seinem Hirn hämmerte jemand. Er hatte sich am Abend zuvor ein Bierchen mehr genehmigt, gut, vielleicht auch zwei. Aber schließlich hatte er einiges an Enttäuschung herunterzuspülen und auch etwas zu feiern. Es war ihm gestern Abend nämlich doch noch gelungen, auf dem Schwarzmarkt eine Karte für das Endspiel der Deutschen Fußballmeisterschaft am 25. Juni im Berliner Olympiastadion zu ergattern, wenn auch zu einem horrenden Preis. Der Berliner Vizemeister war zwar draußen – das schmerzte nach wie vor –, aber ein Endspiel VfB Stuttgart gegen Kickers Offenbach war auch nicht schlecht. Dass es überhaupt wieder eine Deutsche Meisterschaft im Fußball gab, war bei Licht besehen schon eine Errungenschaft für sich. Die Dinge normalisierten sich weiter. Die Hoffnung auf eine Zukunft in Frieden wuchs. Auch für Berlin. Aber nicht im Familienkreis. Jetzt musste er nämlich Klara verklickern, dass er für seine Fußballleidenschaft ziemlich viel Geld ausgegeben hatte.

Es klopfte, die Türe ging auf. John Weißbrod betrat die Besenkammer.

«Was wollen Sie denn hier?»

«Ich hab mit Ihnen zu reden. Marie Palmer hat Ihnen doch ein Lichtbild dagelassen. Geben Sie es mir!», verlangte der Überraschungsbesucher ohne Umschweife.

Der junge Mann wirkt sehr nervös, dachte Kappe. Was nun ihn wiederum nervös machte. Wenn Weißbrod hier auftauchte, war das ein weiteres Indiz, dass es im Fall des verschwundenen Schmücke und im Fall Wollankstraße um mehr ging als um ein übliches Verbrechen. Er tat ahnungslos. «Welches Lichtbild?»

«Nun tun Sie nicht so unwissend! Ich weiß, dass Miss Palmer Ihnen eine Aufnahme ihres Stiefvaters gegeben hat.»

Kappe dachte nach. So gut er es bei seinem schmerzenden Schädel vermochte. «Und woher meinen Sie das zu wissen?»

«Sie hat es mir erzählt. Ich kenne übrigens die ganze Geschichte ihres Stiefvaters.»

Also hatte die junge Dame doch nicht den Mund gehalten! Das war überhaupt nicht gut. Aber sie begriff wahrscheinlich gar nicht, wo sie da hineingeraten war. Was sollte das überhaupt heißen, «die ganze Geschichte ihres Stiefvaters»? Und glaubte dieser Weißbrod denn, dass er einfach so Forderungen stellen konnte? Nicht mit Kappe! Er log nicht gerne, aber hier blieb ihm wohl nichts anderes übrig. Vielleicht reichte es auch, nur die halbe Wahrheit zu sagen. «Ach so, *das* Foto meinen Sie. Die Akte Wollankstraße ist wie vom Erdboden verschluckt, ich suche schon die ganze Zeit nach ihr.» Kappe beobachtete den jungen Mann genau. Sah er da so etwas wie ein zufriedenes Leuchten in seinen Augen? Er fühlte sich in seinem Verdacht bestätigt. Und nun? Weißbrod wollte noch etwas, er schien mit sich zu ringen.

«Falls die Akte doch wiederauftaucht, sagen Sie mir bitte sofort Bescheid!», forderte Weißbrod. «Ich finde es übrigens mehr als erstaunlich, dass Sie mich noch nicht einmal gefragt haben, warum ich diese Fotografie unbedingt haben will. Ich sehe, wir müssen uns nicht weiter über die Hintergründe dieser Angelegenheit unterhalten. Sie sind ein kluger Mann, Kriminaloberkommissar Kappe. Es ist für alle Beteiligten besser, wenn Sie nicht mehr wissen. Was ich Ihnen jetzt sage, muss unter allen Umständen unter uns bleiben. Bitte versuchen Sie, Marie Palmer davon abzuhalten, in der Angelegenheit Dieter Krug weiterzuforschen! Sie könnte in Gefahr geraten. Und was Ihre eigenen Ermittlungen betrifft – nun, Keunitz wird zu gegebener Zeit mit Ihnen darüber sprechen. Ich kann Ihnen nur einen freundschaftlichen Rat geben: Halten Sie sich bedeckt! Vermutlich wird es für den Fall Wollankstraße ohnehin eine ganz simple Lösung geben. Jetzt muss ich aber. Und wenn Sie etwas erfahren, dann sagen Sie mir unbedingt Bescheid!»

Kappe sah Weißbrod nachdenklich nach. Aha, eine simple Lösung. Was sollte das nun wieder bedeuten? Bescheid geben würde er diesem angeblichen Presseoffizier ganz sicher nicht. Wo waren sie denn, dass irgendwelche Geheimdienstleute glaubten, sie könnten ihm in die Ermittlungsarbeit hineinpfuschen! Er sollte sich bedeckt halten? Den Teufel würde er tun! Solange Keunitz sich verleugnen ließ ...

Wilma Wuttke hatte ihn bei seinem letzten Besuch im Übrigen schamlos belogen. Also würde er gleich nachher noch einmal zur Witwe in der Kattegattstraße gehen. Sie *musste* etwas bemerkt haben. Kein Mensch konnte eine Wohnung so gründlich aufräumen wie die dieses Schmücke, ohne dass es die Nachbarin darunter hörte. Aber warum hatte sie gelogen?

Er schaute auf die Uhr. Es war schon eins. Da war es Zeit für eine kurze Mittagspause. Sein Magen knurrte wie auf Kommando. Als Kappe die Türe öffnete, um die Besenkammer zu verlassen, stand er unvermittelt Marie Palmer gegenüber. Und hinter ihr entdeckte er einen Stadtstreicher, der aus dem Mund und aus allen Knopflöchern nach Alkohol stank. Seine Kleidung war speckig, der graue Bart ungepflegt. Sein verfilztes und borstig nach allen Richtungen abstehendes Haar von undefinierbarer Farbe hätte dringend mal wieder einen Schnitt vertragen können. Auf dem Kopf hatte er eine Franzosenkappe. Baskenmützen hießen diese Dinger. Kappe wunderte sich, dass sich die auf dem Haargestrüpp des Mannes überhaupt halten konnte. Trotz des warmen Maiwetters trug er einen Popelinemantel, an dem die Knöpfe fehlten. Dafür war seine Hose zu kurz und gab die nackten Knöchel frei. Von den schwarzen Schuhen lösten sich die Sohlen.

Kappe war perplex. «Wer ist das denn?»

Marie packte ihn aufgeregt am Ärmel. «Das ist Günther. Ich habe ihn zufällig auf dem Grundstück an der Wollankstraße gefunden. Sie wissen schon. Ich war gerade eben in meiner Mittagspause noch mal da. Er hat sich da zwischen einigen Mauerresten eingerichtet.»

«Was wollten Sie in der Wollankstraße? Und hatten Sie mir nicht versprochen, in dieser Angelegenheit erst mal nichts mehr zu unternehmen?»

Marie schaute schuldbewusst, aber nicht wirklich unglücklich. «Ich habe vorhin einen Volontariatsvertrag im Büro des Chefredakteurs unterschrieben. Reger hat gesagt, ich habe Talent. Stellen Sie sich das mal vor, jetzt bin ich ordentliche Volontärin beim *Tagesspiegel*! Aber ich muss ins Feuilleton. Das bedeutet, ich kann nicht mehr ins Gericht. Deshalb wollte ich noch einen Abschiedsbesuch in der Wollankstraße machen.»

Nachtigall, ick hör dir trapsen, dachte Kappe. Wenn es stimmte, was er vermutete, dann hatte dieser Reger die Sache recht geschickt gedeichselt. Weißbrod hatte wahrscheinlich auch mit ihm geredet und darum gebeten, sie von den Fällen abzuziehen. Marie war jetzt anderweitig beschäftigt, also raus aus der Angelegenheit Krug. Allerdings würde sich die junge Dame davon nicht von ihren Nachforschungen abhalten lassen. Schon allein, dass sie noch einmal zur Wollankstraße gegangen war, zeigte das. Und der entschlossene Zug um ihren Mund unterstrich es.

«Ja, und dort bin ich praktisch über Günther gestolpert. Stellen Sie sich vor, Herr Kommissar, Günther weiß, wer der Tote wirklich ist!»

Kappe richtete sich auf. «So, so, gestolpert. Dann mal rin in die gute Stube!» Und während er das sagte, fragte er sich, ob das womöglich die simple Lösung war, die Weißbrod eben angekündigt hatte. Dann waren die Herrschaften aber fix. Doch jetzt musste er erst mal das Fenster öffnen. Denn die sauer-schalen Alkoholdünste, die von dem Mann ausgingen, waren kaum auszuhalten. Von draußen strömte frühsommerlich milde Luft herein. Es war noch immer zu warm für diese Jahreszeit.

«Na so was, Herr ... Günther, plötzlich tauchen Sie auf! Wo haben Sie denn gesteckt, als wir den Toten gefunden haben? Meine Kollegen haben die ganze Gegend nach Zeugen abgeklappert, da hätten sie Ihnen doch begegnen müssen.»

«Bin abgehaun», nuschelte der Stadtstreicher. «Hab den Toten jesehn, dachte mir schon, det die Bullen bald ufftauchn würdn, un hab mir sicherheitshalber vom Acker jemacht. Dachte, sonst denken die noch, ick bin et jewesn. War ick aba nich!»

Klar, wie auch. Der falsche Dieter Krug war eines natürlichen Todes gestorben. Kappe ließ sich nichts anmerken. «So, Sie waren es nicht. Und wer ist der Tote nun?»

«Det is Kalle, mein Kumpel.»

«Der Mann hatte aber Papiere bei sich, die auf einen anderen Namen lauten.»

«Möchlich. Aba det ist trotzdem Kalle. Und bevor Sie fragn, den Nachnam kenn ick nich.»

Kappe schaute ungläubig. «Und wieso kommen Sie damit erst jetzt?»

«Weil die junge Dame da so nett is un mich gebeten hat. Hat mir auch 'n Bier spendiert und 'n Essn bezahlt. Na ja, und da war noch wat.»

«Und was, wenn ich fragen darf?»

«Ick hab jesehn, wie et passiert ist.»

«Was gesehen?»

«Na, den Mord.»

Das war wirklich ein Tag der Überraschungen! Hier wollte jemand ihm und Marie einen gewaltigen Bären aufbinden. «Und wie ist es passiert?»

«Ick hab mein' Kumpel rennen sehn, der kam aus'm Osten. Hinter ihm her warn zweie mit 'ner Maschinenpistole. Die ham geschrien: ›Halt, Polizei!‹ Kalle hat jeschnauft und jebrüllt, dasser gleich in' Westen is und dass sie ihn dann in Ruhe lassen müssen.

Doch die ham nur jelacht und jeschossn. Da isser jefalln. Und ick hab mir noch weiter hinter meine Steine jeduckt, damit se mich nich sehn. Danach bin ick denn zu mein' anderen Kumpel, Hotte, der lebt manchmal am Berlin-Spandauer Kanal, un hab mir zusammen mit ihm einen anjetrunken.»

«Und warum, meinen Sie, ist Ihr Kumpel so gerannt und waren die beiden hinter ihm her?»

Günther zuckte die Schultern. «Dit wees ick nich, hab da nur eine Vamutung.»

«Lassen Sie uns an Ihren Gedanken teilhaben!»

«Na ja, vielleicht hatter einem das Portemonnaie geklaut. Un in dem waren vielleicht dann ooch die Papiere, die Sie gefundn ham. Kalle hat manchmal sonne Sachn gemacht. Aba immer nur im Ostn. Ick schwör's. Hab ihn schon 'n paarmal jewarnt, dit 'n anständiger Mensch so wat nicht machen tut. Selbst nich, wenn er obdachlos is. Doch er hat bloß jesagt, die Ostpolizei kann mia hiea im Westn gar nüscht.»

«Kann dieser Hotte bezeugen, dass Sie sich gemeinsam betrunken haben?»

«Hotte? Wees ick nich. Kann sein, dasser noch da is, kann ooch nich sein. Der hat jesagt, er will uf Urlaub innen Süden.»

«Moment!» Kappe erhob sich, öffnete die Türe der Besenkammer und brüllte hinaus: «Piossek!»

Der stand kurz darauf im Raum, zog aber erst mal sein Taschentuch heraus und hielt es vor die Nase. «Puh!»

«Piossek, Sie nehmen jetzt sofort die Aussage dieses Herrn auf! Er hat den ›Mord‹ in der Wollankstraße beobachtet. Und dann lassen Sie sich seine Adresse geben. Wo wohnen Sie überhaupt? Und dass Sie mir ja hierbleiben und nicht auch zum Urlaub in den Süden aufbrechen!»

«I bewahre, Herr Kommissar, ick werd schön in meine Trümmerwohnung anner Wollankstraße bleibn.»

Kappe schaute zweifelnd. «Ist vielleicht doch besser, wir stecken Sie in den Knast. Da wissen wir, wo wir sie finden, Herr Günther. Da gibt es dann auch ein Bad und eine Entlausung umsonst.»

«Nee, da hilft man die Bullen, und nu das! Ihr denkt, bloß weil ick aufe Straße wohne, bin ick 'n Vabrecha. Hätt ick mir denkn könn. Hätt ick lieber doch nich kommen solln. Dit hab ick nu davon, dass ick meine Pflicht als Staatsbürger ...»

Kappe brachte ihn mit einer Handbewegung zum Schweigen.

«Sehen Sie», sagte Marie strahlend, «jetzt wissen wir, wer der Tote war. Mein Stiefvater jedenfalls nicht. Lassen Sie den armen Mann doch gehen! Bitte, er läuft bestimmt nicht davon.»

Kappe wandte sich ihr zu. «Aber im Knast ist er sicher. Wer weiß, vielleicht kommen diese beiden Männer wieder, die da um sich geschossen haben, und bringen ihn um, weil er sie beobachtet hat und damit ein unliebsamer Zeuge ist.»

Piossek schnaufte. Dann führte er mit angewidertem Gesicht den protestierenden Günther aus der Besenkammer.

Marie wollte etwas anmerken.

«Nein, nicht jetzt und nicht hier! Das erkläre ich Ihnen später», stoppte Kappe sie. «Sie und ich gehen jetzt was essen, junge Dame – gemeinsam. Oder haben Sie schon? Nee? Das dachte ich mir.»

Beim Essen eröffnete er Marie, welche Zusammenhänge er hinter der ganzen vermaledeiten Geschichte vermutete. Weshalb er glaubte, dass sie in Gefahr sein könnte, und warum ein gewisser John Weißbrod sich so auffallend für sie interessierte. Er erwähnte auch den Umstand, dass es sich bei dem Toten aus der Wollankstraße keineswegs um einen Mord handelte und er deshalb diesem so plötzlich aufgetauchten Günther nicht für fünf Pfennige über den Weg traute. Ebenso wenig übrigens wie diesem ominösen Zeugen namens Dieter Krug im Fall der angeklagten Prostituierten.

Nachdem ihn eine sehr nachdenkliche Marie verlassen hatte, um wieder ins Ullsteinhaus zu fahren, überlegte Kappe, woher ihm dieser Günther bekannt vorkam. Schon wieder so ein Aussetzer. Früher hätte er es sofort gewusst. Er wurde alt. Kappe fragte sich außerdem zum wiederholten Mal, wie weit die Tentakel der Krake Geheimdienst reichen mussten, damit eine Akte sang- und klanglos verschwinden und kurz darauf ein Mensch wie dieser

Günther auftauchen konnte, um ihm eine solche Räuberpistole aufzutischen. Jemand wollte, dass der Fall ad acta gelegt wurde, ohne dass er Verdacht schöpfte. Doch dieser Jemand hatte noch nicht gewusst, dass Kappe Kenntnis davon hatte, dass der Tote aus der Wollankstraße nicht erschossen worden, sondern verhungert war - weil er den entsprechenden Bericht der Akte noch nicht beigefügt hatte. Kappe mochte das, was man als Ironie des Schicksals bezeichnete. Zumindest in diesem Fall.

Aber er würde weitermachen. Irgendwoher musste der Tote ja kommen, das heißt, irgendwo fehlte eine Leiche. Gut, fünf Jahre nach dem Krieg war die Versorgungslage in Berlin noch nicht optimal, aber es hungerte fast niemand mehr. Dann erinnerte er sich an die Bilder der Spätheimkehrer aus der russischen Kriegsgefangenschaft in der Wochenschau: ausgemergelte Gestalten mit hohlwangigen Gesichtern. Ja, das könnte passen. Er würde mit Piossek darüber reden. Doch zuerst wollte er in die Kattegattstraße.

Wilma Wuttke verzog das Gesicht, als sie Kappe die Wohnungstüre öffnete. «Wat wolln Se denn nu schon wieda? Ham Se bei die Polizei nüscht anderes zu tun, als alte Fraun zu malträtiern?» Sie trug immer noch dasselbe geblümelte Küchenkleid mit dem Fleck über dem Bauch.

Kappe lächelte, so freundlich er konnte. Er war nicht gut im Auf-Kommando-Lächeln. «Sie schulden mir noch zwanzig Pfennige», sagte er und hoffte, dass sie nicht merkte, dass diese Begründung nur ein Vorwand war. Er hatte nämlich Bedenken, dass ihm die resolute Dame die Tür vor der Nase zuschlagen würde, wenn er mit dem wirklichen Grund seines Besuches herausrückte. Erst mal musste er in die Wohnung.

«Un ick dachte, 'n Mensch wie Sie hattn Herz für 'ne arme Frau. War dit denn kein Jeschenk nich?»

«So war das eigentlich nicht gedacht, Frau Wuttke.»

«Na, denn komm Se mal rin! Wenn Se sich für zwanzich Pfennige extra abjachern, denn steht et bei Ihn' wohl auch nich zum Bestn. So ’n Menkenke wejen det bissken Jeld. Früher, vorm Kriech, det warn eben noch andere Zeiten ...»

Schnell betrat Kappe die Wohnung, ohne jedoch auf die Bemerkung der Witwe einzugehen. Das war ein oft gehörter Satz, an Stammtischen, im Bäckerladen, überall eben, wo Menschen zusammenkamen: Vor dem Krieg war alles besser gewesen. Doch die Diskussion darüber führte ins Endlose. Eine solche Debatte konnte Kappe jetzt nicht gebrauchen.

«Na, denn gehen Se schon ma inne gute Stube!», forderte sie ihn auf. «Ick werd denn mal nach die zwee Groschen suchn.»

Kappe marschierte in die Küche, schnappte sich den hölzernen Küchenstuhl, trug ihn in die Stube und setzte sich. Ein sitzender Mann war nicht so schnell rauszuwerfen.

«So, ham Se Ihnen jemütlich jemacht», sagte die Witwe Wuttke nicht ohne eine gewisse Schärfe, als sie zu ihm kam. «Is nich nötig. So lange brauch ick nich, um zwee Jroschen zu finden. Hia, Ihre Krötn!»

Kappe steckte die Groschen ein. «Bitte setzen Sie sich doch! Ich hätte da noch ein Anliegen.»

Sein Gegenüber kniff die Augen zusammen «Hätt ick mir doch denkn können! Die von die Polizei machen dauernd solche Fisimatenten.»

«Bitte, Frau Wuttke!»

Die Dame ließ sich eher widerwillig auf das geblümelte Sofa fallen. Die Federn gaben das bereits bekannte Ächzen von sich.

Kappe setzte eine strenge Miene auf. «Sie haben mich belogen! Nun reden wir mal Tacheles.»

Wilma Wuttke verzog ihr Gesicht zu einem Ausdruck, der ihre Verblüffung und vollständige Unschuld zeigen sollte. «Wie? Icke?»

«Glauben Sie denn, ich hätte das nicht bemerkt? Sie haben sehr wohl etwas gesehen, als da oben die Wohnung ausgeräumt worden ist. Sie sollten nicht versuchen, mich für dumm zu verkaufen. Wir haben bei den Nachbarn im Hinterhaus herumgefragt. Und die haben ein Rumpeln gehört und Männer gesehen. Jemand hat Ihnen Geld gegeben, damit Sie die Polizei belügen.» Das mit der Nachbarschaft stimmte nicht, aber er konnte es auf diese Weise versuchen.

Witwe Wuttke knickte ein. «Ick wollt Ihnen nich verhohnepipeln. Wirklich! Aba wat det heutzutage allet kostet, un weil der Herr Schmücke so 'n netter Mann is ...»

«Ihr einstiger Nachbar lebt also?»

«Ick vamute.»

«Was heißt das nun wieder?»

«Na ja, er ist selber nich jekomm. Waren Herren mit 'nem Brief von ihm, in dem er mich jebetn hat, ob ich nich stilleschweigen könnte. Er hätte wechjemusst. Sei allet in Ordnung. Und die Männer wären Freunde, die täten jetzt seine Sachn holn. Da lag 'n Fuffziger dabei. Hätte übrigens nich jedacht, det die jemand sieht. Die sin doch mit die Sachen durch'n Keller vom Nachbargrundstück und durch'n Hinterhof jeloofn.»

Freunde, dachte Kappe, so so ... Aber wirklich gute Freunde hätten auch von den Pässen gewusst und sie mitgenommen. So gut konnten die Freunde also nicht gewesen sein. «Sind Sie sicher, dass das die Schrift von Gerhard Schmücke war?»

«Ick gloobe schon. Der Fuffziger war jedenfalls echt.»

«Aber sicher sind Sie sich nicht?»

«Wer kann sich heutzutage schon sicher sein, wa?»

Er zückte das Foto, das er von Marie bekommen hatte. «Ist das der Vermisste?»

Wilma Wuttke nahm es und betrachtete es genau. «Iss 'n bisskun dunkel. Aba die Statur, die ganze Haltung – ja, det is Schmücke.»

Als Kappe an diesem Abend im Präsidium gerade seine Siebensachen zusammensuchte, um nach Hause zu gehen, kam der angeblich abwesende und überhaupt so schwer beschäftigte Keunitz in die Besenkammer. Er war ausgesprochen guter Laune und klopfte ihm anerkennend auf die Schulter. «Gut gemacht, Kappe! Sie sind nun mal einer meiner besten Leute.»

Der so Gelobte schaute fragend.

«Der Fall Wollankstraße – das war ja gar kein Mord. Habe Klingbeil zufällig getroffen, und der hat es mir gesagt. Um die Identifizierung des Toten kann sich jetzt die Vermisstenstelle kümmern. Gute Arbeit, wirklich! Schließen Sie die Akte!»

Aha, Klingbeil. Steckte der auch mit denen unter einer Decke? Nein, Kappe, reiß dich zusammen, sagte er sich, du siehst ja langsam überall Gespenster! Hoffentlich hatte Piossek nicht auch noch vom Besuch des Stadtstreichers erzählt. «Die Akte kann ich leider nicht schließen», erklärte er.

Keunitz schaute erstaunt. «Wieso das denn?»

«Sie ist verschwunden.»

«Kappe! So eine Schlamperei bin ich von Ihnen gar nicht gewohnt!»

«'tschuldigung», erklärte der Gerügte und tat zerknirscht. Doch innerlich war er zufrieden. Er hatte das Aufblitzen in den Augen von Kriminalrat Friedhelm Keunitz sehr wohl bemerkt. *Der* Mann steckte da mit drin. Jedenfalls wusste er etwas.

Kappe beschloss, dass es nun Zeit wurde, mit Hartmut zu reden. Denn immerhin war einer der Pässe dieses Krug oder Schmücke – oder wie auch immer er hieß – von den Behörden der DDR ausgestellt. Und die da drüben warteten noch immer auf die Leiche – die inzwischen wahrscheinlich schon kältemumifiziert war. Apropos Leiche, wenn die Akte weg war ... Kappe wählte die Nummer der Gerichtsmedizin. Seine böse Vermutung bewahrheitete sich: Die Leiche war weg. Verbrannt. Polizeipräsident Stumm höchstpersönlich hatte sie freigegeben.

Kappe war langsam verärgert. Sehr verärgert.

KAPITEL ZWÖLF

in dem es um einen verschobenen Prozess und eine verschwundene Angeklagte geht

DER FAHRER öffnete die Tür des Autos. Als General Maxwell D. Taylor dem Fond entstieg und der großen Backsteinvilla im Zehlendorfer Föhrenweg mit den Hausnummern 19 bis 21 zustrebte, war er sehr schlecht gelaunt. Und das, obwohl er an diesem Abend eigentlich etwas sehr Angenehmes vorhatte. Der Kommandant des amerikanischen Sektors und der Alliierten Truppen war Sportler, spielte leidenschaftlich Tennis, war Mitglied des Lawn-Tennis-Turnier-Clubs Rot-Weiß, auf dessen renoviertem Gelände seit 1949 die Besten der Welt aufschlugen. Heute Abend würde er endlich einmal wieder gegen John Jay McCloy spielen. Der Hohe Kommissar hatte nicht oft die Zeit für ein Tennismatch. Doch heute konnte Taylor sich nicht auf die Begegnung freuen. Das Gespräch mit Gehlen steckte ihm noch in den Knochen. Was der Deutsche ihm erzählt hatte, war einfach unglaublich.

Normalerweise hatten Taylors Besuche in der Zehlendorfer Villa einen erfreulicheren Anlass. Das Domizil der *Berlin Operating Base* war riesig, verfügte über rund 1800 Quadratmeter, die hauptsächlich für Büros genutzt wurden, darüber hinaus gab es aber auch ein außerordentlich luxuriös ausgestattetes Fotolabor. Dort wurden die Aufnahmen aus der Zone, aber auch aus anderen Ostblockländern ausgewertet, welche die Nachrichtenbeschaffer besorgt hatten. Wann immer es ging, nutzte Taylor das Labor auch für private Zwecke. Er war ein leidenschaftlicher Fotograf.

Die beiden Männer, die sich bald darauf mit ihm in einem Besprechungszimmer der *Berlin Operating Base* trafen – der eine vom in Berlin residierenden *Office of Special Operations*, zuständig für die Nachrichtenbeschaffung, der andere von jener C.I.A.-Organisation, die sich *Office of Policy Coordination* nannte und für geheime Unternehmungen zuständig war –, zogen bald den Kopf ein. Denn Taylor machte aus seinem Zorn kein Hehl. «Gehlen hat mir schließlich alles gesagt, nachdem ich ihm Druck gemacht und gedroht habe, dafür zu sorgen, dass ihm der Geldhahn abgedreht wird. *Sie* stecken dahinter! *Sie* haben das alles ausgeheckt! Es ist nicht zu fassen! Da sabotieren die eigenen Geheimdienstleute eine so wichtige Operation wie die Suche nach einem Abhörtunnel in Berlin durch ihre Unfähigkeit. Das darf doch wohl nicht wahr sein! Was sollte diese ganze unglückselige Aktion in der Wollankstraße? Was haben Sie sich nur dabei gedacht? Welcher Vollidiot kommt auf die Idee, einen Toten mitten auf der Sektorengrenze abzulegen, genau da, wo wir hoffen, einen Abhörtunnel einrichten zu können? Und dann auch noch mit den Papieren von diesem Kirchbach! Haben Sie wirklich geglaubt, Sie könnten den Sowjets mit einem gefälschten Ausweis aus dem Osten einen Mord in die Schuhe schieben und sie so diskreditieren? Ja, wo sind wir denn hier? Im Kindergarten? Reden die einzelnen Abteilungen denn nicht miteinander, bevor sie solche Aktionen starten? Raus mit der Sprache! Und glauben Sie ja nicht, dass Sie mich hinters Licht führen können. Gehlen will Ihre Suppe jedenfalls nicht auslöffeln.»

Der Mann vom *Office of Policy Coordination*, zuständig für geheime Operationen, machte nicht den Anschein, als lasse er sich von Taylor einschüchtern. «Dieser Deutsche soll nicht so tun. Aber so sind sie, die Krauts, hinterhältig. Dabei war das doch eine Idee von Gehlen! Er wollte seinen Mann in Sicherheit bringen. Die Russen waren an Kirchbach dran, haben herausgefunden, was er im Krieg in den besetzten Gebieten angestellt hat, und gedroht, ihn umzubringen, wenn er nicht mit ihnen kooperiert – als Doppelspion. Gehlen war völlig fertig, sagte, er brauche den Mann unbedingt. Die Russen sollten glauben, Kirchbach sei tot.» Dass der Trupp, der zum Aufräumen in die Kattegattstraße geschickt worden war, dummerweise die falschen Pässe von Kirchbach in der Wohnung übersehen hatte, behielt er lieber für sich. Und auch, dass der Mann nicht dort gefunden worden war, wo er hätte gefunden werden sollen. Sie hatten nämlich noch immer keine Ahnung, wie der Tote dorthin geraten sein könnte.

General Taylor indessen war keineswegs besänftigt. «Kirchbach, immer dieser Kirchbach! So was gehört zum Berufsrisiko. Sie werden ihn für die Informationen, die er beschafft, auch dementsprechend gut bezahlen. Sind Sie sicher, dass der Mann den ganzen Aufwand wert ist? Ich habe langsam den Eindruck, dass uns so manche Information über die Sowjets nur zugespielt wird, *weil* wir gut dafür bezahlen. Was bekommt so einer monatlich? 100 Westmark? Oder 200?»

Der Mitarbeiter des *Office of Special Operations*, zuständig für die Nachrichtenbeschaffung, wagte Widerspruch. «Sir, wir *brauchen* diesen Kirchbach. Er ist einer der besten Leute von Gehlen, kennt sich im Ostblock aus, spricht fließend Russisch und kann es auch lesen. Sie wissen so gut wie ich, dass wir selbst kaum solche Leute haben. Normalerweise zahlen wir einem hauptamtlichen Informanten zwischen 130 und 200 US-Dollar. Kirchbach bekommt 300 US-Dollar. Doch er ist jeden Cent wert. Er leitet die Abteilung, die die Abhörergebnisse aus dem Wiener Tunnel übersetzt und auswertet. Ohne ihn hätten wir vieles nicht richtig einordnen können. Einen wie ihn gibt es nicht oft. Sir, ich bin davon überzeugt, in Berlin gibt es viele Orte, die sich für einen Abhörtunnel eignen. Allerdings haben Sie recht, Sir, die Wollankstraße scheidet jetzt für die Operation Gold wohl aus. Doch das war es wert. Das mit der Journalistin war ein dummer Zufall. So was konnte niemand voraussehen.»

Taylor verzog das Gesicht. «So, die scheidet aus. Als wenn das alles wäre! Ich denke, wir sollten die ganze Operation Gold erst einmal stoppen. Doch das anzuordnen liegt leider nicht in meiner Befugnis.»

Der Mann des *Office of Policy Coordination* meldete sich erneut zu Wort. «Die Organisation Gehlen hat uns bereits auf eine Alternative aufmerksam gemacht. Zwischen Rudow und Alt-Glienike verlaufen unterirdische Fernsprechleitungen der Sowjets. Wir wissen das von einem Mitarbeiter der Post und sind zuversichtlich, dass wir die Pläne besorgen können. Wir müssen nur an die Leitungen ran. Die Stelle wäre wie geschaffen, um die Operation Gold zu starten. Kirchbach kennt sich übrigens nicht nur mit den Sowjets aus, sondern auch mit Fernsprechleitungen. Auch deshalb ist er unersetzlich für die Operation Gold. Hat Gehlen ihnen eigentlich erzählt, dass er auch einer der wichtigsten Ausbilder für die *Stay-Behinds* ist?»

Stay-Behinds – Agenten, die jetzt schon ausgebildet wurden, um im Falle eines Einmarsches der Sowjets Nachrichten aus den besetzten Gebieten zu liefern. Die Geschichte war so geheim, dass praktisch jeder davon wusste, der auch nur irgendwie mit Geheimdienstarbeit befasst war.

Taylor hatte ebenfalls davon läuten hören, war deshalb jedoch keineswegs besänftigt. «Vielleicht haben Sie noch so eine unglückliche Aktion in petto wie die in der Wollankstraße? Diese junge Frau, diese Marie Palmer, scheint nicht geneigt zu sein, die Dinge auf sich beruhen zu lassen, wenn ich das richtig sehe. Und dieser Kommissar macht auch mehr Schwierigkeiten, als wir dachten. Wir haben ihn unterschätzt.»

«Sir, Kriminaloberkommissar Kappe haben wir auf dem Silbertablett die Aufklärung seines Mordfalles geliefert. In Form eines Stadtstreichers namens Günther – das war unser Mann, natürlich. Dumm ist nur, dass dieser Kappe ihn hat einsperren lassen. Aber wir haben schon dafür gesorgt, dass er schnellstens freikommt. Es besteht übrigens kein Grund für Ihren Ärger, Sir. Bei Licht betrachtet war die Operation Chamäleon ein voller Erfolg. Sie ist zwar nicht so abgelaufen, wie wir uns das gedacht haben, aber die Sowjets können sich nicht sicher sein, ob es nicht doch Kirchbach war, der da tot in der Wollankstraße lag. Die Leiche haben sie uns in gewissem Sinne sogar selbst geliefert. Wir haben sie uns im Lager für Ostflüchtlinge in Lichtenrade besorgt.» Auf dem Gesicht des Geheimdienstmannes erschien ein Lächeln.

«Das darf doch nicht wahr sein! Die Geschichte mit dem angeblichen Stadtstreicher wäre also auch beinahe schiefgegangen! Dieser Kappe ist ein erfahrener Mann, hoffen wir nur, dass er nicht misstrauisch geworden ist. Sind Sie sicher, dass er die Akte schließt?»

«Sehr sicher. Sein Chef Keunitz wird es ihm befehlen. Wir haben ihm über den Polizeipräsidenten eine entsprechende Dienstanweisung zukommen lassen. Stumm war übrigens sehr kooperativ, als wir ihn kontaktiert haben. Der dezente Hinweis darauf, dass es sich um eine Geheimdienstoperation handelte, reichte völlig. Er wollte gar nicht mehr wissen.»

Taylor sah nicht so aus, als wäre er überzeugt.

«Marie Palmer ist ebenfalls ruhiggestellt», erklärte der Mann des *Office of Policy Coordination* schließlich. «Ich habe meine Verbindungen spielen lassen. Und um ganz sicher zu gehen, dass sie sich da raushält, haben wir dafür gesorgt, dass die Urteilsverkündigung im Fall Sigrid Dehne erst einmal verschoben worden ist. Auf unbestimmte Zeit.»

«Das ist auch so ein Ding!», schnauzte Taylor den Geheimdienstmann an. «Wie konnte Kirchbach sich selbst als Zeuge melden, und dann auch noch unter seinem Decknamen Dieter Krug? Ist Ihnen denn nichts anderes eingefallen, um diese Prostituierte am Reden zu hindern? Soweit ich weiß, hat diese Sigrid Dehne einen Jungen, den sie alleine großzieht. Der braucht seine Mutter. Warum haben Sie ihr nicht einfach angeboten, als Informantin für den Geheimdienst zu arbeiten? Wie ich höre, sollen sich unter ihren Kunden auch russische Offiziere befinden. Da müssten doch gute Nachrichten drin sein. Warum immer gleich mit der Brechstange, meine Herren! Nun, der Deckname Krug ist nach dieser Aktion wohl verbrannt. Ebenso die Namen in den gefälschten Pässen. Gehlen wird Kirchbach eine andere Legende verpassen müssen. Ich habe übrigens schon vor einiger Zeit die Wohnung der jungen Frau verwanzen lassen.»

Die beiden Männer nickten. Sie sagten nicht, dass sie längst ihre eigenen Wanzen in der Wohnung angebracht hatten. Sie waren schließlich Geheimdienstleute. Und sie mochten es nicht, wenn sich Außenstehende in ihre Angelegenheiten mischten – auch nicht, wenn es sich um einen amerikanischen General handelte.

Marie arbeitete den ganzen Nachmittag über an dem Text zu Luise Rinser. Reger hatte jede Menge Korrekturen angebracht, und auch Dr. Karl Walther Kluger, Leiter des Feuilletons beim *Tagesspiegel*, hatte Anmerkungen gehabt. Sie musste alles noch einmal neu schreiben, durch die ganzen Änderungen war der Text derart unleserlich geworden, dass er so nicht an die Setzerei gehen konnte. Kluger umgab in Maries Augen eine ganz besondere Aura. Er hatte sich nicht nur für die Neugründung eines eigenen West-Berliner P.E.N.-Clubs starkgemacht, weil er fand, dass Ost-Berliner Autoren wie Johannes R. Becher und Anna Seghers nicht für Gesamtberlin sprechen durften, sondern auch über die Nürnberger Prozesse berichtet. Und in Anbetracht ihrer eigenen Recherchen zur Vergangenheit ihres Stiefvaters war es fast schon eine Fügung, dass sie ausgerechnet in seinem Ressort gelandet war. Denn er konnte ihr sicher mehr über die Erschießung von Partisanen und Vergeltungsaktionen der Geheimen Feldpolizei während des Russlandfeldzuges erzählen. Sie fragte sich, ob und wann sie es wagen konnte, ihn darauf anzusprechen. Diese Überlegungen und das Gespräch mit Kappe sorgten dafür, dass sie sich nicht so recht auf ihre Arbeit konzentrieren konnte. Immer wieder riss sie ein Blatt wegen ihrer Tippfehler aus der Maschine, zerknüllte es und warf es in den Papierkorb, um ein neues einzuspannen.

Das trug ihr ein Stirnrunzeln des Ressortleiters ein. Nach drei Stunden sagte er schließlich: «Gehen Sie nach Hause, Mädchen, arbeiten Sie dort weiter! Es eilt ja nicht mit der Veröffentlichung. Ich denke, Sie sollten sich auch überlegen, ob Sie Frau Rinser wirklich alles gefragt haben, was Sie wissen wollten und was unsere Leser interessierten könnte. Für den Fall, dass Sie noch Fragen haben, habe ich Frau Rinsers Münchener Telefonnummer in der Redaktion. Sie ist ja auch eine Kollegin und schreibt derzeit Literaturkritiken für die *Neue Zeitung*.»

Marie nickte dankbar und packte ihre Sachen zusammen. Sie fühlte sich ziemlich ausgelaugt und zutiefst enttäuscht. Wie es aussah, hatte John Weißbrod sein Interesse an ihr bloß geheuchelt. Er hatte sich nur aus einem Grund mit ihr verabredet: weil sie an einem Mann interessiert war, der sich Dieter Krug nannte, der früher Mitglied der Geheimen Feldpolizei gewesen war und inzwischen wohl für den Geheimdienst arbeitete. Kappe glaubte das jedenfalls. Marie hatte nur keine Ahnung, für welchen Geheimdienst. Die Amerikaner? Die Russen? Die Franzosen? Die Engländer? Auch der Kommissar hatte ihr das nicht sagen können. Gut, er hatte zugeben müssen, dass er nur mit Vermutungen aufwarten konnte, ein Mosaiksteinchen reihte sich ans andere. Auch für ihn war das Bild aber noch lange nicht komplett. Kappe hatte sie eindringlich gewarnt, dass sie in Gefahr sein könne. Als sie ihm erzählt hatte, dass sie nun Volontärin beim *Tagesspiegel* war, hatte er sich zuerst gefreut und erklärt, dass ihr diese Tätigkeit einen gewissen Schutz bieten könne. Dann aber hatte er sie plötzlich ganz ernst angeschaut und gefragt: «Wissen Sie, ob Weißbrod mit Ihrem Chefredakteur gesprochen hat? Das Angebot, Volontärin beim *Tagesspiegel* zu werden, kam doch recht plötzlich, oder?»

«Was wollen Sie damit sagen?»

«Nun, wenn Sie jetzt im Feuilleton arbeiten, sind sie als Berichterstatterin sowohl vom Fall Wollankstraße als auch vom Prozess gegen diese Jane abgezogen, oder?» Dann hatte er ihr von den verschwundenen Akten erzählt.

Er hatte also denselben Verdacht wie sie. Doch sie würde weitermachen – ebenso wie er. Nur würden sie das künftig gemeinsam tun. Sie hatte ihm versprochen, sich ab sofort an seine Ratschläge zu halten und ihn über alle ihrer Schritte auf dem Laufenden zu halten.

«Nur wenn ich weiß, wo Sie sind und was Sie tun, kann ich Sie im Notfall schützen», hatte Kappe ihr eindringlich klargemacht.

Kurz überlegte Marie, ob sie John Weißbrod mit ihrem Verdacht konfrontieren sollte. Nein, das ging ja nicht. Wegen ihrer Vereinbarung mit Kappe. Sie hatten verabredet, sich morgen nach der Arbeit zu treffen und ihr weiteres Vorgehen zu besprechen.

Marie bekam jedoch keine Zeit, sich ein wenig zu erholen. Denn kaum war sie zu Hause angekommen, klingelte es auch schon. Zu ihrer Verblüffung stand Peter Ostertag vor der Türe. Er sah sorgenvoll aus.

«Kommen Sie herein! Das ist aber eine Überraschung. Was ist denn los? Wie war der Prozess?»

Ostertag räusperte sich. «Hätten Sie vielleicht ein Glas Wasser?»

«Aber sicher, bitte setzen sie sich doch – aber vorsichtig! Ich habe dieses Sofa bei einem Trödler erstanden, die Federn führen ein ziemliches Eigenleben.»

Ostertag versuchte vergeblich ein verbindliches Lächeln.

Marie kam mit einem Glas Wasser zurück und reichte es ihm. Dann nahm sie neben ihm Platz. «Also, was ist geschehen?»

«Der Prozess ist abgesetzt worden.»

«Das ist aber eine gute Nachricht. Ist es Ihnen tatsächlich gelungen, die Staatsanwaltschaft davon zu überzeugen, dass sie Sigrid Dehne freilassen?»

Ostertag schüttelte den Kopf und sah noch betrübter aus. «Nein, der Staatsanwalt war für mich überhaupt nicht zu sprechen, hat mir nur ausrichten lassen, die Verhandlung sei ausgesetzt. Als ich daraufhin meine Mandantin im Gefängnis besuchen wollte, hieß es, sie sei verlegt worden. Aber niemand konnte mir sagen, wohin.»

«Was ist das denn? Ich dachte, solche Zeiten hätten wir hinter uns», erklärte Marie fassungslos.

Ostertag ließ den Kopf hängen. «Ja, das habe ich auch geglaubt. Aber ich werde das nicht so einfach auf sich beruhen lassen! Sie sind doch bei der Zeitung – vielleicht wissen Sie einen Weg, wie wir herausfinden können, wo Frau Dehne steckt? Ich kenne niemanden sonst bei einer Zeitung, dem ich so vertrauen könnte wie Ihnen.»

Maries Gedanken überschlugen sich. Kappe hatte gesagt, sie solle alles mit ihm absprechen. Um diese Uhrzeit würde sie ihn aber nicht mehr im Präsidium antreffen. Und sie war sich ziemlich sicher, dass die Angelegenheit eilte. Vor ihrem inneren Auge sah sie, wie Sigrid Dehne in einem dunklen Keller saß und ihre Mörder zu ihr unterwegs waren. Falls sie überhaupt noch lebte. Nein, Marie, nun geht deine Phantasie aber mit dir durch, mahnte sie sich. «Eigentlich hätte ich Ihnen gerne die gute Nachricht überbracht, dass ich jetzt Volontärin bin, allerdings beim Feuilleton. Ich wurde von dem Prozess abgezogen», hob sie an. «Kommissar Kappe vermutet übrigens, dass es irgendwelchen Geheimdienstleuten nicht recht ist, dass Ihre Mandantin einen Mann identifizieren kann, der unter diversen Decknamen reist. Und nach dem, was Sie mir jetzt sagen, habe ich Angst, dass sie Sigrid Dehne einfach verschwinden lassen.» Marie richtete sich auf. «Dagegen müssen wir etwas unternehmen. Mit solchen Methoden muss Schluss sein! Die gab es in Deutschland lange genug. Außerdem hat sie einen Sohn!»

Ostertag schüttete das Wasser in einem Zug hinunter, dann platzierte er das Glas vorsichtig, fast zärtlich auf einem kleinen Beistelltisch. «Der Junge ist bei seiner Großmutter.»

«Ja, das sagte Sigrid. Wissen Sie, wo sie wohnt?»

«Nein, das weiß ich nicht. Aber ich weiß, dass meine Mandantin zur Untermiete in der Uhlandstraße wohnt.»

«Dann lassen Sie uns dahin gehen! Vielleicht lebt die Mutter auch da. Frauenhaushalte mit Kindern sind nach diesem schrecklichen Krieg gang und gäbe. Und falls nicht, können uns vielleicht die Nachbarn weiterhelfen.»

«Das ist eine gute Idee», befand der junge Anwalt.

«Und falls wir da nichts finden, rücken wir unserem gemeinsamen Bekannten John Weißbrod auf die Pelle.»

Ostertag schaute erstaunt. «Weißbrod? Der wohnt in der Kantstraße, das ist nicht weit entfernt von der Uhlandstraße. Ich war da schon mal. Aber was hat der denn mit dieser Angelegenheit zu tun?»

Da erzählte Marie von Weißbrods Besuch bei Kommissar Kappe im Präsidium, von Günther, dem Stadtstreicher, und seiner Aussage sowie dem Umstand, dass der gar keinen Mord beobachtet haben konnte, weil der Mann aus der Wollankstraße schon tot gewesen war, als man auf ihn geschossen hatte. «Kriminaloberkommissar Kappe meint, Weißbrod hängt da irgendwie mit drin.

Wie genau, weiß ich nicht. Aber das werden wir herausfinden, das schwöre ich Ihnen! Wenn wir die Mutter von Sigrid Dehne nicht finden, dann gehen wir zu ihm. Ich wette, er weiß, wohin sie gebracht worden ist.» Damit beendete sie ihren Bericht.

Marie und Peter Ostertag fanden an diesem Abend weder die Mutter der verschwundenen Prostituierten noch ihren Sohn, und sie trafen auch John Weißbrod in der Kantstraße nicht an. Denn die Wanzen in Maries Wohnung arbeiteten einwandfrei. Die Abhörspezialisten hatten ihr Gespräch mit Ostertag eifrig protokolliert.

Die Amerikaner waren jedoch nicht die Einzigen, die ein großes Interesse an allen Personen zeigten, die etwas mit einem gewissen Dieter Krug alias Gerhard Schmücke alias Gennadij alias William Churchbrook alias Wilhelm Kirchbach zu tun hatten, und deshalb Wanzen in Maries Wohnung versteckt hatten. Auch in Ost-Berlin wurde das Gespräch zwischen ihr und Ostertag von einem sehr eifrigen Mitarbeiter der GRU, der Aufklärungsabteilung der sowjetischen Streitkräfte, aufgezeichnet. Und da die Angelegenheit Priorität besaß, eilte der mit seinen Aufzeichnungen sofort zu dem ihm übergeordneten Nachrichtenoffizier. Dieser las sie und gab sie an seinen Vorgesetzten weiter.

Noch in derselben Nacht landete ein Dossier zu einem Mann namens Wilhelm Kirchbach, während des Krieges Mitglied der Geheimen Feldpolizei, auf dem Schreibtisch des Ost-Berliner Polizeipräsidenten Paul Markgraf im Präsidium an der Neue Königsstraße. Zwecks Weitergabe. Natürlich war es eine unter geheimdienstlichen Gesichtspunkten abgespeckte Version.

KAPITEL DREIZEHN

in dem Kappe die Identität des Toten aus der Wollankstraße klärt

KAPPE fühlte sich wie gerädert. Diese ganze vermaledeite Angelegenheit um das Phantom ging ihm gehörig an die Nerven. Nun war auch noch die Akte Schmücke verschwunden. Er hatte kaum geschlafen.

Der Erste, dem Kappe an diesem Freitagmorgen im Flur begegnete, war Keunitz. Er strahlte. «Da sage noch einer, wir im Präsidium West würden keine gute Ermittlungsarbeit leisten! Fünf große Fälle gelöst, und das in kürzester Zeit. So was müssen die Kollegen Ost erst mal hinbekommen. Schon gehört, Kappe? In Zehlendorf haben wir zwei Mordfälle aufgeklärt. Und den Kollegen, die im Fall Hedwig Heinze aus der Ahrweiler Straße in Wilmersdorf ermitteln, ist auch der Durchbruch gelungen. Es war der Bruder, ein Schlachter. Die Beweise sind erdrückend, hab ich gehört. Es ist nur noch eine Frage der Zeit, dass er gesteht. Ach ja, und bei dieser Sechzigjährigen aus der Ersteiner Straße in Zehlendorf war es die Tochter, der zuständige Kollege hat mich gerade eben angerufen. Die hat jedoch bereits im Schlachtensee Selbstmord begangen. Damit nicht genug, am Pfingstsonntag ist eine rote Schmugglerzentrale in West-Berlin ausgehoben worden, dabei wurden für vier Millionen Ostmark Kugellager beschlagnahmt – im britischen Sektor, in der Zweigstelle der technischen Stahlwerke ›Poldi Hütte‹ in der Charlottenburger Kaiserin-Augusta-Allee. *Unsere* westlichen Kugellager sollten im Auftrag tschechischer und sowjetischer Hintermänner illegal durch Berlin geschleust werden. Es wird den Kommunisten mächtig stinken, dass wir sie ihnen weggeschnappt haben!»

Kappe nickte lahm. Er fand anderes schlimmer.

Keunitz schien das zu bemerken, denn er zeigte sofort Anzeichen eines schlechten Gewissens. «Herr Kriminaloberkommissar, jetzt muss ich mich aber bei Ihnen entschuldigen! Ich weiß auch nicht, wo ich meine Gedanken hatte. Als wir uns über den Toten aus der Wollankstraße unterhalten haben, habe ich überhaupt nicht mehr daran gedacht, dass wir den Fall längst an die Kollegen Ost abgegeben haben. Deshalb ist die Akte weg. Sie erinnern sich an den Antrag? Wie sich herausgestellt hat, sind die Ostler tatsächlich zuständig. Sie haben uns nämlich zweifelsfrei belegt, dass es sich bei dem Toten um einen Bürger aus dem Osten handelt, um einen Flüchtling, der versucht hat sich davonzumachen und seit einigen Wochen im Flüchtlingslager Lichtenrade lebt, aber immer mal wieder zurückgekehrt ist, um in der Zone Straftaten zu begehen.»

Kappe wunderte sich kurz, dass ihn diese Nachricht überhaupt nicht wunderte. Warum die Leiche von Polizeipräsident Stumm höchstpersönlich freigegeben und gleich darauf verbrannt worden war, fragte er gar nicht erst. Er würde sowieso nur eine Lüge oder bestenfalls eine Ausrede zu hören bekommen. Die Akte Schmücke lag wohl ebenfalls dort, wo die Akte Wollankstraße war. Glücklicherweise hatte er diesen Günther einsperren lassen. Er würde demnächst mit ihm reden. Kappe ließ sich jedoch nichts anmerken und meinte nur: «Dann is ja gut.»

Keunitz schien über Nacht die Fähigkeit erlangt zu haben, Gedanken zu lesen. «Übrigens», schob er nach, «diesen Stadtstreicher ... wie hieß er noch ... ach ja, Günther ... habe ich aus der Haft entlassen. Der Fall geht uns ja jetzt nichts mehr an.»

Kappe hatte alle Mühe, seinen Ärger zu unterdrücken. Er dachte wehmütig an den verstorbenen Kollegen Galgenberg, der wohl gesagt hätte: «Mann, den ham se injeseeft!» Aber er würde die Klappe halten, er wollte den Rücken frei haben. Denn jetzt, beschloss Kappe im Stillen, würde er sich mal umhören, ob es nicht jemanden gab, der eine Leiche vermisste. Zum Beispiel in Lichtenrade. In den Berliner Krankenhäusern fehlte kein Toter, das hatte Piossek bereits herausgefunden. Und auch die Leichen in den Beerdigungsinstituten lagen in den Särgen, in denen sie liegen sollten. Er rettete sich in Ironie. «Sonne Überraschung», erwiderte er nur und stapfte in sein Kabuff.

Dort griff er zum Telefonhörer. Es war keine schlechte Idee, mit der Suche in Lichtenrade zu beginnen, nicht nur, weil Keunitz das Lager angesprochen hatte. Der Tote hatte zu Lebzeiten gehungert. Das legte nahe, dass er in Kriegsgefangenschaft gewesen war oder zu den Ostflüchtlingen gehört hatte, die derzeit in Lichtenrade untergebracht waren. Wenn er dort kein Glück hatte, würde er eben die anderen Lager abklappern.

Kurz darauf hatte Kappe den Leiter des Lichtenrader Lagers an der Strippe. Der Mann hieß Wenzel. Gleich der erste Anruf war ein Treffer!

«In einer der Baracken fehlt einer, auf den Ihre Beschreibung passen könnte. Aber wir ham uns nichts dabei gedacht, der ist immer mal wieder abgehauen», erklärte der Lagerleiter am Telefon.

Man muss auch mal Glück haben, dachte Kappe. Also dann, auf nach Lichtenrade! Er holte eine der Kopien von dem Ausweisfoto des Toten aus der Wollankstraße, die er noch im Postausgang gefunden hatte, aus der Schublade. Dann schrieb er einen Zettel, damit Piossek wusste, wo er steckte. Er freute sich auf den Ausflug. Die Sonne schien. Das Atmen in Berlin wurde wieder leichter, es war schon eine ganze Menge Vergangenheit weggeräumt und viel Schutt aus dem Straßenbild verschwunden. Dafür wuchs der Schuttberg am nördlichen Rand des Grunewalds, in der Nähe des Teufelssees. Er musste mit Klara mal dorthin. Von oben hatte man vermutlich einen schönen Blick über den Grunewald. Die meisten Straßen der Stadt waren auch wieder intakt. Erst Dienstag hatte er im *Telegraf* gelesen, dass nun auch die Föhrer Brücke wiederaufgebaut werden sollte. Noch etwas freute ihn, nämlich dass die Demontagen der Alliierten bei Krupp in Essen beendet waren. Nun wollten die Amerikaner dort eine Friedensproduktion ermöglichen. Kappe stellte fest, die Hoffnung auf eine bessere Welt hatte sich sogar in seinem skeptischen Herzen eingenistet.

Er musste lächeln, als er sich daran erinnerte, wie begeistert

Klara über eine andere Nachricht gewesen war: Berlin sollte wieder Schwäne bekommen. Die Schweizer hatten sich erbarmt und versprochen, welche zu liefern. In der ganzen Stadt gab es zurzeit nämlich nur noch ein einziges Schwanenpaar. Das schwamm einsam auf einem der Teiche im Zoologischen Garten, dem sogenannten Vierwaldstättersee. Die beiden weißen Parkschwäne waren zu 180 Mark von einer westdeutschen Tierhandlung angekauft worden. Die Urberliner Havelschwäne, die einen Höcker hatten und deren Küken mit grauem Gefieder aus dem Ei schlüpften, gab es jedoch nirgends mehr – weder in Treptow noch auf dem Lietzensee, auf der Potsdamer Havel, auf dem Neuen See im Tiergarten oder auf dem Tegeler See. Alle waren in der Kriegs- und direkten Nachkriegszeit in den Topf gewandert. Der *Telegraf* hob hervor, dass die unverhoffte Schweizer Schwanenspende sein Verdienst war. Als der Zürcher Verkehrsdirektor und Ehrenpräsident der Schweizer Verkehrsbetriebe nämlich zu Besuch in Berlin gewesen war, hatte ihm der Chefreporter der Zeitung von der Schwanenmisere berichtet und gefragt, ob die Schweizer nicht einige der Höckerschwäne vom Zürichsee entbehren könnten.

Mein lieber Schwan, dachte Kappe.

Und einen Fleischmarkt West gab es auch wieder. Er war am 1. Juni auf dem Gelände des Fruchthofes eröffnet worden. Also würden die neuen Schwäne künftig wohl unbehelligt auf den Berliner Gewässern leben können.

Der kleine Anflug von guter Stimmung war schnell wieder verflogen, als Kappe endlich in Lichtenrade ankam. Das Flüchtlingslager lag jottwede. Sechs Steinbaracken – 1941 erbaut als Unterkünfte für die während des Krieges bei der Post zwangsverpflichteten ausländischen Arbeitskräfte – dienten nun dazu, Umsiedler und Auswanderer durchzuschleusen. Kappe wusste, dass seit letztem Jahr hauptsächlich Ostflüchtlinge hier untergebracht waren. Und wenn er so in die Gesichter der Menschen schaute, die Trauer in ihren Augen sah, dann wurde ihm trotz des wolkenlos blauen Himmels, des Sonnenscheins und der 25 Grad im Schatten kalt.

Kappe meldete sich zunächst beim Lagerleiter. Wenzel saß in einem einfachen Arbeitsraum in der Verwaltungsbaracke und schien nicht gerade der Gesprächigste zu sein. «Kommen Sie mit!», sagte er bloß, nachdem Kappe sich ausgewiesen hatte.

Grauer Putz, der hier und dort abgebröckelt war, Fenster, die jemand mit Pappe oder Holz notdürftig abgedichtet hatte, ein flaches, geteertes Dach – die Baracke vier sah aus wie die anderen. Die Türe an der Stirnseite war geöffnet. Wenzel klopfte an der siebenten Tür auf der linken Seite des dunklen Flures. «Hier wohnen Januszek, Gennadij und Hotte. Sind dauernd unterwegs. Ich glaub, ich hab sie noch nie alle zusammen gesehen. Ist ja auch eng da drin. Schauen wir mal, ob überhaupt jemand da ist», erklärte Wenzel.

So, so, Gennadij ... Das Alter Ego von Schmücke alias Krug alias Churchbrook alias Kirchbach hatte also in Lichtenrade einen Unterschlupf gefunden. Und diesen Hotte gab es wirklich? Falls das denn sein wirklicher Name war.

Wenzel klopfte, ein Mann öffnete und trat zur Seite, um sie hereinzulassen. Kappe kam in einen Raum, vier mal sechs Meter, vier Betten, zwei Spinde, ein Tisch in der Mitte.

«Januszek, ist Hotte wieder da?», fragte Wenzel.

Januszek schüttelte den Kopf. «Nein, sein rruhig. Nix Mitbewohner. Gennadij schon ganz lange weg, schon viele Tage, kam nachts sowieso nie, hat wohl Freindin. Hotte auch. Ich ganz allein», erkärte er.

«Seit wann ist dieser Hotte weg?», erkundigte sich Kappe.

«Nu, lassen Sie mich überlegn. Mag wohl sein jetzt um die zwei Wochen. Kann sein mehr, kann sein weniger.»

Kappe zog das Tatortfoto Wollankstraße aus der Innentasche seiner Jacke. «Kennen Sie diesen Mann?»

Januszeks Augen wurden groß. «Oh, der Arme! Das sein Hotte! Hab ich ihm immer gesagt, soll sein lassen krumme Sachen im Osten, nix stehlen. Jetzt wir haben ein neues Leben, sollten es anfangen besser. Was sie haben bloß gemacht mit seinem Gesicht?»

Hotte also und nicht Kalle, dachte Kappe. Der Mann, der

die Geschichte des Stadtstreichers Günther angeblich bestätigen konnte. Er durchforstete sein Gedächtnis. Dieser Günther hatte behauptet, der Tote aus der Wollankstraße heiße Kalle. Da war wohl jemand bei einer Lügengeschichte durcheinandergekommen. Die meisten Verbrecher flogen so auf. Oder es war beabsichtigt, um Verwirrung zu stiften. «Gibt es hier auch einen Flüchtling namens Kalle?», fragte Kappe den Lagerleiter.

«Nee, so einen ham wir hier meines Wissens nicht.»

So, einen Kalle gab es hier überhaupt nicht. «Wie ist der richtige Name von diesem Hotte?», fragte er den Lagerleiter.

«Behr, Horst Behr», antwortete dieser. «Ein Spätheimkehrer. War lange in russischer Gefangenschaft. Hat keine Familie mehr, zu der er gehen konnte. Niemanden. Alle tot. So ist er eben hier gelandet.» Wenzel lachte bitter. «Es gibt Gerüchte, dass er mit Diebstählen auf Ostgebiet versucht, sich ein wenig von dem zurückzuholen, was ihm die Sowjets genommen haben.»

In diesem Punkt ähnelten sich die Geschichten über Kalle und Hotte. «Haben Sie im Lager etwas von dem Diebesgut gefunden?»

Wenzel schüttelte den Kopf. «Sein Mitbewohner Gennadij hat das aber neulich durchblicken lassen, als er mal wieder hier aufgetaucht ist.»

«Suchen Sie denn nicht nach Leuten, die verschwunden sind?»

Der Lagerleiter zuckte mit hilflosem Blick die Schultern. «Wir sind hier ja kein Gefängnis. Und täglich kommen neue Flüchtlinge aus dem Osten. Wir sind hoffnungslos überbelegt und haben viel zu wenig Personal.»

Kappe nickte. Es war überall in diesen Auffanglagern dasselbe. Dann zeigte er Januszek das Foto von Maries Stiefvater. Er musste sichergehen.

Dessen Augen wurden noch größer. «Das sein Gennadij! Hat schönen Anzug da. Geht ihm gut? Wo er steckt? Bei Freindin? Hab ihn gesehen zuletzt ... Lassen Sie mich überlegen ... Ja, is weg mit Hotte. Hotte wollte gehen zu Arzt und hat gebeten Gennadij zu kommen mit.»

«Und wissen Sie, wie der Arzt hieß?»

«War Arzt, der kommt immer mal wieder ins Lager.»

«Danke, Herr Januszek!», meinte Kappe. «Sie haben mir sehr geholfen.» Dann wandte er sich dem Lagerleiter zu. «Können Sie mich zu diesem Arzt bringen?»

«Nein, der kommt erst morgen wieder, aber wir haben eine Schwester hier, die unsere kleine Krankenstation betreut. Vielleicht weiß sie etwas.»

Die Krankenschwester wusste, dass der Arzt Hotte Behr wegen Unterernährung sofort in ein Krankenhaus hatte einweisen wollen. Doch der hatte sich geweigert. Sie hatte es wenigstens geschafft, ihn dazu zu überreden, die nächsten Tage in der Krankenstation zu bleiben. Als die Schwester am nächsten Tag ihre Morgenrunde machte, hatte er noch im Bett gelegen, ganz still, wie ein Toter. An seinem Bett saß ein Freund und redete auf ihn ein. Er hieß Gennadij - ein netter Mann, einer, der sich um andere sorgte. Er hatte sogar Essen für seinen Freund Hotte dabeigehabt und gesagt, er kümmere sich schon um ihn.

Und dann?

Na ja, das müsse der Herr Kriminaloberkommissar doch bitte verstehen. Es gab so viel Arbeit und so wenig Unterstützung. Der Doktor hatte sich angekündigt, es waren Neuankömmlinge zu untersuchen, Verbände zu wechseln, Spritzen zu geben ... Jedenfalls, als sie später wieder nach ihm hatte sehen wollen, waren sowohl Hotte als auch Gennadij verschwunden gewesen.

«Hat Ihnen das denn nicht zu denken gegeben?»

«Doch, schon», antwortete die Schwester, «aber es gibt so viel zu tun hier. Und Hotte hatte ja Gennadij.»

Ja, dachte Kappe, Hotte hatte diesen netten Gennadij ...

Die Besenkammer war verwaist, als Kappe ins Präsidium zurückkehrte. Er war dankbar dafür, ungestört zu sein. Was hatte er bisher? Da gab es einen Mann mit einer Vergangenheit als Mitglied der Geheimen Feldpolizei, mehreren gefälschten Pässen und einem echten auf den Namen Kirchbach, der offenbar keinerlei Schwierigkeiten damit hatte, unter verschiedenen Namen verschiedene Leben zu leben. Unter dem Namen Gerhard Schmücke war er abgetaucht. Als Dieter Krug hatte er geheiratet und war ebenfalls abgetaucht. Als falscher Zeuge im Prozess gegen Sigrid Dehne war er mit diesem Namen wiederaufgetaucht – soweit Kappe von Marie wusste, vermutlich weil die Prostituierte zufällig mitbekommen hatte, dass Schmücke und ein gewisser Gennadij ein und dieselbe Person waren. Fragte sich nur, was er unter den Namen Kirchbach und Churchbook so alles trieb. Diese Namen waren in seinen bisherigen Ermittlungen seltsamerweise noch nie aufgetaucht. Gennadij war ihm jedenfalls in Lichtenrade wiederbegegnet, und zwar als der Mann, der in der Krankenstation des Lagers am Bett eines Mannes namens Hotte Behr gesessen hatte, bevor der seinerseits plötzlich verschwunden war. Krug alias Schmücke alias Gennadij alias Churchbrook alias Kirchbach hatte sich mit einem Toten unterhalten, weil er den Körper in einem günstigen Moment wegzuschaffen gedachte. Der Mann aus der Wollankstraße musste dieser Hotte Behr sein. Einer, der lange gehungert hatte und an den Folgen dieser Unterernährung gestorben war. Einer, nach dem kein Hahn krähte, ob nun lebendig oder tot.

Was ließ sich daraus schließen? Der Mann mit den vielen Namen führte ein ziemlich kompliziertes Dasein. Sein Alias Dieter Krug musste offenbar aus irgendeinem Grund dringend sterben und ein gewisser Gerhard Schmücke abtauchen. Dafür hatte er sich als Gennadij eine Leiche besorgt. Er allein? Nein, dabei musste er mindestens einen Helfer gehabt haben. Schon um eine Leiche unbemerkt aus dem Flüchtlingslager zu schmuggeln. War das vielleicht dieser Januszek? Kappe würde sich den Namen merken.

Und dann war da noch der Stadtstreicher Günther mitsamt seiner Räuberpistole. Günther ... Endlich schaltete Kappe. Er sprang auf. Jetzt wusste er, woher er diesen Günther kannte. Die Augen, es waren die Augen! Die blieben immer dieselben, egal, wie geschickt sich jemand verkleidete. Er hätte sich in den Hintern beißen können, dass er nicht eher darauf gekommen war! Günther hieß in seinen anderen Leben Krug alias Schmücke alias Gennadij alias Churchbrook alias Kirchbach. Verdammt! Der Mann, nach dem sie die ganze Zeit fieberhaft gesucht hatten, hatte ihm direkt gegenüber gesessen, und er hatte das nicht bemerkt. Nicht zu fassen! Und Marie hatte ihn auch nicht erkannt. Dabei war er ihr Stiefvater! Der Mann war ein Könner in Sachen Verkleidung. Und mit seinen üblen Ausdünstungen hatte er dafür gesorgt, dass ihm niemand zu sehr auf die Pelle rückte. Wider Willen war Kappe beeindruckt. Ob sie wohl je erfahren würden, ob der Mann tatsächlich Kirchbach hieß? Echte Pässe, deren Besitzer tot waren, gab es noch immer viele.

Er war an diesem Punkt seiner Überlegungen angekommen, als Piossek in die Besenkammer stürmte. «Gute Nachrichten!»

«Mann, geht's noch lauter?»

«Otto ist uns zugeteilt.»

«Mein Neffe?»

«Wer sonst? Er wurde uns zugewiesen wegen des neuen Falls, der uns übertragen worden ist: ein Handtaschenraub im Tiergarten. Der Räuber hat sechsmal mit einer Eisenstange auf eine alte Frau eingeschlagen und sie dann blutend liegen lassen. Zeugen haben ihn als einen dunkelblonden Mann mit schmalem Gesicht beschrieben.»

«Wieso neuer Fall? Schön, dass ich das auch mal erfahre», muffelte Kappe.

«Die Akte Wollankstraße ist doch geschlossen. Da hätten wir wieder freie Kapazitäten, hat Keunitz gesagt. Heißt das, ich kann jetzt die Suche nach diesem Kirchbach einstellen?»

«Das hat Keunitz gesagt, so, so ... Nein, den Pass Kirchbach hab ich in der Wohnung Schmücke gefunden. Hat Keunitz gesagt, dass diese Akte auch geschlossen ist?»

«Nein, von Schmücke hat er nichts gesagt», meine Piossek.

«Ich wusste, dass wir uns verstehen. Und wo steckt mein Neffe jetzt?»

«Er kommt gleich.»

«Nein, er ist schon da», klang eine Stimme von der Türe her. Otto trat ein. In der Besenkammer wurde es langsam eng.

Kappe machte das Fenster auf. Von draußen wehte eine Brise herein, die roch nach Sommer. «Otto, du kommst mir gerade recht», meinte Kappe. Er schaute auf die Uhr. «Es ist Mittag. Ich lad dich zum Essen ein. Nix für ungut, Piossek, ich muss mit meinem Neffen eine Familienangelegenheit bereden. Es macht Ihnen doch nichts aus, oder? In einer Dreiviertelstunde sind wir wieder da. Und dann besprechen wir das weitere Vorgehen bezüglich dieses Eisenstangenmörders.»

Otto grinste schief. «Ick bring denn wat für Sie mit, Kollege Piossek.»

Der Angesprochene rang sich ein Lächeln ab.

«Wat is Sache, du oller Nieselpriem», wollte Otto wissen, kaum dass sie auf der Straße waren. «Is dir wat über die Leber geloofen?»

Kappe nickte trübsinnig. «Ja, und ich brauche deine Hilfe. Kannst du mal mit Hartmut reden? Das ist vielleicht besser, als wenn ich es tue.» Und dann erklärte Kappe seinem Neffen, was er in den Fällen Wollank- und Kattegattstraße bisher herausgefunden hatte. Und dass die Akte Wollankstraße angeblich bei den Ostkollegen lag.

Otto hörte zu, ohne ihn zu unterbrechen. Dann nickte er. «Ick seh ihn sowieso. Heute Abend spieln wir Skat. Denn nehm ick ihn mir mal beiseite.»

«Danke», sagte Kappe.

KAPITEL VIERZEHN

in dem Marie Palmer John Weißbrod zur Rede stellt und dem Phantom begegnet

WIE KAPPE hatte auch Marie in der Nacht von Donnerstag auf Freitag kaum geschlafen. Sie sorgte sich um die junge Prostituierte, diese Sigrid Dehne. Sie stand um sechs Uhr auf und machte sich auf den Weg in die Uhlandstraße. Sie wollte unbedingt noch einmal versuchen, Sigrids Mutter zu erwischen. Um diese Uhrzeit war sie doch bestimmt zu Hause.

Sie fand eine bleiche Frau mit einem verweinten Gesicht vor, die sie misstrauisch musterte. Sigrids Sohn, ein etwa vierjähriger Junge, schmiegte sich verstört an seine Oma. Marie erklärte Frieda Dehne, sie sei Volontärin beim *Tagesspiegel* und plane einen Bericht über Justizirrtümer. Sie halte ihre Tochter Sigrid für unschuldig und wolle ihr helfen. Bis auf den Bericht war das noch nicht einmal gelogen.

Marie erfuhr Überraschendes. «Ich weiß nich, wo meine Sigrid is», sagte Frieda Dehne schluchzend. «Det ist wie unter die Nazis bei die Gestapo. Jestern mitten inne Nacht war so 'n Amerikaner da, Weißbrod hatter jeheißn. Kam zusammen mit Sigrids Verteidiger. Die ham mir jesacht, dasse meine Sigrid anne Ost-Berliner Polizeibehördn überstellt ham.»

Marie war verblüfft. Mitten in der Nacht? Das musste gewesen sein, nachdem sie und Ostertag vergeblich versucht hatten, Sigrids Mutter zu erreichen. Ostertag hatte sich wohl ebenfalls gesorgt und war noch einmal losgezogen, nachdem er sie heimgebracht hatte. «Aber warum ist sie dorthin überstellt worden?»

«Weil das angeblich einfacher sein soll. Sie ham jesacht, der janze Gladow-Fall sei ja im Ostn verhandelt wordn.»

«Aber der Überfall, an dem sie beteiligt gewesen sein soll, hat doch im Westen stattgefunden! Diese Erklärung klingt ziemlich seltsam.»

Marie verfluchte sich selbst dafür, dass sie mit ihren Befürchtungen so plump herausgeplatzt war, denn Frieda Dehne schluchzte erneut. «Ach, ick seh se sicher nich mehr. Erst ham se mir den Mann erschossn, und nu nehmen se mir auch noch meine Kleine. Und Doktor Ostertag sacht, er kann in' Osten auch nüscht machen. Vielleicht kommt sie nun in eins von die Straflager der Russen in Sibirien, von denen man immer so Schreckliches hört. Oder sogar inne Todeszelle. Dabei hat se doch jar nüscht jetan! Ick wees det jenau, weil zu die Zeit, wo se angeblich den Überfall jemacht ham soll, da war se doch bei mir. Und dann der Junge, der arme Junge! Ick bin schon 'ne alte Frau. Hab sonne Angst, dass sie meine Sigrid vielleicht gar nich überstellt, sondern vielleicht sogar umgebracht haben. Man hört da so einijes.»

«Haben Sie der Polizei denn nicht gesagt, dass Ihre Tochter in der fraglichen Zeit bei Ihnen war?»

«Natürlich hab ick! Imma un imma wieder. Aber da war doch dieser Zeuge, dieser Dieter Krug, der sein Jesicht verstecken tut. Wollt mit ihm redn, ihn fragen, wieso er meine Sigrid ins Unglück stürzen will. Aber sie ham mir nich gesagt, wo er is. Sie ham mir Geld anjebotn, damit ick nich mehr nach ihm und meiner Tochter suchen tu. Aber wie kann ick det? Sie is doch meine Tochter. Meine Sigrid is 'n jutet Mädchen, auch wenn sie vom richtjen Weg abgekomm' is.»

Marie streichelte der Verzweifelten mitfühlend über die Hand. Wenn sie diesen Ostertag und diesen Weißbrod zu fassen bekam, dann würde sie ... So nicht – nicht mit ihr! Sie schaute auf ihre Uhr. Sie hatte noch genügend Zeit, bis sie in der Redaktion sein musste.

John Weißbrod war noch im Morgenmantel, als er Marie die Türe öffnete. «Wer klingelt denn hier um diese Zeit Sturm? Oh, Sehnsucht nach mir, junge Lady?»

Marie musste ihre ganze Selbstbeherrschung aufbieten, um ihm nicht an die Gurgel zu gehen. Andererseits fand sie ihn sehr attraktiv in seinem Morgenmantel. Außerdem sah er sie so erfreut an, als möge er sie wirklich. In ihrem Bauch breitete sich ein warmes Gefühl aus. Doch sie weigerte sich, dem nachzugeben. Dieser Mann war ein übler Heuchler. «Wo ist Sigrid Dehne? Und versuchen Sie nicht, mir weiszumachen, sie sei wirklich schuldig im Sinne der Anklage. Angeblich soll sie in die Ostzone überstellt worden sein. Das sagt jedenfalls ihre Mutter, Frieda Dehne. Doch ich glaube kein Wort! Und dieser ominöse Zeuge, der sie bei einem Überfall beobachtet haben will, ist mein Stiefvater. Und Sie stecken mit in dieser ganzen Angelegenheit drin. Versuchen Sie gar nicht erst, das abzustreiten! Wann immer es um Sigrid, den Fall Wollankstraße oder diesen Verschwundenen namens Schmücke in der Kattegattstraße geht, tauchen Sie auf. Schauen Sie nicht so! Kriminaloberkommissar Kappe hat mir alles erzählt. Sie arbeiten für den Geheimdienst und mein Stiefvater auch. Verdammt noch mal, Mister Weißbrod, Sigrid hat ein Kind, einen kleinen Sohn! Ihre Mutter ist völlig verzweifelt. Wie können Sie nur zulassen, dass sie zum Spielball irgendwelcher Intrigen wird? Wieso waren Sie eigentlich mit ihrem Verteidiger bei ihrer Mutter?»

Weißbrod hob die Hände. «Peter hat mich gestern spät noch um Hilfe gebeten. Nun holen Sie erst mal Luft, und kommen Sie rein! Das müssen wir doch nicht im Flur besprechen.»

«Und wenn Sie mich dann auch verschwinden lassen, so wie Sigrid Dehne? Sie ist doch nicht in einem Ostgefängnis, oder? Da will jemand nur endlich Ruhe in dieser Angelegenheit haben. Warum? Ist was schiefgegangen? Ist sie tot?»

«Sie haben wirklich zu viele schlechte Filme gesehen. Nun kommen Sie schon rein! Ich schwöre, dass Ihnen nichts geschieht. Ich würde Ihnen nie etwas anhaben, dazu ... Jetzt lassen Sie mich doch erst mal etwas anziehen. Ein Morgenmantel ist kein Bekleidungsstück, in dem man eine ehrbare junge Dame empfangen sollte. Und dann reden wir. Ich habe nur ein Wohnschlafzimmer. Sie müssten in der Küche warten, da ist ein kleiner Tisch.»

Marie musterte ihn eingehend, dann nickte sie. Während sie wartete, sah sie sich um. Die Küche war recht groß, hell und freundlich, mit bunten Vorhängen und einem dieser modernen Nierentische mit Resopaloberfläche, die andere Leute im Wohnzimmer hatten. Daneben stand eine dreistrahlige Tütenlampe, davor zwei Cocktailsessel. Auch das Neueste vom Neuen. Dieser Amerikaner leistete sich das Beste, während andere noch immer darum kämpften, im Winter genügend Kohlen aufzutreiben, und auf die Gleise sammeln gingen. Denn nicht alle waren glückliche Besitzer der Abschnitte d und e der Grundkarte, mit denen man vier Zentner Gaskoks, Eierbriketts, Anthrazit oder Steinkohle bekam. Solche Probleme kannte Mr. Weißbrod natürlich nicht.

«Setzen Sie sich doch!» Weißbrod war in der Uniform eines Offiziers der amerikanischen Luftwaffe zurückgekehrt. Er wies auf die Cocktailsessel. «Und dann reden wir in Ruhe.»

«Ich will mich nicht setzen! Ich will auch nicht in Ruhe reden!», fauchte Marie ihn an. «Sondern ich will wissen, was mit Sigrid geschehen ist und wo sie steckt. Warum sie zu Unrecht beschuldigt wird, einen Überfall begangen zu haben. Vor allem aber will ich, dass sie heil wieder nach Hause kommt. Sie hatten mir versprochen, ihr zu helfen!» Sie schaute ihn anklagend an. «Kaum ist der Krieg vorbei, geht es schon wieder los mit den Lügen. Haben denn wirklich so viele Menschen dafür ihr Leben lassen müssen, dass alles so bleibt, wie es unter den Nazis war? Und ich hatte Sie für einen anständigen Menschen gehalten!»

«Sagen Sie so etwas nie wieder! Vergleichen Sie mich nie wieder mit einer dieser Bestien, die Millionen Juden vergast haben. Meine Eltern und ich haben es gerade noch geschafft, nach Amerika zu kommen. Doch meine Onkel, meine Tanten, meine Kusinen und meine Vettern, sie sind tot. Vergast in euren Konzentrationslagern! Deshalb habe ich mich freiwillig zur *Air Force* gemeldet. Deshalb habe ich deutsche Städte bombardiert. Damit dieser Wahnsinn so schnell wie möglich aufhört. Vergessen Sie nicht, Sie sind selbst eine Deutsche! Sie haben nichts gegen das Unrecht der Nationalsozialisten getan! Reden Sie also nicht daher, solange Sie nicht wissen, worum es hier geht!», antwortete er scharf.

Das hatte gesessen. «Ich war noch ein Kind, als der Krieg begann», meinte sie kleinlaut. «Meine Mutter hat trotz ihrer schwierigen Lage versucht, mich anständig zu erziehen. Ich weiß nicht, ob sie wusste, was hier in Deutschland mit den Juden geschehen ist. Sie haben ja recht, es ist grauenhaft, jenseits aller Vorstellung! Sie wissen doch, dass ich nach Berlin gekommen bin, um herauszufinden, ob mein Stiefvater ein Kriegsverbrecher war. Er ist der Zeuge Dieter Krug. Ich weiß das - und Sie wissen das. Aber worum geht es *jetzt*?» Marie atmete tief durch und blickte ihm fest in die Augen. «Darf ich mich nicht mehr für eine gerechte Sache einsetzen, weil ich eine Deutsche bin? Sicher werden Sie mir gleich erzählen, dass es um Höheres geht. Darum, den Vormarsch des Kommunismus zu stoppen, die Sowjets in die Schranken zu weisen, eine Invasion des Westens durch die Kommunisten zu verhindern. Und dann ist da auch noch die Krise in Korea. Wann marschieren die ersten westlichen Truppen in Nordkorea ein?»

«Sie haben nicht die geringste Ahnung, was hier auf dem Spiel steht!»

«Dann erklären Sie es mir!»

«Was wissen Sie über das Verhältnis zwischen den Westmächten und dem Osten?»

«Ich hab in den letzten Tagen viel im Archiv des *Tagesspiegel* gesessen und gelesen. Ich weiß, dass sie hier in Berlin auf eine gewisse Weise einen Stellvertreterkrieg führen. Meines Wissens hat sich das Verhältnis zwischen den Westmächten und den Sowjets durch die Irankrise rapide verschlechtert. Als die Briten 1941 in den Süden und die Sowjets in den Norden des Irans einmarschiert sind, angeblich weil der Schah deutschfreundlich war, da waren sie noch Verbündete. Sie wollten sich die Ölfelder und die Nachschublinien sichern. Kurz darauf hat Stalin im Iran die kommunistische Tudeh-Partei gründen lassen. Und dann gab es 1945 ein Abkommen auf der Konferenz von Potsdam, das den Abzug der Besatzer beinhaltete. Die Stationierung der alliierten Truppen im Iran sollte bis sechs Monate nach Ende des Krieges mit Japan bestehen bleiben. Die iranische Regierung legte nach dem Atombombenabwurf auf Hiroshima und Nagasaki und nach der japanischen

Kapitulation dann den Abzugstermin der alliierten Truppen auf den 2. März 1946 fest. Diesem Datum für den Abzug stimmten die britische und die sowjetische Regierung zu – doch die Sowjets sind nicht abgezogen.»

«Das ist ziemlich verkürzt dargestellt. Aber im Prinzip stimmt es. Wir wissen vom iranischen Geheimdienst, dass Stalin ein kommunistisches Regime in Teheran installieren wollte. Als die Sowjets nicht abzogen, hat sich der Schah an die Vereinten Nationen gewandt und um Hilfe gebeten. Es gab Verhandlungen. Schließlich ist ein neuer Zeitplan für den Abzug der sowjetischen Truppen beschlossen worden.»

«Hat US-Präsident Truman damals Stalin nicht mit schwerwiegenden Folgen und sogar mit einem Atomwaffeneinsatz gedroht, wenn er seine Truppen nicht aus dem Iran abzieht? Ich habe einen Bericht im *Tagesspiegel*-Archiv darüber gefunden. In einem steht, das sei der Beginn dessen gewesen, was wir neuerdings den Kalten Krieg nennen. Ohne diese Auseinandersetzung hätte es vielleicht keine deutsche Teilung und keine Berlin-Blockade durch die Russen gegeben. Nein, Sie müssen nicht antworten. Wir sind dankbar für die Luftbrücke. Und den Menschen dieser Stadt, die etwas zu essen bekamen und die sonst verhungert oder erfroren wären, dürfte die politische Großwetterlage sowieso egal gewesen sein. Nun gibt es aber diesen neuen Konflikt in Korea. Ich weiß zwar nicht viel darüber, aber dieses Land scheint irgendwie zwischen die Fronten geraten zu sein.»

Er sah sie traurig an. «Auch ich hatte gehofft, dass die Menschen nach diesem schrecklichen Weltkrieg genug von Kriegen haben. Über Japan haben wir schon gesprochen. Sie wissen, dass die Japaner Korea kurz nach der Wende zum zwanzigsten Jahrhundert annektiert hatten? Als Japan 1945 kapitulierte, war über die Zukunft von Korea entschieden: Im Süden marschierten amerikanische Truppen ein, im Norden die der Sowjets.»

«Geteilt wie Deutschland, geteilt wie Berlin.»

«Ja, leider. Allerdings gibt es einen gravierenden Unterschied: Korea hat keinen Krieg vom Zaun gebrochen wie Deutschland.

Und noch was müssen Sie in diesem Zusammenhang bedenken: die Entwicklung in China, die instabile politische Lage in der ganzen Region. Als Korea aufgeteilt wurde, tobte in China schon lange der Bürgerkrieg, in dem Mao Zedong gegen Chiang Kai-shek kämpfte. Wir haben Chiang unterstützt, die Russen Mao. Dann musste Chiang Kai-shek nach Taiwan fliehen, die Kommunisten gewannen die Oberhand. Das ist eine Katastrophe, wir müssen dafür sorgen, dass der Kommunismus in dieser Region nicht noch mehr Einfluss gewinnt. Die Sowjetunion zündete zur selben Zeit die erste Atombombe und zog damit mit uns gleich. Das heißt, wir wissen, wenn wir die Bombe zünden, müssen wir mit einem Gegenschlag rechnen. Und nun, so vermuten wir aufgrund von bestimmten Vorbereitungen der Gegenseite, gibt es Planungen für einen Einmarsch von nordkoreanischen Truppen in Südkorea. Offenbar hat Stalin nach anfänglichem Zögern dem nun doch zugestimmt. Natürlich marschieren die Russen nicht selbst ein. Sie liefern nur Waffen und Geld. Bisher jedenfalls. Stalin ist ein übler Aggressor. Für ein geeintes kommunistisches Korea, um Amerika zu schwächen, könnte er sogar bereit sein, den Weltfrieden aufs Spiel zu setzen. Das wissen wir von Leuten wie Ihrem Stiefvater. Er hat gute Zuträger auf der Gegenseite. Und wir brauchen diese Informationen. Denn wir müssen die Expansionsgelüste der Kommunisten stoppen, um jeden Preis. Oder wollen Sie in einer kommunistischen Welt leben? Und noch etwas: Ja, der Zeuge Dieter Krug *ist* Ihr Stiefvater. Das ist mehr, als ich Ihnen sagen dürfte.»

«Amerika verschärft den Konflikt also, indem es Waffen und Geld an Südkorea liefert?»

Er ging nicht auf Maries Einwand ein. «Marie, haben Sie nicht zugehört? Auch die Russen verfügen jetzt über die Atombombe. Und Stalin wird im Zweifelsfall nicht zögern, sie zu zünden. Die Frage ist nur, wo. Das könnte genauso gut Deutschland treffen.»

«Sie stehen also auf dem Standpunkt, das Schicksal einer Sigrid Dehne ist egal, wenn es gilt, einen Mann zu schützen, von dem Sie Informationen über die kommunistische Seite bekommen, die einen entscheidenden taktischen Vorteil bedeuten könnten?»

Er schaute sie nur an.

Marie rang sich ein Lächeln ab. «Ich sehe schon, ich habe ins Schwarze getroffen. Also arbeitet mein Stiefvater jetzt für die Amerikaner? Schützen Sie ihn deshalb?»

«Halten Sie die Luft an!»

«Ich lass mir nicht den Mund verbieten. Warum sonst hätten Sie einer verzweifelten alten Frau, die sich um ihre Tochter sorgt, Geld angeboten? Geld für das Leben ihrer Tochter! Wie makaber! Glauben Sie mir, das wird Ihnen nicht weiterhelfen. Frieda Dehne wird das Geld nicht nehmen. Außerdem bin ich auch nicht allein.» Sie reckte herausfordernd das Kinn vor. «Wissen Sie schon, dass ich jetzt Volontärin beim *Tagesspiegel* bin? Dort gibt es ein ausgesprochen gut sortiertes Archiv. Für kurze Zeit hatte ich den Eindruck, jemand, der nicht will, dass ich weitere Nachforschungen über meinen Stiefvater und Sigrid Dehne anstelle, hätte dafür gesorgt, dass ich durch den Volontariatsvertrag kaltgestellt werde. Das waren doch nicht Sie, oder? Falls doch, wäre der Schuss nach hinten losgegangen. Denn der Zugang zu einem solchen Archiv kann sehr nützlich sein. Ich sagte es schon, ich habe viel gelesen in den letzten Tagen. Und ich werde auf jeden Fall weiterforschen. Es reicht, dass mein Stiefvater meine Mutter ins Unglück gestürzt hat. Ich werde nicht zulassen, dass er das noch mit weiteren Menschen tut!»

Weißbrod atmete tief durch. Offenbar focht er einen inneren Kampf aus. «Sie waren also bei Frieda Dehne. Mädchen, ich *kann* Ihnen nichts dazu sagen. Nur so viel: Wenn Sie wollen, dass Sigrid Dehne nichts geschieht, ist es besser, Sie berichten nichts. Marie, ich belüge Sie nicht. Ich flehe Sie an, hören Sie auf, in der Angelegenheit weiterzubohren. Das bringt Sie in Lebensgefahr! Und mit Ihnen alle, die Ihnen dabei helfen.»

«Dann bin ich eben in Lebensgefahr!»

«Marie, Sie wissen nicht, wovon Sie reden. Diesen Kampf können Sie nicht gewinnen! Ich habe große Angst um Sie. Sie wissen doch, was ich für Sie fühle. Sie müssen es wissen. Marie, *damn*, ich werde nicht immer da sein, um Sie zu beschützen.»

Marie fand das seltsam, aber sie glaubte ihm. Glaubte den Gefühlen, die sie in seinen Augen entdeckte, der Angst und ... Nein, sie durfte sich nicht falschen Hoffnungen hingeben. «Fluchen Sie nicht! Wenn Sie wirklich etwas für mich empfinden, Lieutenant Colonel Weißbrod, dann unternehmen Sie etwas! Denn sonst werde ich es tun. Sigrid Dehne hat den Überfall nicht begangen, der ihr angelastet wird. Ich werde nur unter einer Bedingung nichts über den falschen Prozess und ihr Verschwinden schreiben – und glauben Sie mir, der *Tagesspiegel*-Chefredakteur Erik Reger würde dafür sorgen, dass der Artikel veröffentlicht wird, wenn ich ihm alles erzähle, was ich bisher weiß –, nämlich unter der Bedingung, dass Sie mir versprechen, dass Sigrid Dehne freikommt. Suchen Sie nach dem Vater ihres Sohnes, und sorgen Sie dafür, dass sie nach Amerika gehen kann und dort in Sicherheit ist! Ich weiß, dass Sie dafür sorgen können. Nun geben Sie es schon zu: Sie ist nicht in einem ostdeutschen Gefängnis, nicht wahr? Wo ist sie? Lebt sie überhaupt noch?»

Er sah sie lange an. Dann nickte er langsam. «Ja, sie lebt noch. Und es wäre mir lieber, sie würde bleiben, wo sie jetzt ist, denn da ist sie wenigstens in Sicherheit. Aber gut, ich werde tun, was ich kann. Geben Sie mir ein paar Tage. So schnell geht das nicht. Ich muss erst einige Leute überzeugen. Schauen Sie nicht so! Sie können mir vertrauen, ich schwöre es.»

Sie rang sich ein Lächeln ab. «Wieso in Sicherheit? Vor wem? Vor Ihnen? Vor meinem Stiefvater? Vor irgendwelchen Geheimdiensten? Oder ist das alles ein und dasselbe? Ich weiß, Sie werden mir darauf keine Antwort geben. Aber ich hoffe sehr, Sie halten Ihr Wort. Sonst könnte ich Sie nicht mehr achten, John. Und nun starten Sie Ihren teuren Ami-Schlitten und bringen mich zum *Tagesspiegel*! Ich muss schnellstens in die Redaktion. Ich bin spät dran.»

«Ich fahre Sie hin.» Düster fügte er hinzu: «Und beten Sie zu Gott, dass ich dieses Versprechen niemals bereue!»

«Ich glaube, Gott hat mit dieser Angelegenheit herzlich wenig zu tun. Da hat wohl eher der Teufel seine Hand im Spiel.»

Als sie im Auto saßen, meinte John Weißbrod: «Ich habe übrigens auch noch eine Bedingung.»

Marie erkannte, wie sehr er sich bemühte, das möglichst leichthin zu sagen. «Und die wäre?»

«Sie verabreden sich mit mir für Sonntag. Wir könnten das wegen des Regens ausgefallene Picknick nachholen. Zum Beispiel an einem der Berliner Badeseen. Was halten Sie davon?»

«Warum nicht», sagte Marie und stellte im gleichen Atemzug fest, dass sie sich darauf freute.

Bis zum Mittag hatte es Marie geschafft, eine einigermaßen anständige Meldung zu verfassen, die noch in die Sonnabendausgabe musste: die Ankündigung für ein Konzert des Rias-Sinfonie-Orchesters unter Dirigent Leo Blech im Titania-Palast am Sonntagabend. Dann hielt sie es nicht mehr aus und wählte die Nummer von Kappes Büro.

Ein Kollege namens Piossek war am Apparat. Der Herr Kriminaloberkommissar sei nicht da, erklärte er. Er sei mit seinem Neffen zum Mittagstisch.

Am Nachmittag hatte sie einen Termin im britischen Sektor. Brigadier E. Benson, der stellvertretende Britische Stadtkommandant, und seine Frau hatten fünfzig bedürftige Berliner Kinder in ihre Privatwohnung eingeladen. Die Gattin des Brigadiers fuhr allerlei Kuchen auf und verstand es auf ihre mütterliche Art, die Herzen der Kinder zu gewinnen, während der hagere Offizier *very british* und steif versuchte, ein möglichst begeistertes Gesicht zu machen. Er war jedoch sichtlich erleichtert, als es an die geplante Kinovorführung ging und er sich anderen Obliegenheiten widmen konnte.

Aus dem vierzigzeiligen Bericht Maries über den Besuch bei den Bensons wurde am Ende eine zehnzeilige Meldung. Aber sie mache Fortschritte, befand Erik Reger, der sich das Redigieren von Maries Bericht persönlich vorbehalten hatte. Sie freute sich über das Lob.

Wilhelm Kirchbach hatte lange überlegt, wo er Marie am besten abpassen konnte. Er hatte sich am Mariendorfer Damm auf Höhe des Ullsteinhauses postiert und ging ihr bis zur Haltestelle für den

Bus mit der Nummer 99 hinterher. Als er ebenfalls einstieg, beachtete sie ihn überhaupt nicht, sondern setzte sich und schaute nachdenklich zum Fenster hinaus. Ab Hallesches Tor ging die Reise weiter Richtung Uhlandstraße mit der U-Bahn-Linie B bis Wittenbergplatz. Erst seit Anfang Oktober 1949 war hier wieder ein geregelter Zugbetrieb im alten Bahnhofsgebäude möglich. Sie wollte dort in die inzwischen ebenfalls wiederhergestellte Linie A Richtung Ruhleben umsteigen und bis zum Knie fahren.

Zwischen Hallesches Tor und Wittenbergplatz setzte er sich zu ihr, in der Verkleidung, die er als Stadtstreicher Günther benutzt hatte. Maries Augen wurden groß. Er lüpfte kurz die Baskenmütze samt struppiger Perücke und rückte sie dann sofort wieder zurecht. Da begriff sie.

«Du hast mich nicht erkannt, nicht wahr?», sagte er zufrieden.

Sie schüttelte den Kopf. Noch immer sprachlos.

«Es tut mir leid. Ich weiß, was mit deiner Mutter geschehen ist. Aber es geht um Ziele, vor denen persönliche Gefühle zurückstehen müssen», raunte er.

«Gefühle? Du hast so etwas? Wo hast du gesteckt? Was sollte das alles? Wie konntest du einfach so abhauen und Mama alleine lassen! Weißt du nicht, was du ihr damit angetan hast?»

«Psst, nicht so laut! Marie, wir haben nur wenige Minuten. Hör einfach nur zu! Ich weiß, dass du inzwischen herausgefunden hast, dass ich bei der Geheimen Feldpolizei war. Glaub mir, ich bekomme alles mit, was du tust. Ich arbeite seit einiger Zeit für die Organisation eines ehemaligen Vorgesetzten. Wir sind dabei, einen deutschen Nachrichtendienst aufzubauen. Und den braucht unser Land dringend. Wir befinden uns in einer sehr prekären Lage. Es gibt Befürchtungen, dass eine sowjetische Invasion in Deutschland bevorsteht. Deshalb werden wir in unseren Bestrebungen von den Amerikanern unterstützt, aber auch von den Engländern und den Franzosen. Die Westmächte brauchen Deutschland unbedingt als Bollwerk gegen den Kommunismus. Ich bin einer der Steine, aus denen es gebaut wird. Ich habe während meiner Zeit in den besetzten Ostgebieten wichtige Kontakte geknüpft, die ich der C.I.A. im Gegenzug für deren ... Unterstützung zur Verfügung stelle. Aber ich habe erbitterte Feinde im kommunistischen Lager, Menschen, die mir nach dem Leben trachten. Unter anderem weil ich mich weigere, als Doppelagent zu arbeiten. Deswegen haben mir die Amerikaner dabei geholfen, meinen Tod zu inszenieren. Doch dann kamen du und dieser Kappe! Inzwischen wissen die Sowjets vermutlich, dass ich noch lebe. Auch wegen deiner Nachforschungen. Dein Bericht zu dem Leichenfund in der Wollankstraße hat viel Staub aufgewirbelt. Marie, lass die Angelegenheit ruhen! Bitte, es geht hier um mein Leben. Willst du meinen Tod auf dem Gewissen haben?»

«Was ist mit Sigrid Dehne, warum musste sie hinter Gittern verschwinden? Sie hat auch das Recht zu leben!»

«Sie ... weiß etwas über mich, das mir gefährlich werden kann. Marie, bitte, um deiner Mutter willen! Ich drohe dir nicht gerne. Aber falls du daran denkst, noch mehr über diese Angelegenheit zu schreiben oder weiter nachzuforschen, kann ich dich nicht mehr beschützen. Deine Mutter könnte ganz plötzlich sterben. Und du wirst womöglich auch für verrückt erklärt und verbringst den Rest deines Lebens in einer Irrenanstalt. Wenn dir nicht sogar Schlimmeres widerfährt. Ich mag dich, du bist ein braves Mädchen. Ich will nicht, dass dir oder deiner Mutter etwas geschieht. Aber glaub mir, ich bin für die westlichen Geheimdienste zu wichtig. Im Zweifel würden sie euch opfern.»

«Du würdest so weit gehen? Du Monster! Du schreckst vor nichts zurück! War das damals an der Ostfront auch so, bist du da auch über Leichen gegangen?»

«Ich habe nur Befehle befolgt. Hier steige ich aus. Denk dran: Halte dich raus, wenn du willst, dass deiner Mutter oder dir nichts geschieht! Wir werden uns nicht mehr begegnen.»

Der nächste Halt war Wittenbergplatz. Ehe sie ihn festhalten konnte, war ihr Stiefvater aufgestanden und aus der Tür. Sie stürzte ihm hinterher. Sie würde es nicht zulassen, dass er sich schon wieder davonmachte. Doch als Marie draußen auf dem Bahnsteig stand, konnte sie ihn nirgends entdecken. Sie rannte die Treppen hoch zum Ausgang der U-Bahn-Station. Die zerstörte Gedächtniskirche reckte anklagend ihre Mauern gen Himmel. Die meisten der sommerlich gekleideten Menschen, die eilig vorbeistrebten, schenkten der Ruine keinen Blick. Maries Blicke suchten die Gesichter der Passanten ab. Nichts. Ihr Stiefvater war verschwunden.

Was sollte sie jetzt tun? Kappe! Sie würde zu dem einzigen Verbündeten gehen, der ebenso sehr an der Wahrheit interessiert war wie sie selbst. Sie besah sich den Fahrplan. Sie musste wieder zurück zur Station Hallesches Tor, von dort aus fuhr ein Bus, der sie zum Columbiadamm, Ecke Friesenstraße brachte. Ob er noch im Polizeipräsidium war? Sie musste es wenigstens versuchen.

Marie hatte kein Glück. Kappe war bereits fort. Und niemand wollte ihr sagen, wo er wohnte oder ob sie ihn telefonisch erreichen konnte.

KAPITEL FÜNFZEHN
in dem Kappe etwas über konspirative Organisationen lernt

AN DIESEM SONNABEND war Otto bereits morgens um halb sieben bei den Kappes aufgetaucht. «Ick hab Donnerstag mit Hartmut jesprochn, und der hat mit jemand anders jeredet. Kann dir nich sagn, mit wem. Soll dir aber ausrichtn, du sollst pünktlich um drei am Nachmittag auf dem Rudolph-Wilde-Platz sein. Da is ja heute Berliner Weinmarkt. Und bring eine Tasche mit! So eine, in die jemand schnell was reinstecken kann. Am besten, oben offen, wa. Ick wees, es klingt nach Agentenschmiere, aber es is nun mal für jedn, der im Osten arbeitet, jefährlich, Informationen an Westler weiterzugebn. Wer erwischt wird, wandert nach Sibirien.» Mit diesen Worten hatte Otto seinen Onkel, Kriminaloberkommissar Kappe, instruiert.

Glücklicherweise schlief Klara noch, was es Kappe ermöglichte, sich ohne Diskussion über Ottos Besuch gemeinsam mit diesem aus dem Haus zu schleichen.

Im Präsidium herrschte gehobene Stimmung, denn die Arbeit der Polizei war von der Presse ausdrücklich gelobt worden. Die Kollegen hatten im Schöneberger Mordfall vom 24. Mai den Durchbruch geschafft. Der 41-jährige Lebensmittelhändler Adolf Heinze hatte endlich gestanden, seine Schwester Hedwig mit einer Glaskugel erschlagen zu haben. Sein letzter Wohnort war die Martin-Luther-Straße. Als Kappe das hörte, notierte er sich innerlich, dass er Klara auf keinen Fall erzählen durfte, dass ganz in ihrer Nähe ein Mörder gelebt hatte.

Nachmittags stand er dann schwitzend im Gedränge, kam sich vor wie im falschen Film, wurde mal nach vorne, dann wieder nach hinten geschoben oder auch rüde angerempelt. Die Henkel von Klaras Einkaufstasche aus Bast waren schon ganz feucht. Halb Europa stöhnte unter dieser Hitzewelle, es gab bereits Befürchtungen, das Wasser könnte knapp werden. Wenigstens lag der Ort des für Kappes Geschmack reichlich konspirativen Treffens nicht weit von zu Hause entfernt. Rudolph-Wilde-Platz hieß der Vorplatz des Schöneberger Rathauses. Er hatte also nicht lange laufen müssen. Trotzdem war er durstig.

Die Gäste und der Festwagen waren bereits eingezogen. Soeben schickte sich ein Minister aus Rheinland-Pfalz an, das Berliner Weinfest unter dem Motto «Frühling mit deutschem Wein» zu eröffnen.

Kappe hatte gehört, dass der Jahrgang 1949 recht süß und hier günstiger zu haben war. Er würde Klara eine Flasche mitbringen. Er studierte die Preise am nächstgelegenen Weinstand. Ein Schoppen kostete 40 bis 45 Pfennige, je nach Weinsorte, und die Flasche um die 1,75 Mark. Kappe kramte in seiner Hosentasche. Doch, das konnte er sich leisten. Und dazu noch ein Glas Fassbrause. Andererseits – warum einen Schoppen kaufen, wenn er umsonst zu haben war? Er hatte mitbekommen, dass anlässlich der Eröffnung ein großes Weinfass angestochen werden sollte und die Küfer gratis Weinproben an die Festteilnehmer verteilen würden, ehe der große Umzug begann. Doch das konnte dauern, die Offiziellen redeten noch immer. Die Zunge klebte Kappe am Gaumen, und er fragte sich, wie dieser Jemand, der ihm angekündigt worden war, ihn bei diesem Gedränge überhaupt finden sollte.

Just in diesem Moment fühlte er, wie die Henkel von Klaras Tasche in seiner Hand ruckelten. «Sehen Sie sich nicht um», raunte eine Stimme.

Kappe wartete einige Sekunden ab, dann schaute er sich doch um. Der Unbekannte war verschwunden. Kappe inspizierte seine Tasche. Darin steckte ein großer brauner Umschlag. Er öffnete ihn und entnahm ihm eine Aktenmappe aus Pappe, auf der das Emblem der DDR prangte. Darauf stand: *Wilhelm Kirchbach Geheime Feldpolizei (GFP)*. Darunter las er die rot gestempelten Worte *STRENG GEHEIM*. Als er die Mappe öffnete, flatterte ein Bogen

Durchschlagpapier zu Boden. Gleich darauf trat einer der Gäste des Weinfestes darauf, so dass er mit dem Abdruck einer Schuhsohle verziert war, als Kappe den Bogen endlich zu fassen bekam. Er steckte das Papier sorgfältig in die Mappe und diese zurück in die Tasche.

Er spürte das bekannte Kribbeln im Bauch, das sich immer einstellte, wenn er der Lösung eines Rätsels ganz nahe war. Doch ehe er noch mehr Blätter verlor, war es wohl besser, er kehrte in die Friesenstraße zurück. Kappe blickte bedauernd zum Weinstand. Mit dem Schoppen wurde es jetzt nichts mehr. Er musste schnellstens lesen, was in dieser Akte stand. Natürlich nicht ohne seinen Neffen Otto, der das alles arrangiert hatte.

Dieser erwartete ihn schon in der Besenkammer mit ungeduldigem Blick.

«Wo ist Piossek?», fragte Kappe.

«Strullern, der kommt gleich.»

«Dann ist es wohl besser, wir verkrümeln uns. Ich will nicht, dass Hartmut Probleme bekommt. Es sollten möglichst wenig Leute davon wissen. Es ist sowieso schon halb fünf. Piossek wird denken, wir haben Feierabend gemacht.»

Otto nickte und folgte ihm stumm nach draußen.

«Gehen wir zum Biergarten am Kreuzberg?», fragte Kappe, der fast starb vor Durst.

Otto signalisierte seine Zustimmung mit einem unüberhörbar freudigen «Mh!».

Sie warteten, bis die Getränke vor ihnen auf dem Tisch standen, und machten sich dann daran, das Innenleben der Akte zu erkunden. Sie enthielt nur wenige Seiten, Durchschläge von Berichten, die jemand mit Schreibmaschine getippt hatte. Auch in der Zone mussten sie von allem offenbar mehrfache Ausfertigungen anlegen, dachte Kappe. Bürokraten änderten sich nie. Und sie kannten nur ein Gesetz: ihre eigenen Regeln, in fünffacher Ausfertigung hinterlegt.

Auf dem Bogen mit dem Fußabdruck stand:

Im Zeitraum 1. 7. 1942 bis 31. 3. 1943 gemäß der Meldung des Heeresfeldpolizeichefs durch die GFP an der Ostfront rund 21 000 Personen, teils im Kampf und teils nach Vernehmung, erschossen.
Liquidierte Häftlinge, Räumung wg. Veränderungen im Frontverlauf: GFP-Gefängnis Orel 350 Tote; in Brjansk 450 Tote.
In der zweiten Kriegshälfte kam der Bekämpfung von Zersetzungstendenzen in der Wehrmacht durch die GFP eine immer größere Bedeutung zu. Dazu gehörte die Fahndung nach desertierten deutschen Soldaten. Manche der Fahnenflüchtigen – etwa in Frankreich oder Russland – hatten sich sogar den Partisanen angeschlossen. Als sich die Wehrmacht immer weiter zurückziehen musste, also etwa ab Anfang 1944, stieg die Zahl derartiger Fälle. Im Frühjahr 1944 zum Beispiel fahndete die GFP nach 3142 verschwundenen Wehrmachtssoldaten.

Dahinter lag das Fahndungsblatt 7/44 der Heeresgruppe Mitte vom 15. Juli 1944, das sich offenbar auf solche Deserteure bezog:

DOLGOW, Johann, Gefreiter. Geb. am 5. 9. 1921 (Volksdeutscher) in Bajwitz bei Neiße (O. S.). 4./selbst. Trägerfrequenzzug Nachrichtenregiment z.bV. 597. Befindet sich bei der Bande «Fürs Vaterland» im Gebiet Peliksee.
DEHNE, August, Füsilier. Geb. am 28. 2. 1912 in Potsdam. 7./Füs.Rgt 34. Ist in die russische Stellung übergelaufen. Spionageverdacht liegt vor.
KAULFUSS, Günther, Schütze. Geb. am 28. 2. 1921 in Dortmund. Zuletzt eingesetzt bei Nachschubkommandantur der Waffen-SS Raum Mitte. Ist mit noch zwei Angehörigen der Einheit und zwei Russinnen unter Mitnahme des LKW Mercedes Nr. SS 203732 vermutlich zu den Banden übergelaufen.
MÜLLER, Gotthard, Panzerschütze. Geb. am 5. 6. 1918 in Chemnitz. M. ist wegen unerlaubter Entfernung von der Truppe am 22. 2. 1943 in Chemnitz festgenommen worden und am 4. 3. 1943 erneut aus der Arrestanstalt Rembertow ausgebrochen. Seitdem flüchtig.

Danach folgte eine Zusammenfassung mit der Überschrift *Wilhelm Kirchbach*:

Geboren am 13. Mai in Köln. Sohn des Bäderlieferanten Adam Kirchbach. 1902 bis 1906 Volksschule. Mittlere Reife 1911. Ein Jahr Handelsschule, 1912 bis 1914 Försterlehre, 1914 Forstgehilfenprüfung. Mit zehn Jahren Eintritt in die rechtsgerichtete Jugendorganisation Wandervogel. 1913 Anschluss an die Freideutsche Jugend.
1914 Meldung als Kriegsfreiwilliger, Verlegung nach Nordfrankreich, dann Polen, Anfang 1916 Beförderung zum Feldwebel, Abkommandierung nach Flandern zur Geheimen Feldpolizei. Nach dreimonatiger Spezialausbildung zum Leutnant befördert und mit Abwehraufgaben betraut.
1919 bis 1932 Freikorps- und Spionagetätigkeit in der Untergrundbewegung Grenzschutz (Freikorps Grenzschutz-Ost), beteiligt an der Zerschlagung der bayerischen Räterepublik im Mai 1919. Teilnahme an Spionage-Abwehr-Unternehmen in Schlesien als Mitglied der Organisation Selbstschutz Oberschlesien. Später Mitglied der Brigade Erhard, Teilnahme an der Besetzung von Berlin während des Kapp-Putsches. Später Eintritt in die Organisation Consul, zwischen 1919 und 1921 in der entmilitarisierten Zone im Rheinland.
1922 Umzug nach Dresden, Eintritt in die NSDAP, Mitarbeit beim Bund Wiking.
Ab 1933 SS und Gestapo, Einsatz in der Zentralpolizeistelle Dresden zur Bekämpfung fremdländischer Spionage.
Ab 1938 im Einsatz als Offizier der Geheimen Feldpolizei der Wehrmacht in der Sowjetunion. Befasst mit Bekämpfung fremdländischer Spionage, Partisanenbekämpfung und dem Aufspüren fahnenflüchtiger Soldaten.
Kirchbach war beteiligt an Massenerschießungen, als das GFP-Gefängnis im zentralrussischen Orel wegen des Vorrückens der Roten Armee geräumt werden musste. Am 5. 8. 1943 wurde Orel von der Roten Armee zurückerobert.
Arbeitet derzeit geheimdienstlich im Bereich Ost-Spionage im Auftrag der Organisation Gehlen. Decknamen: Dieter Krug, William Churchbrook, Gerhard Schmücke, Gennadij Tscherkow. Derzeitiger Aufenthaltsort: Flüchtlingslager Lichtenrade.

Lichtenrade? Gennadij? Ja, das passte. Aber was hatte es mit der «Organisation Gehlen» auf sich? Kappe hatte den Namen Gehlen nur in einem Zusammenhang gehört: Ein gewisser Reinhard Gehlen war bis knapp vor Ende der Hitlerdiktatur Chef der Abteilung Fremde Heere Ost des Auslands- und Abwehrdienstes gewesen.

Plötzlich stutzte Kappe und blätterte fieberhaft zurück. «Dehne! Moment, stand bei den zur Fahndung ausgeschriebenen Soldaten nicht der Name Dehne?», fragte er aufgeregt.

«Ja, hab ick ooch gelesn», bestätigte Otto. «Warum meinste?»

«Na, die junge Frau, die laut einem Zeugen namens Dieter Krug angeblich bei einem Überfall beteiligt gewesen sein soll, die heißt doch auch Dehne!» Und dann stellte er sich plötzlich jede Menge Fragen. Was, wenn dieser Kirchbach sich nicht zufällig Sigrid Dehne für seine bezahlten Schäferstündchen ausgesucht hatte? Wenn es da eine Verbindung zwischen den Dehnes und Kirchbach gab? Vielleicht wusste Sigrid Dehne irgendetwas über diesen Gehlen-Mitarbeiter Kirchbach, das der unbedingt verbergen wollte, um nicht noch mehr in Gefahr zu geraten. Wann war dieser August Dehne geboren, nach dem die Geheime Feldpolizei 1944 gefahndet hatte? 1912 – Sigrid Dehne könnte also gut seine Tochter sein. Hieß das am Ende, dass die Kommunisten ihm diese Papiere zugespielt hatten, weil sie hofften, er würde diesen Kirchbach jetzt für sie aus dem Verkehr ziehen? Wenn er es recht bedachte, dann war zwischen Ottos Skatspiel mit Hartmut und dem konspirativen Treffen auf dem Weinfest überraschend wenig Zeit vergangen. So, wie sich ihm die Angelegenheit bei näherer Betrachtung darstellte, konnte es durchaus sein, dass Hartmut und er für geheimdienstliche Spielchen benutzt wurden. Diese Vorstellung ging Kappe entschieden gegen den Strich. Er beschloss, dieser Angelegenheit auf den Grund zu gehen, ins Präsidium zu fahren und die Adresse von Sigrid Dehne herauszufinden. Otto kam nicht mit. Er brachte Hartmut die Akte zurück, sicherheitshalber.

Frieda Dehne wollte Kappe zunächst nicht in die Wohnung lassen, als er bei ihr in der Uhlandstraße vor der Türe stand. Erst als er sich auswies und dazu erklärte, er sei ein Freund von Marie Palmer und Peter Ostertag, dem Verteidiger ihrer Tochter, verschwand das Misstrauen aus ihrem Gesicht. Es kehrte jedoch sofort wieder zurück, als er seine Frage stellte: «Sind Sie mit einem gewissen August Dehne verwandt?»

«Warum wolln Se das denn wissen?»

Kappe erklärte ihr, der Name sei ihm im Zusammenhang mit seinen Recherchen zum Fall ihrer Tochter untergekommen. Er sei Zeuge im Prozess gewesen, habe sich sehr über diesen so plötzlich aufgetauchten Dieter Krug gewundert, deshalb nachgeforscht und festgestellt, dass der nicht Dieter Krug, sondern eigentlich Kirchbach heiße und als Mitglied der Geheimen Feldpolizei 1943 nach einem desertierten Füsilier namens August Dehne gefahndet hatte.

Da wurde Frieda Dehne bleich. «Dieset Schwein», sagte sie leise. «Dabei hätt ich nichts gesagt, ganz bestimmt nich. Un ich hätt auch Sigrid dazu gekriegt, dass sie schweigt. Und das, obwohl er mein' August hat erschießen lassen.» Dann erzählte Frieda ihm, dass August Dehne ihr Mann gewesen war, Sigrids Vater. Kappe hatte also richtig vermutet. «Sie ham gesagt, dass er für'n Osten, für die Russen, spioniert hat und zu ihnen überlaufen wollte. Aber das stimmt nich, janz sicher nicht! Mein August war nich so einer, der wär nie abgehaun oder hätte sein Vaterland verraten. Trotzdem ham se ihn vor's Standjericht jestellt. Und ick wusste von nüscht. Vielleicht hätt ick was tun können.»

«Sie hätten nichts tun können», tröstete Kappe die verhärmt aussehende Frau. «Aber was hat das mit Krug alias Kirchbach zu tun?»

«Na, Kirchbach hat doch den Erschießungsbefehl unterschriebn. Die Unterlagen ham wa, hatte allet seine Ordnung im Tausendjährigen Reich, auch so 'n unjerechtet Urteil. Meine Sigrid hat rausgefundn, dass dieset Schwein un ihr Freier, der angeblich Dieter Krug heißt, ein und dieselbe Person sind. Ihm sind nämlich zwee Ausweise aus'm Sacko jefalln, einer auf'n Namen Gerhard Schmücke un einer auf'n Namen Wilhelm Kirchbach. Stelln Se Ihnen das mal vor! Zu ihr hatte er aber jesacht, er heiße Gennadij. Ihrm Anwalt hat sie aba nur von eim Ausweis erzählt. Von dem, in dem Schmücke stand. Weil durch den anderen, da hat se gemerkt, wer das wirklich is. Sie wollte selbst mit ihm abrechnen. So 'n Irrsinn! Det hab ich ihr ooch jesacht. Jedenfalls, in der Nacht isse einfach wechjerannt. Aba anstatt die Ausweise vorher einfach heimlich wieder inne Jacke zu steckn, hat se se auf'n Tisch jelegt. War natürlich dumm – aba is auch verständlich, wa? Sie war völlig von den Socken. Wie hätte sie damit rechnen solln, dass der Mann, der ihrn Vater hat erschießen lassen, nun mit ihr inet Bett jeht. Det is doch krank! Vamute, det hat er ooch noch jenossn. Erst bringt er den Vater um, denn holt er sich die Tochter als Hure. Was is so einer bloß für 'n Mensch? Sigrid hat jeweint und jeweint. Is über de Kloschüssel jehang und hat sich die Seele aus'm Leib jekotzt. Hat gar nich wieder aufhörn können sich zu waschen. Und denn hat se jesagt: ›Den bring ich um!‹ Am nächsten Tag ham se se geholt un behauptet, dass se bei 'nem Überfall mitjemacht haben soll.»

«Den bring ich um!», hatte Sigrid Dehne gesagt. In diesem Moment war Kappe froh, dass das Mädel im Gefängnis saß. Denn er traute ihr durchaus zu, dass sie diesen Vorsatz in die Tat umsetzte. Frieda Dehne hatte recht: Wie krank musste dieser Mann denn sein, dass er sich eine Hure nahm, deren Vater er hatte erschießen lassen! Aber warum hatte Sigrid denn nicht während des Prozesses etwas darüber gesagt, wenigstens zu ihrem Anwalt? Kappe betrachtete die verzweifelte Frieda Dehne, die gerade sanft über den Lockenkopf ihres Enkels strich, der sich an sie schmiegte. Mit diesen beiden hatte Kirchbach wunderbare Geiseln gehabt. Sigrid hatte geschwiegen, um sie nicht zu gefährden.

«Wo isser, wo steckt dieser Mann?», fragte Frieda Dehne.

«Soweit wir wissen, ist er im Flüchtlingslager in Lichtenrade untergekrochen», rutschte es Kappe heraus. Gleich darauf hätte er sich in den Hintern beißen können, denn er hatte das sichere Gefühl, dass es besser gewesen wäre, er hätte das nicht gesagt. «Aber nicht, dass sie Dummheiten machen!», mahnte er sein Gegenüber.

Frieda Dehne schüttelte den Kopf. «Für Dummheiten bin ick viel zu müde. Ick will bloß noch, dass mein Mächen nach Hause kommt.»

Kappe war beruhigt – ein wenig jedenfalls.

Das sommersprossige Gesicht von Peter McClure, dem Polizeiassistenten für den britischen Sektor, war gerötet. «*Yessir*, Kirchbach hat sich tatsächlich mit seiner Stieftochter in Verbindung gesetzt. Unser Mann hat das auch sofort gemeldet.»

Generalmajor G. K. Bourne, seines Zeichens Kommandant des britischen Sektors von Berlin, sah nicht glücklich aus, als er das hörte. Er kniff die Augen hinter der dickrandigen Brille zusammen, strich sich über seinen Oberlippenbart und versuchte damit, einen Temperamentsausbruch zu vermeiden. Doch dann brach er in eine Serie sehr unvornehmer Flüche aus. «*Such a cocksucker, bloody prick, this walrus-looking piece of shit!* Reicht es denn nicht, dass diese Hure Jane herausgefunden hat, wie er richtig heißt? Ich gebe zu, der Mann hat in Wien gute Arbeit geleistet, aber jetzt wird er langsam zum Sicherheitsrisiko. Der denkt wohl, er kann sich alles erlauben! Ich wäre ja dafür, ihn kaltzustellen. Aber die Amerikaner haben leider einen Narren an ihm gefressen.»

McClure, nicht nur der Polizeisektorassistent der Briten, sondern insgeheim auch Mitarbeiter des R5, der *Counter-Espionage-Section* des *Secret Intelligence Service*, tat sein Möglichstes, um seine Miene unbewegt zu halten. Die Kollegen vom SIS waren derzeit mehr als nervös. Sie hatten den Maulwurf der Sowjets in ihren Reihen noch immer nicht gefunden. McClure tippte auf Kirchbach. Die Amerikaner und die Franzosen behaupteten, das könne nicht sein, sie hätten ihn gründlich durchleuchtet.

Der SIS hatte gerne zugegriffen, als sich der Abhörspezialist Kirchbach erboten hatte, für sie zu arbeiten. Das war noch in der Vorbereitungsphase der Operation Silber gewesen. Sie hatten damals nach Leuten gesucht, die über Hintergrundinformationen über den Ostblock verfügten und Russisch sprachen. Gehlen hatte den Mann empfohlen.

Die Operation Silber war ein unglaubliches Projekt – eines der besten des SIS in den vergangenen Jahren. Als die Russen ihre Kommunikation von Funk auf Kabel umgestellt hatten, war dem Stationschef des SIS in Wien, Peter Lunn, die Idee gekommen, nach im Erdreich liegenden Fernkabeln der Sowjets zu fahnden, die durch ein Gebiet verliefen, das westlichen Geheimdiensten zugänglich war, und die Leitungen abzuhören. Diese außergewöhnlichen Voraussetzungen waren in ganz Europa nur an zwei Orten gegeben: in Wien und Berlin. Denn nur in diesen beiden Städten herrschte der Viermächtestatus.

Sie hatten sich auf die Suche gemacht und eher zufällig entdeckt, dass die Sowjets eine Telefonschaltstelle in Schwechat benutzten, die nur unweit vom britischen Sektor im Wiener Bezirk Simmering lag. Die Engländer gruben einen 23 Meter langen Tunnel, durch den sie zur Schaltstelle gelangten, und konnten dort die Telefonleitungen anzapfen. Sie hatten ein Privathaus gekauft, das als Ausgangspunkt des Tunnels diente. Zur Tarnung machten sie dort ein Textilgeschäft auf, das englischen Tweed verkaufte.

Seit letztem Jahr lieferte die Lauschaktion wichtige Nachrichten. Auf diese Weise hatten SIS und C.I.A. erfahren, dass Stalin noch zögerte, die Amerikaner zu sehr zu reizen, dass er eigentlich nicht an einer Verschärfung der Auseinandersetzungen interessiert war. Die Amerikaner hatte dies prompt dazu bewogen, ihr Engagement in Korea auszuweiten.

Nun aber wollten die Amerikaner einen eigenen Tunnel in Berlin, wollten ebenfalls den unterirdischen Telefon- und Telegrafenverkehr anzapfen, um sich eigene Informationsquellen zu schaffen. Und sie bestanden darauf, Kirchbach einzusetzen. McClure hatte sie vor diesem Mann gewarnt, immer wieder. Doch sie wollten nicht hören. Sie hielten seine Erfahrungen für unverzichtbar. Der Deutsche hatte auch schon erste Hinweise geliefert und den Kontakt zu einem Mitarbeiter der Postverwaltung Ost geknüpft, der angeblich die Lagepläne für ein dickes Kupferkabel liefern konnte, das die Dienststellen der sowjetischen Administration in Karlshorst bei Berlin mit dem deutschen Hauptquartier der Roten Armee in Wünsdorf bei Zossen verband. McClure misstraute diesen Informationen zutiefst. Die Amerikaner hingegen waren begeistert.

Der R5-Mann McClure erinnerte sich noch gut an seine erste Begegnung mit Kirchbach, der in Wien unter dem englischen Namen William Churchbrook für die Operation Silber gearbeitet hatte. Sie hatten ihm den Pass besorgt. Auf den ersten Blick wirkte er unscheinbar. Trotzdem schien er ein Frauentyp zu sein. Irgendwie verstand er es, immer das Richtige zur richtigen Zeit zu sagen. Ein Kompliment hier, eines dort, und schon lagen ihm die Damen zu Füßen. Die Amerikaner wussten natürlich, dass Kirchbach unter dem Decknamen Dieter Krug verheiratet war – was hilfreich war für den Fall, dass er kurzfristig einen Zufluchtsort benötigte. Doch dann war seine Ehefrau in die Heilanstalt eingeliefert worden und seine Stieftochter Marie hier in Berlin aufgetaucht. Außerdem hatte Kirchbach seine Mitarbeit bei der Operation Gold an zwei Bedingungen geknüpft. Eine junge Prostituierte namens Sigrid Dehne müsse verschwinden, hatte er erstens gefordert. Sie spioniere für die Sowjets ihre hochgestellten Kunden aus. Er habe sie auf frischer Tat ertappt und gerade noch das Schlimmste verhindern können. Zweitens müssten die Alliierten ihn vor den Killern der Sowjets beschützen. Die verfolgten ihn, weil er sich geweigert habe, als Doppelagent zu arbeiten. McClure hielt das für eine Schutzbehauptung. Der Mann war an Massenerschießungen in Russland beteiligt gewesen. Wenn die Kommunisten ihn umbringen wollten, dann deshalb.

McClure hatte für dieses Ansinnen der Sowjets sogar Verständnis. Es ärgerte ihn, dass so ein nationalsozialistischer Verbrecher ungeschoren davonkommen sollte. Außerdem: Tote Spione redeten nicht.

«Und was machen wir jetzt?», fragte Generalmajor G.K. Bourne in McClures Gedanken hinein.

«Es ist schon etwas in die Wege geleitet, Sir. Erst mal wird dafür gesorgt, dass diese Prostituierte von der Bildfläche verschwindet. Keine Jane – kein Prozess, keine Berichte über einen Zeugen namens Dieter Krug mehr. John Weißbrod, mein Kollege bei den Amerikanern, hat den GI ausfindig gemacht, der diese Sigrid Dehne geschwängert hat. Er ist bereit, sie zu heiraten. Mit Freuden übrigens, denn er bekommt dafür ein hübsches Sümmchen. Er wird die junge Frau samt Mutter und Kind sicherlich dazu bewegen können, nach Amerika umzusiedeln. Was auch immer sie über Kirchbach weiß, in Amerika wird es ihr nichts nützen. Weißbrod ist dabei, die benötigten Visa zu organisieren.»

«Und diese junge Frau, diese Marie Palmer?»

«Weißbrod behauptet, er könne sie ruhigstellen, Sir. Um genau zu sein, hat er gesagt: ›Wenn es sein muss, dann heirate ich sie.‹ Und so, wie er dabei guckte, scheint er das nicht als allzu großes Opfer zu betrachten.»

«Und dieser Kommissar, dieser Kappe?»

«Der ist bereits vollauf mit einem anderen Fall beschäftigt.»

Generalmajor G. K. Bournes Augenbrauen begaben sich wieder in ihre normale Stellung, der Mund unter der markanten, tropfenförmigen Nase lächelte sogar etwas. *«Well, well»*, meinte er sichtlich besänftigt, «dann ist diese leidige Angelegenheit vom Tisch? Sie bleiben an Kirchbach dran? Wir müssen absolut sicher sein, dass wir ihm noch trauen können.»

«Yessir, General Sir», antwortete Peter Mc Clure und dachte an Januszek. Er würde mit ihm reden. Gut, die Amerikaner stellten sich schützend vor diesen Kirchbach. Aber selbst unter Agenten gab es manchmal Unfälle.

KAPITEL SECHZEHN
in dem Kappe mit seiner Frau einen Ausflug zum Weinfest macht

KAPPE fühlte sich unwohl – obwohl er eigentlich hätte stolz sein können auf sich, denn er hatte Klara auf das Weinfest ausgeführt, anstatt ihr einfach nur eine Flasche des Jahrgangs 1949 zu schenken.

Klara genoss den Ausflug sichtlich, strahlte, schaute sich um und redete nebenher über ihr Lieblingsthema Mode. «Und – wie gefällt dir mein neuer Hut? Du sagst ja gar nichts. Zu meinem selbstgeschneiderten Kleid hast du auch noch nichts gesagt. Ich hab einen wunderbaren Stoff ergattert, ideal für dieses Prinzesskleid. Die Abnäher und die Taille hinzubekommen war am schwersten. Ich bin nicht mehr so schlank wie früher.»

«Hm», brummte Kappe. Er war nicht richtig bei der Sache, denn ihm ging noch immer dieses Dossier über William Kirchbach durch den Kopf, und er fragte sich, was er nun tun sollte. Sigrid Dehne im Gefängnis besuchen und mit ihr reden, um ihre Version der Geschehnisse zu erfahren? Zu Marie gehen und ihr alles berichten? Ihr auch erzählen, wer dieser Stadtstreicher namens Günther wirklich war?

«Kappe!» Wenn Klara ärgerlich wurde, nannte sie ihn immer beim Nachnamen.

Er sah zu ihr, musste lächeln, weil sie sich drehte wie ein junges Mädchen, die Arme gehoben, damit er sie auch von allen Seiten betrachten konnte. Sie musste irgendetwas über ihr Kleid gesagt haben, und er reagierte pflichtschuldig mit einem anerkennenden Nicken und den Worten «Heute siehst du aber schick aus». Dann versank er wieder ins Brüten.

Doch Klara war nicht bereit, sich damit abzufinden. Sie bestand auf seiner vollen Aufmerksamkeit. «Kappe! Heute Abend kommen Otto und Gertrud, sie haben Peterchen bei Freunden untergebracht. Gertrud hat versprochen, Bruchschokolade aus der Fabrik mitzubringen, du weißt schon, aus der in der Mariannenstraße, in der sie arbeitet. Ich vergess doch immer wieder, wie die heißt. Da müssen wir doch wenigstens was Ordentliches zu trinken zu Hause haben!»

«Greiser und Dobritz», sagte Kappe abwesend.

«Wie bitte?

«Die Fabrik heißt Greiser und Dobritz.» Kappe wandte sich Klara zu. Er konnte sich jetzt wieder auf sie konzentrieren, er hatte nämlich einen Beschluss gefasst. Er würde am Montag gleich als Erstes noch einmal ins Flüchtlingslager Lichtenrade fahren. Vielleicht war dieser Gennadij Tscherkow alias William Kirchbach jetzt da. Er wollte das Phantom wenigstens einmal zur Rede stellen, dem Mann seine Meinung sagen, der so viel Trubel verursacht und so viele Menschen unglücklich gemacht hatte. Ob er Marie Palmer mitnehmen sollte? Er entschied sich dagegen. Es war wohl besser, er brachte es dem Mädchen nach und nach schonend bei, was für ein Schuft ihr Stiefvater war. Sie und ihre Mutter waren auf jeden Fall besser dran, wenn er aus ihrem Leben verschwand.

«Kappe, schau mal, da hinten gibt es guten Wein!»

Sein Blick folgte Klaras ausgestrecktem Zeigefinger. Billig war die Flasche zwar nicht. Aber wenn Klara meinte ... Zu seiner Überraschung hatten sie sogar genügend Geld für zwei Flaschen dabei.

Marie Palmer verbrachte den Sonntagnachmittag mit John Weißbrod am Scharmützelsee. Sie redeten nicht viel. Marie war wortkarg. Sie hätte ihm zu gerne von der Begegnung mit ihrem Stiefvater in der U-Bahn erzählt, aber dessen Drohung wirkte. Und sie wusste nicht, ob sie Weißbrod trauen konnte.

Nachdem John ihr versichert hatte, dass er quasi stündlich mit der Haftentlassung von Sigrid Dehne rechne, wurde sie wankelmütig, doch sie hielt sich zurück. Aber sie klatschte vor Begeisterung in die Hände, als er ihr dann erklärte, dass er sogar den

Vater von Sigrids Sohn ausfindig gemacht habe. Dieser habe sich sehr gefreut zu erfahren, dass er Vater geworden sei. Zumal er diese junge fröhliche Deutsche ohnehin nicht hatte vergessen können. Nun wollte der ehemalige GI, der inzwischen eine gute Stelle in einer Tischlerei bekommen hatte, seine Sigrid unbedingt heiraten und sie und seinen Sohn nach Amerika holen. Er selbst kümmere sich bereits um die notwendigen Papiere, erklärte Weißbrod.

«Wie schön, ein Happy End!», sagte Marie verträumt. Sie strahlte, denn sie wusste allzu gut, dass ein solcher Ausgang nicht selbstverständlich war. Es gab Zehntausende dieser Besatzungskinder, und die meisten waren arme Würmer, gehänselt und ausgegrenzt, und ihre Mütter mussten sich oft als Hure beschimpfen lassen. Viele der Soldaten kümmerte es nicht, ob sie ein Kind in Deutschland zurückgelassen hatten. Das geltende Recht, wonach Väter auch für ein nicht ehelich geborenes Kind bis zu dessen sechzehntem Lebensjahr Unterhalt zahlen mussten, galt für die Soldaten und die Zivilpersonen der Besatzungsmächte nicht. Marie freute sich derart für Sigrid, dass sie Weißbrod spontan auf die Wange küsste.

Er zog sie an sich.

Marie gab sich der Wärme seines Körpers und der plötzlichen Sehnsucht nach Halt und Nähe einen Moment lang hin. Dann machte sie sich sanft los. Sie hatte nicht vor, eines dieser Soldatenliebchen zu werden.

Er machte keine Bemerkung dazu.

Für den restlichen Nachmittag sprachen sie über Unverfängliches. Zum Beispiel über die «Segel-Müllers», den 63-jährigen Berliner Paul Müller und seine 18-jährige Tochter Aga, die sich mit ihrem Fünf-Meter-Boot *Berlin* auf die 700 Kilometer lange Seereise von den Kanarischen Inseln bis zur britischen Kolonie Sierra Leone begeben hatten. Sie redeten auch über den Besuch des amerikanischen Filmproduzenten Samuel Goldwyn in Berlin und natürlich über die Hitze, die den Wasserverbrauch um fünfzig Prozent hatte in die Höhe schnellen lassen. Nun liefen zusätzliche Wasserpumpen, um den Druck in den Leitungen der Berliner konstant zu halten. Zudem erhöhte sich die Zahl der Badeunfälle stetig. Im Spandauer Schifffahrtskanal in der Nähe der Hinckeldeybrücke am Saatwinkler Damm war eine 53-Jährige ertrunken, in der Nähe der Insel Hasselwerder ein 20-Jähriger. Die Feuerwehr und die städtischen Rettungsstellen vermeldeten täglich etwa vierzig Einsätze wegen Hitzeopfern.

Gegen neunzehn Uhr setzte Weißbrod Marie dann vor ihrer Wohnung ab. Eine ganze Weile lief sie unruhig auf und ab. Der Nachmittag mit dem jungen amerikanischen Presseoffizier hatte sie mehr aufgewühlt, als sie wahrhaben wollte. Außerdem hätte sie gar zu gerne gewusst, ob Sigrid Dehne schon zu Hause war – oder sich zusammen mit der Mutter wenigstens über die gute Nachricht gefreut hatte. Gedacht, getan – Marie machte sich auf den Weg in die Uhlandstraße.

Währenddessen saßen Klara und Hermann Kappe gemütlich mit Otto und seiner Frau Gertrud am Abendbrottisch. Sie sprachen darüber, dass die Mordkommission nun schon zum siebenten Mal innerhalb der letzten drei Wochen alarmiert worden war. Diesmal war der 38-jährige Karl Schäfer beim Verlassen einer Kneipe in der Regensburger Straße am Sonntag früh um drei Uhr durch fünf Schüsse niedergestreckt worden. Es war ihm trotz zwei Bauchschüssen und einem Halsschuss noch gelungen, sich auf die Straße zu schleppen und um Hilfe zu rufen. Ein Passant leistete Erste Hilfe. Doch auf dem Weg zum Krankenhaus war der Angeschossene dann gestorben.

Nach dem Essen stellte sich eine friedlich-schläfrige Stimmung ein. Kappe spürte zufrieden, wie sein Bauch spannte, und unterdrückte einen Rülpser. Er hätte nicht so viel essen sollen, aber Klaras Schweinebraten war einfach unwiderstehlich.

«Haste schon gehört?», hob Otto an.

Kappe schaute fragend.

«Die Kollegen im Präsidium reden von nüscht anderem: Fast die ganze Fußballmannschaft der SG Dresden-Friedrichstadt is samt Mannschaftskapitän und Landesfußballtrainer heute aus der Ostzone getürmt. Erst die von Oberschöneweide und nu die. Wenn dit so weitergeht mit die Grenzübertritte, denn ham die drüben bald keene juten Fußballer mehr. Übrijens sind se inklusive Helmut Schön, dem Vereinsvorsitzenden Curt Schultze und ihren Frauen ausse Ostzone jeflüchtet», berichtete Otto begeistert. «Stell dir vor, jetzt wolln elfe für West-Berlin spielen, für Hertha!»

Kappe strahlte. «Die Spieler wollen Mitglied bei Hertha werden? So was! Hab gehört, dass der einstige Dresdner SC dem Deutschen Sportausschuss unangenehm aufgefallen sein soll. Hängt es damit zusammen?»

Otto nickte. «Die Dresdener behaupten, die Ostzonen-Meisterschaft hätten sie beim letzten Spiel im April bloß wegen Schiedsrichtermanipulationen verloren.»

«Hab ich auch gehört», antwortete Kappe. «Es hat angeblich Zuschauerausschreitungen gegeben. Mann, das ist wirklich 'n Ding!»

«Ja, elfe ham gleich nach'm Übertritt erklärt, sie wollten schnellstmöglich Verträge bei Hertha unterschreibn. Der Nationalspieler Richard Hofmann sowie Willi Kreß zum Beispiel», ergänzte Otto.

Vor Kappe taten sich wunderbare Perspektiven auf. Mit diesen Leuten konnte Hertha sogar Meister werden! Er nahm sich vor, so schnell wie möglich eine Jahreskarte fürs Stadion zu erwerben. Denn jetzt würde es sicherlich einen Ansturm auf die Spiele geben.

«Noch Wein?», erkundigte sich Klara, anscheinend völlig ungerührt ob dieser sensationellen Meldung.

Otto und Kappe nickten und diskutierten weiter über die Konsequenzen dieser Flucht, als es Sturm klingelte.

«Wer ist das denn?», meinte Klara und ging zur Tür. Sie kam mit einem nervös wirkenden John Weißbrod und einer völlig aufgelösten Marie Palmer zurück.

«Hoppla», sagte Kappe. Ihm schwante Übles.

Marie erzählte ihm, was vorgefallen war. Als sie bei Frieda Dehne in der Uhlandstraße angekommen war, hatte sie eine schluchzende Frau vorgefunden. Nach vielen Nachfragen hatte sie erfahren, dass Tochter Sigrid zu Hause angekommen und nach einem kurzen Gespräch über den Besuch eines gewissen Kappe wieder losgestürmt war – mit einer alten Armeepistole und der Erklärung, jetzt werde sie diesen Kirchbach umbringen. Der Mann werde weder ihrer Mutter noch ihrem Sohn etwas antun. Marie war daraufhin in die Kantstraße gerannt, um John Weißbrod zur Unterstützung zu holen. Dann waren sie beide sofort hierher gefahren.

«Wohin wollte Sigrid Dehne denn?», fragte Kappe, obwohl er es ahnte.

«Ins Flüchtlingslager Lichtenrade», antwortete Weißbrod an Maries Stelle. «Haben *Sie* der Mutter etwa gesagt, wo sich Kirchbach derzeit aufhält? Von mir weiß sie das nämlich nicht. Jedenfalls scheint Frieda Dehne das ihrer Tochter erzählt zu haben.»

Kappe antwortete lieber nicht, sondern sagte bloß: «Um Himmels willen, Otto, wir müssen sofort los!»

«Wir kommen mit», erklärten John Weißbrod und Marie Palmer wie aus einem Mund.

Kappe war nicht begeistert, aber da auch Marie Palmer auf Wilhelm Kirchbach nicht gut zu sprechen war, sah er ein, dass es hilfreich sein konnte, den Amerikaner dabeizuhaben.

KAPITEL SIEBZEHN
in dem eine junge Frau auf Rache sinnt

DEN GANZEN WEG raus zum Lager im Fond von John Weißbrods Wagen hoffte Kappe, dass Kirchbach nicht in Lichtenrade war. Dort angekommen, versuchte John Weißbrod, den Lagerleiter aus dem Schlaf zu trommeln, während Kappe bereits zur Baracke stürmte. Otto und Marie folgten ihm. Es brannte kein Licht. Kappe atmete kurz auf. Sie schlichen sich bis zur Zimmertüre, die offen stand.

Die Stimme von Sigrid Dehne drang zu ihnen heraus. Sie flüsterte, und dennoch konnten sie jedes Wort hören. «Reden Sie sich nicht raus, Sie sind ein Mörder! Sie haben meinen Vater in den Tod geschickt und versucht, mich mit einer falschen Zeugenaussage loszuwerden. Jetzt aber kann ich mich wehren, jetzt sind mir nicht mehr die Hände gebunden wie im Gefängnis.»

Auch die Stimme des Mannes war leise. Sie konnten nicht verstehen, was er sagte.

«Machen Sie sich nicht unglücklich! Wenn Sie einen Menschen umbringen, dann sind Sie nicht besser als dieser Mann.» Das war die Stimme von Januszek, stellte Kappe fest und registrierte erstaunt, dass dieser plötzlich Deutsch mit einem ganz leichten englischen – oder amerikanischen – Akzent sprach. Die slawischen Anklänge beim ersten Besuch Kappes hatten das wohl übertünchen sollen. Gab es denn in dieser ganzen verworrenen Angelegenheit überhaupt noch jemanden, der war, wer er zu sein behauptete?

Kappe betrat den Raum möglichst leise, um Sigrid nicht noch nervöser zu machen. Seine Augen mussten sich erst an das Dämmerlicht gewöhnen. Die Szene wurde einzig vom Licht der Sterne am klaren Nachthimmel erhellt, das ins Zimmer fiel. Die drei Menschen im Raum standen im Gegenlicht vor einem kleinen Esstisch in der Mitte des Zimmers. Sigrid hatte den Arm vorgereckt, die Waffe auf einen mittelgroßen Mann gerichtet. Etwa zwei Meter entfernt stand Januszek.

«Mädchen, der Mann hat recht. Machen Sie sich nicht unglücklich!», sagte Kappe in die Stille hinein. «Um Himmels willen, denken Sie an Ihren kleinen Sohn und Ihre Mutter – die beiden brauchen Sie!»

Sigrid fuhr herum. Kirchbach machte eine nervöse Bewegung. Die junge Frau richtete ihre Pistole sofort wieder auf ihn. «Erzählen Sie, was Sie mit meinem Vater gemacht haben! Jetzt unter Zeugen», forderte sie ihn mit gepresster Stimme auf.

«Ihr Vater war ein Deserteur und dazu noch ein sowjetischer Spion, ein feiger Verräter! Er gehörte an die Wand gestellt. Wir haben nur unsere Befehle ausgeführt», zischte Kirchbach.

«Das war er nicht», sagte sie leise. «Nie und nimmer. Sie haben ihn gejagt wie ein Tier!»

«Wir haben ihn festgenommen, das ist etwas anderes. Doch, er war ein Spion. Er hat sich vom Feind kaufen lassen. Er ist noch vor der Schlacht bei Kursk geflohen und hat den Sowjets unsere Aufmarschpläne verraten. Leuten wie ihm haben wir es zu verdanken, dass der Russlandfeldzug verlorengegangen ist. Faules Fleisch, das abgeschnitten gehörte!»

«Faules Fleisch ...» Ihrer Stimme war anzuhören, wie fassungslos Sigrid über diese Bemerkung war. «Faules Fleisch – das also war mein Vater für Sie! Und dann haben Sie die Tochter des faulen Fleisches auch noch zu Ihrer Hure gemacht!»

«Mädchen, ruhig!», meldete sich Kappe zu Wort.

«Bitte, Sigrid, meine Mutter und mich hat dieser Mann ebenfalls belogen und betrogen, er ist nichts als ein Stück Dreck», flehte nun auch Marie. «Aber es lohnt sich nicht, sich wegen eines solchen Wurms selbst unglücklich zu machen.»

«Aber er soll nicht davonkommen», erwiderte Sigrid Dehne leise, «so wie er bisher immer davongekommen ist!»

Kappe wusste, dass Sigrids Befürchtung begründet war: Dieser Mann würde davonkommen, bei allem, was er wusste. Er gab Otto ein möglichst unauffälliges Zeichen. Der sollte sich von rechts Zentimeter für Zentimeter an Sigrid heranpirschen.

«Hat es dir etwa nicht gefallen im Bett mit mir?», meinte Kirchbach jetzt hämisch. «Für Geld tut ihr Dehnes alles. Du und dein Vater, ihr seid beide ohne Moral, käuflich. Und tu nicht so unschuldig! Du musst etwas gewusst haben. Warum hättest du mich sonst ausspioniert ...»

«Ich wusste nichts», antwortete die junge Frau leise. «Und ich hab Sie nicht ausspioniert. Diese Ausweise hab ich nur zufällig gefunden. Ebenso wie die Papiere.»

«Du lügst wie dein Alter. Der Apfel fällt nicht weit vom Stamm. Du hast meine Sachen durchwühlt!»

Hätte er ihn nicht so verachtet, dann hätte Kappe fast die Frechheit bewundert, mit der dieser Kirchbach auftrat, obwohl Sigrid Dehne ihn mit einer Waffe bedrohte. Er schien gewiss, dass sie nicht abdrücken würde. Dessen war sich Kappe nicht so sicher.

«Du bist eine Verräterin wie er! Hast den Russen alles berichtet. Deshalb haben die den Toten direkt auf der Sektorengrenze an der Wollankstraße abgelegt, als sie ihn auf ihrem Gebiet gefunden hatten.»

«Ich versteh überhaupt nicht, was Sie meinen. *Sie* sind der Verräter! Ich hatte gar nicht genügend Zeit zu lesen, was da stand. Ich hatte bloß gesehen, dass es um ein Tunnnelbauprojekt ging. Und dann war da noch der Stadtplan mit einem dicken Kreuz auf der Wollankstraße. Ich habe danach einen meiner russischen Freier gefragt, ob er weiß, was die Wollankstraße mit einem Tunnel zu tun hat. Er hat geantwortet, da sei doch gar keiner. Juri ist Offizier und kennt sich gut aus. Er meinte, ich hätte da bestimmt was falsch gelesen.»

Also deshalb hatte der Tote halbe-halbe gelegen, dachte Kappe. Die Russen hatten von den Plänen an der Wollankstraße gewusst, zumindest geahnt. Aber ihr Wissen stammte nicht von Kirchbach, sondern von dieser jungen Frau. Ob Sigrid wirklich so unbedarft tat, wie sie schien? Oder war sie eine zweite Mata Hari? Er konnte nicht daran glauben. Sie wirkte so naiv. Andererseits hatte er auch schon Engel morden sehen. Nun, er würde wohl nie erfahren, wer hinter der Angelegenheit steckte, die Alliierten oder die Russen oder sogar beide. Und wenn er ehrlich zu sich war, wollte er das auch nicht wissen.

Plötzlich ging alles ganz schnell. Januszek, der bisher ruhig dagestanden hatte, stürzte auf Sigrid zu. Er schien ihr die Waffe entwinden zu wollen. Es gab ein Gerangel. Kappe konnte wegen des Dämmerlichtes nicht richtig erkennen, was da geschah. Er sah nur Schatten miteinander kämpfen. Kurz bekam er den Eindruck, dass es Januszek gelungen war, Sigrid Dehne die Waffe wegzunehmen. Er war sich aber nicht sicher, denn die junge Frau hing an dem Mann wie eine Klette und ließ sich nicht abschütteln. Ein Schuss fiel. Dann noch einer. Kirchbach griff sich an die Brust und sank zu Boden. Das Licht ging an.

«Was ist denn hier geschehen?», fragte Lagerleiter Wenzel fassungslos.

«Habe ich versucht, junge Frau zu nehmen weg der Pistole», erklärte jetzt Januszek, plötzlich wieder mit altem Akzent.

Kappe sah, wie sich das Gesicht von Weißbrod verhärtete.

«Ich hab ihn umgebracht», sagte Sigrid Dehne schluchzend und sank zu Boden.

Marie kniete sich neben sie und streichelte ihr über den Kopf.

Otto lief zu Kirchbach und fühlte seinen Puls. «Mausetot. Jut jezielt», erklärte er mit einem Blick auf Januszek.

In Kappe kam ebenfalls Bewegung. «Meine Herrschaften, das hier ist jetzt ein Tatort. Und es ist keineswegs ausgemacht, wer hier wen umgebracht hat. Oder ob überhaupt jemand jemanden umgebracht hat oder ob das alles ein unglücklicher Unfall war, weil Herr Januszek versucht hat, Fräulein Dehne die Waffe zu entwinden, um seinen Zimmergenossen zu retten, und sich dabei versehentlich ein Schuss gelöst hat. Das werden die Ermittlungen zeigen. Erst muss die Spurensicherung her. Mister Weißbrod, so wie ich Sie einschätze, sind Sie ein Mann, der mit den Damen gut kann. Würden Sie sich bitte um die beiden Frauen kümmern und auch dafür sorgen, dass sie zu unserer Verfügung stehen, wenn sie sich wieder beruhigt haben? Denn selbstverständlich muss ich sie vernehmen. Eigentlich müsste ich Fräulein Dehne ja festnehmen, aber in Anbetracht des Umstandes, dass sie gerade erst wieder heim zu ihrem Sohn gekommen ist ...»

«Ich laufe nicht weg», erwiderte Sigrid Dehne leise und rappelte sich hoch. Sie wankte, Marie Palmer stützte sie. «Das verspreche ich. Aber es tut mir nicht leid, dass diese Bestie tot ist.»

«Wie ich schon sagte, erst müssen wir rekonstruieren, was sich genau abgespielt hat. Wir werden die Leiche untersuchen, vielleicht können wir anhand des Schusskanals Genaueres herausbekommen. Bis dahin wissen wir nicht, ob das hier ein Mord, fahrlässige Tötung oder einfach eine Verkettung unglücklicher Umstände war.» Schon während er das sagte, hatte Kappe das unbestimmte Gefühl, dass es zu diesen Ermittlungen nicht kommen würde. Er betrachtete Januszek. «Bei Ihnen ist das leider anders. Es besteht nicht nur Flucht-, sondern auch noch Verdunkelungsgefahr.»

«Hab ich doch nur geholfen, wollte ich doch nur verhindern, dass junge nette Frau macht Unsinn», erklärte dieser.

«Sparen Sie sich Ihr Theater!», meinte Kappe. «Nach allem, was ich hier beobachtet habe, könnte ich auch zu der Meinung kommen, dass Sie den Tod dieses Mannes absichtlich herbeigeführt haben. Otto, bitte sorg dafür, dass der Mann abgeführt wird!»

Januszek kniff die Augen zusammen. «Gut beobachtet, Herr Kriminaloberkommissar!» Dann griff er in seine Jackentasche. Die anderen erstarrten. «Sie brauchen keine Angst zu haben.» Januszek verzog das Gesicht zu einem bemühten Lächeln. «Aber Sie können mich nicht festnehmen, Herr Oberkommissar.» Mit diesen Worten streckte er Kappe einen Ausweis entgegen. «Denn ich bin britischer Offizier.»

Da wusste Kappe, dass er diesen Mann niemals für den Tod Kirchbachs belangen konnte. Es würde überhaupt keine Untersuchung geben. Er schaute zu Weißbrod, um dessen Reaktion auf die Entwicklung der Dinge zu erkunden. Doch dessen Miene war undurchdringlich.

Noch in derselben Nacht bekam die zweimotorige Maschine vom Typ Douglas C-47 Skytrain der *Air Service Berlin* eine unplanmäßige Starterlaubnis. Sie wartete bereits mit laufenden Motoren, als die ehemalige Prostituierte Sigrid Dehne von Marie Palmer ein letztes Mal umarmt wurde. Die junge Frau hatte gerötete Wangen. Zusammen mit ihrem Sohn würde sie zunächst nach Stuttgart gebracht werden. Denn dort sollten Sigrid und George Henry Mistletoe heiraten, ehe er sie mit in die Vereinigten Staaten nahm. Als Ehefrau eines Amerikaners konnte sie einfacher ausreisen.

Frieda Dehne schluchzte. John Weißbrod hatte es auf die Schnelle nicht geschafft, auch für sie Papiere zu bekommen.

«Ich hole dich nach, Mutsch, ich verspreche es!», beteuerte Sigrid Dehne, künftige Mrs. Mistletoe, ein ums andere Mal, während ihr kleiner Sohn mit einer Mischung aus Faszination und Angst das Flugzeug anstarrte, das ihn bald von seiner Oma forttragen würde. So viel hatte der Kleine begriffen: Er musste nun in dieses furchterregende Ungeheuer einsteigen und die geliebte Oma zurücklassen. Angesichts der heulenden Frauen begann nun auch er zu weinen.

«*What a mess*», brummte Weißbrod und stieß Kriminaloberkommissar Hermann Kappe in die Seite, der ebenfalls zur Verabschiedung der jungen Frau auf dem Flughafen Tempelhof erschienen war. Kappe wusste, er meinte nicht nur den tränenreichen Abschied auf dem Flugfeld. Weißbrod hatte ihm erst vorhin anvertraut: Januszek hieß nicht Januszek, sondern trug den typisch schottischen Namen Sean O'Malley und war vom SIS abgestellt, um Kirchbach im Auge zu behalten, der unter Verdacht geraten war, ein Doppelagent zu sein.

Marie warf John Weißbrod einen liebevollen Blick zu. Er hatte sein Versprechen gehalten. Sigrid war frei.

Die erklomm derweil hinter ihrem Sohn die an die Maschine gelehnte Leiter.

«Dann werd ich mal», sagte auch John Weißbrod. «Mein Copilot wartet schon im Cockpit.»

Marie stiegen nun ebenfalls die Tränen in die Augen.

«Nicht weinen, Marie, bitte!»

Sie ging ganz nah zu ihm hin, und er schloss sie in die Arme. Sie lehnte sich kurz an ihn.

Sie hat die ganze Welt um sich herum vergessen, dachte Kappe. Er konnte sehen, dass ihr Körper bebte und wie sehr sie sich darum bemühte, ihre Gefühle unter Kontrolle zu bekommen.

Schließlich sah sie Weißbrod an. «John, bitte komm gesund wieder! Musst du wirklich selbst fliegen? Konntest du mir nicht früher sagen, dass du deinen Einsatzbefehl bekommen hast?»

Er schluckte, nickte, versuchte Haltung zu bewahren. «Versprochen, ich lass mich nicht abschießen! Aber seit gestern herrscht nun mal höchste Alarmbereitschaft. Ich werde dir schreiben – darf ich? Vielleicht kommt es ja gar nicht zum Krieg in Korea. Dann bin ich schneller wieder zurück, als es dir vielleicht lieb ist.»

Sie lächelte zaghaft.

«Sag, darf ich überhaupt zurückkommen? Werden wir uns wiedersehen? Glaubst du, du könntest warten, bis dahin? Auf mich?»

Marie nickte.

John Weißbrod schob sie ein wenig von sich und sah sie lange liebevoll an. Dann küsste er sie. Marie wehrte sich nicht. *«See you, baby»*, raunte er schließlich und strich ihr sanft über die Haare. Dann wandte er sich ohne ein weiteres Wort um, erklomm ebenfalls die Leiter, lächelte Marie aufmunternd zu, winkte und zog die schwere Tür zum Frachtraum zu.

Ein Mitarbeiter des Flughafens wies Marie und Kappe an, sich in einen sicheren Abstand zur startenden Maschine zu begeben. Die Propeller drehten sich immer schneller, die Motoren dröhnten, die Douglas C-47 Skytrain fuhr an und rollte in die Startposition.

Kurz darauf schien Weißbrod die Starterlaubnis bekommen zu haben. Die Motoren heulten auf, wieder rollte die Maschine an, fuhr schnell und schneller, bis sie schließlich abhob und immer kleiner wurde.

«*See you, baby*», flüsterte Marie.

NACHWORT

Zunächst möchte ich mich bei jenen bedanken, die mir bei den Recherchen zu diesem Kappe-Fall geholfen haben. Die Informationen über den *Tagesspiegel* stammen aus den *Erinnerungen an den Berliner TAGESSPIEGEL 1945–1991* unter der Überschrift *Meine Zeitung*. Verfasser ist der inzwischen verstorbene, langjährige *Tagesspiegel*-Redakteur Klaus-Dietrich Gurezka. Ich habe sie zusammen mit vielen anderen Informationen im *Tagesspiegel*-Archiv gefunden, wo ich nach einem kurzen Mail-Austausch mit Archivleiter Friedrich herzlich aufgenommen und ausgesprochen geduldig von Wolfgang Kumpfe betreut worden bin. Herausgeber Gerd Appenzeller hatte den Kontakt freundlicherweise geknüpft. Wolfgang Kumpfe hat so manche Stunde damit verbracht, von mir erbetene Unterlagen zusammenzusuchen. Jedenfalls lag schon vieles bereit, als ich kam. Ein Dankeschön geht auch an Frau Dr. Bärbel Fest von der Polizeihistorischen Sammlung in Berlin, die mir meine vielen Fragen zur Umstrukturierung der Berliner Polizei nach der deutschen Teilung beantwortet hat.

Mein besonderer Dank gilt dem Verleger Dr. Norbert Jaron und Anett Neumann, die diesen Roman sehr sorgfältig und mit viel Liebe zum Detail lektoriert haben.

Und nun noch einige Stichworte zum Hintergrund des Buches.

Zur *Central Intelligence Agency (*C.I.A.):
Das Büro für strategische Dienste (OSS, *Office of Strategic Services*) wurde noch während des Zweiten Weltkrieges gegründet und nach Kriegsende wieder aufgelöst – bis auf die Abteilungen Spionage

und Spionageabwehr, die erst dem Kriegsministerium unterstellt und dann in die *Central Intelligence Group* (CIG) übernommen worden sind. Die CIG wurde am 18. Dezember 1947 von der C.I.A. abgelöst (Quelle: Sven Felix Kellerhoff/Bernd von Kostka, Hauptstadt der Spione. Geheimdienste in Berlin im Kalten Krieg, Berlin 2009).

Zur *United States Forces European Theatre* (G2 USFET) und zur Organisation Gehlen:
Die Erinnerungen Reinhard Gehlens zur Organisation Gehlen sind - vorsichtig gesagt - bemerkenswert (Reinhard Gehlen, Der Dienst. Erinnerungen 1942 bis 1971, Mainz u.a. 1971). Immer wieder wurde ihm vorgeworfen, ehemaligen nationalsozialistischen Kriegsverbrechern in seiner Organisation Unterschlupf gewährt und sie so vor der Bestrafung bewahrt zu haben. Er selbst hat dies bestritten. Gehlen war bis kurz vor Ende des Zweiten Weltkrieges Chef der Abteilung Fremde Heere Ost des Auslands- und Abwehrdienstes. Er beschwor schon bei den ersten Gesprächen mit US-Besatzungsoffizieren die Notwendigkeit eines antikommunistischen Zweckbündnisses zwischen Deutschen und Amerikanern und hatte damit Erfolg. Bereits ab 1946 wurde der Aufbau der Organisation Gehlen von den USA finanziert, 1956 ist diese planmäßig als Bundesnachrichtendienst in die Kompetenzen der deutschen Bundesregierung überführt worden. Bis 1949 wurde diese Verbindung seitens G2 USFET (*United States Forces European Theatre*, US-amerikanischer Heeresnachrichtendienst, *G-2 Section*) selbst gegenüber dem eigenen militärischen *Counter Intelligence Corps* (CIC) geheim gehalten. 1949 wurde die Organisation Gehlen der Betreuung der *Central Intelligence Agency* unterstellt.

Im *Secret Intelligence Service* (SIS) der Briten gab es zu der Zeit, in der dieser Roman spielt, tatsächlich einen Doppelagenten, was aber lange geheim gehalten werden konnte. Er hieß Harold Adrian Russell «Kim» Philby und war nach dem Zweiten Weltkrieg sogar zwei Jahre lang der Leiter der *Counterespionage Section, R5*. Philby konnte erst 1963 als Mitglied des Spionagerings der *Cambridge Five* enttarnt werden. Die anderen Mitglieder waren Donald Maclean, Guy Burgess, Anthony Blunt und John Cairncross.

Den Abhörtunnel in Wien (etwa ab 1948/49) hat es tatsächlich gegeben. Der Berliner Abhörtunnel zwischen Rudow und Alt-Glienicke, Deckname Operation Gold oder PBJOINTLY, ging etwa im Jahr 1953 in Betrieb, um ein Fernsprechkabel, das Karlshorst mit sowjetischen Dienststellen in Zossen verband, sowie zwei Fernleitungen der Ostzonenpost anzuzapfen.

Durch einen unterirdischen Stollen unter Gebäude und Gleisanlagen des Bahnhofs Wollankstraße sollten jedoch, anders als im Roman geschildert, laut *Tagesspiegel* vom 25. Februar 1962 von West-Berliner Agenten *Saboteure und Diversanten* in die DDR eingeschleust werden. Der Tunnel wurde entdeckt, weil ein Stück Stollendecke einbrach.

Zu Wolfgang Hanßke und seinem Schicksal ein Auszug aus einem *Tagesspiegel*-Artikel von Brigitte Grunert vom 24. Juni 2008: *Am 6. September 1948, nach schweren SED-gesteuerten Tumulten und Verhaftungen im Neuen Stadthaus und vor dem Gebäude, tagten die Stadtverordneten ohne die SED-Kollegen im Studentenhaus der TU, britischer Sektor. Zu den Verhafteten gehörte der Tagesspiegel-Reporter Wolfgang Hanßke, der erst 1955 schwer krank aus der Sowjetunion zurückkehrte.*

Zum «Kongress für kulturelle Freiheit»:
Die in Frankreich ansässige gleichnamige Organisation ging auf die Waldorf-Konferenz *Cultural and Scientific Conference for World Peace* im März 1949 im New Yorker Waldorf Astoria Hotel zurück. Diese löste eine Kampagne aus, um gegen die kommunistischen Kulturbemühungen, die sich auf *Fellow traveller* und auf von Kommunisten kontrollierte Massenorganisationen stützte, nicht ideologisch ins Hintertreffen zu geraten. An der Konferenz hatte auch die kommunistische Kulturinitiative des Kominform teilgenom-

men, um die öffentliche Meinung in Amerika in ihrem Sinne zu beeinflussen. Prominenter Teilnehmer auf kommunistischer Seite war Dmitri Schostakowitsch. Zur Gegenseite gehörten Benedetto Croce, T. S. Eliot, Karl Jaspers, André Malraux, Bertrand Russell und Igor Strawinski.

Als Folge der Waldorf-Konferenz wurde am 26. Juni 1950 der «Kongress für kulturelle Freiheit» im Titania-Palast in West-Berlin gegründet. Ausgehend von den Erfahrungen mit Nationalsozialismus und Stalinismus, unternahmen europäische und amerikanische Intellektuelle den über einige Jahre erfolgreichen Versuch sich selbst zu organisieren. Der «Kongress für kulturelle Freiheit» finanzierte von 1950 bis 1969 linksliberale Künstler wie Heinrich Böll und Siegfried Lenz.

Die Romanfigur Wilhelm Kirchbach ist frei angelehnt an die Vita von Wilhelm Krichbaum. Dieser war Mitglied der NS Feldpolizei, späterer Leiter der Organisation Gladio sowie Mitarbeiter der Organisation Gehlen (Robert Winter, Täter im Geheimen, Leipzig 2010). Gladio war eine paramilitärische Geheimorganisation der NATO, der C.I.A. und des britischen MI6 während des Kalten Krieges. Die Gladio-Mitglieder sollten nach einer sowjetischen Invasion Westeuropas Guerillaoperationen und Sabotage durchführen. Die Organisation existierte von etwa 1950 bis mindestens 1990.

Zur Vorgeschichte der Geheimen Feldpolizei (GFP):
Die GFP sollte im Kriegsfall nicht nur der Abwehr von Spionage und Sabotage im Operationsgebiet dienen, sondern im Bereich der Wehrmacht die Tätigkeit der Geheimen Staatspolizei auf allen Gebieten fortsetzen. Deshalb rekrutierte sich die Geheime Feldpolizei von Anfang an aus Personal der Gestapo und der politischen Abteilungen der Kriminalpolizei. Die Leute wurden für die Kriegsdauer als Beamte zur Wehrmacht kommandiert, behielten aber die Dienstgrade der Polizei mit dem Zusatz «Feldpolizei». Wehrmachtsangehörige, die für den geheimpolizeilichen Einsatz durch besondere Kenntnisse oder Fähigkeiten geeignet erschienen, wur-

den zu Hilfs-Feldpolizei-Beamten ernannt, behielten jedoch ihren militärischen Dienstgrad. Auch nach Rückkehr zur Truppe waren sie zu absolutem Stillschweigen über alle Vorgänge bei der GFP verpflichtet.

Erste Erfahrungen sammelte die GFP während des Spanischen Bürgerkriegs 1936–1939 im Rahmen der Legion Condor. Die in Stärke von etwa dreißig Mann operierende Gruppe trug die Bezeichnung «S/88/Ic» und arbeitete eng mit dem Geheimdienst der Franco-Truppen (*Servicio Informacion Policia Militar*) zusammen. Ein Schwerpunkt der Tätigkeit in Spanien war die Verfolgung von Deutschen, die in den Internationalen Brigaden kämpften. Absprachen mit Franco regelten die Übergabe gefangener deutscher Interbrigadisten an die GFP. Einige dieser Gefangenen wurden bereits während der Verhöre in Spanien ermordet, die Masse wurde mit Einverständnis Spaniens nach Deutschland verschleppt, um dort entweder vor den Volksgerichtshof gestellt zu werden oder sofort im KZ zu landen.

Im Rahmen der zur Besetzung Österreichs ausgelösten Teilmobilmachung der Wehrmacht stellte im März 1938 der Wehrkreis VII (München) die GFP-Gruppe 570 auf. Der nur wenige Tage dauernde Einsatz brachte vor allem Erfahrungen für die weiteren Mobilmachungsvorbereitungen.

Bei der Annexion des Sudetenlandes im Herbst 1938 und der endgültigen Zerschlagung der Tschechoslowakei im Frühjahr 1939 wurde die Form der Zusammenarbeit mit den Einsatzkommandos (später Einsatzgruppen) des Sicherheitsdienstes entwickelt. Während die GFP geheimpolizeiliche Funktionen im unmittelbaren Truppenbereich erfüllte, hatten die Einsatzkommandos vor allem Massenverhaftungen potentieller Gegner zur Ausschaltung jeden Widerstands vorzunehmen (Quelle: Lexikon der Wehrmacht, http://www.lexikon-der-wehrmacht.de/Gliederungen/Ordnungstruppen/GFP.htm).

Es geschah in Berlin ...

Horst Bosetzky: **Kappe und die verkohlte Leiche (1910)**
Sybil Volks: **Café Größenwahn (1912)**
Jan Eik: **Der Ehrenmord (1914)**
Horst Bosetzky / Jan Eik: **Nach Verdun (1916)**
Iris Leister: **Novembertod (1918)**
Horst Bosetzky: **Der Lustmörder (1920)**
Peter Brock: **Das schöne Fräulein Li (1922)**
Wolfgang Brenner: **Stinnes ist tot (1924)**
Petra A. Bauer: **Unschuldsengel (1926)**
Horst Bosetzky: **Bücherwahn (1928)**
Petra A. Bauer: **Kunstmord (1930)**
Jan Eik: **Goldmacher (1932)**
Klaus Vater: **Am Abgrund (1934)**
Horst Bosetzky: **Mit Feuereifer (1936)**
Jan Eik: **In der Falle (1938)**
Jan Eik: **Polnischer Tango (1940)**
Petra Gabriel: **Beutezug (1942)**
Horst Bosetzky: **Unterm Fallbeil (1944)**
Jan Eik: **Heimkehr (1946)**
Horst Bosetzky: **Razzia (1948)**
Petra Gabriel: **Operation Gold (1950)**

Alle Bände sind auch als E-Book erhältlich.